Für alle, die sich einsam fühlen.
Ich bin überzeugt davon, dass für alle von uns, irgendwo da draußen,
Menschen bestimmt sind.

FINJA LUNDQVIST

MOTTEN HERZ

Bibliografische Information der Deutschen Nationalbibliothek:
Die Deutsche Nationalbibliothek verzeichnet diese Publikation in
der Deutschen Nationalbibliografie; detaillierte bibliografische Daten
sind im Internet über dnb.dnb.de abrufbar.

© 2021 Finja Lundqvist
Herstellung und Verlag: BoD – Books on Demand, Norderstedt
ISBN: 978-3-7543-1467-8

Instagram: finja.lundqvist

Lektorat und Korrektorat: Wendy Nikolaizik,
www.wendynikolaizik.de
Covergestaltung: huhwn (Jane Henning,) www.huhwn.design
Innenillustrationen: Clara Mack
Buchsatz: Lisa F. Olsen,
www.lisafolsen.de

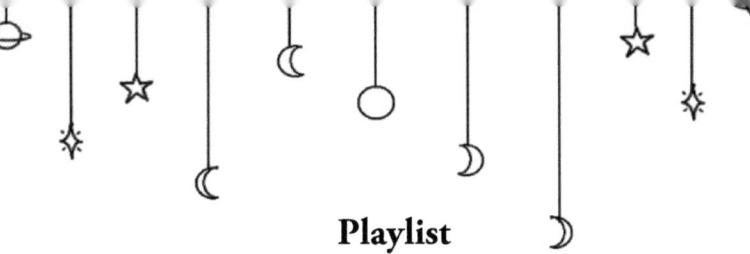

Playlist

Midnight City – M83
Supercut – Lorde
Worship – Ane Brun, José González
Mango – Peach Tree Rascals
Just Friends – Virginia To Vegas
in the afternoon – Josef Salvat
I Can't Believe – Cyn
All to Myself (Soft) – MILKK
Val!um – MASN
Ride – MILKK
shut up – Greyson Chance
Perfect Places – Lorde
You Are In Love – Taylor Swift
drive all night – joan
Late Night – The Companions, clide
Heartworks – Wingtip
pink skies – LANY
the movies – Nightly
3:00 AM – Finding Hope
Hands – Greyson Chance

Kapitel 1

Jeder sucht etwas, oder?

Weite, Freiheit, das große Geld. Vielleicht auch Liebe oder Frieden. Ich weiß, dass meine Freundin nach diesem einen Funken sucht, dieser einen Idee, die ihr verrät, was sie mit ihrer Zukunft anstellen soll.

Meine Mutter sucht nach einem Weg zurück, nach Dörfern mit alten Bauernhäusern und wogenden Blumenwiesen. Nach frischem Sommerwind, der durch offene Fenster weht, nach verschneiten Wäldern, Landregen, Schafweiden. Sie hat nur keine Karte, um wieder dorthin zu gelangen, wo sie ihre Kindheit verbracht hat, und die Stadt lässt sie nicht gehen.

Mein Vater sehnt sich nach Weite. Nach einem Leben, in dem man seine Flügel ausbreiten kann. Dafür braucht er aber erst einmal Flügel, und ich bin mir nicht sicher, ob er welche besitzt.

Ich habe mein ganzes Leben lang nach einer bestimmten Sache gesucht und bin nie fündig geworden. Ich habe es satt. Ich wünschte, ich würde wenigstens einmal von jemandem gefunden werden.

Im Moment will ich aber nur meinen verdammten Kuli zurück.

Genervt beuge ich mich über die Holzlehne des Sitzes vor mir und versuche, einen Blick auf den Boden des Hörsaals zu erhaschen. Meine Sicht wird von einem wasserstoffblonden Typen mit dunklem Haaransatz versperrt. Er quatscht leise mit seiner Sitznachbarin, allerdings kann ich nicht verstehen, worüber, da sie Arabisch oder eine ähnliche Sprache sprechen. Ihm ist nicht einmal aufgefallen, dass mein Kuli heruntergefallen ist.

Den Dozenten interessiert mein Leiden natürlich auch nicht. Er redet in einem Höllentempo weiter. »… die Körper können wir als Kommunikationsmittel verstehen …«

So ein Mist. Sicher ist der blonde Typ genervt, wenn ich ihn jetzt störe.

»… Kuss und Orgasmus …«

Warum habe ich keinen anderen Stift dabei?

»Der Heilige Eros!«, ruft Dr. Altmeyer inbrünstig. Mir fällt auf, dass ich mal wieder nicht zugehört habe, und ich werfe einen verzweifelten Blick auf die Folie, die vom Beamer an die Wand gestrahlt wird. Shit. Ich wollte heute wirklich mitschreiben.

»Hey«, flüstere ich, kneife kurz die Augen zu und tippe den Blonden an.

»… erotische und mystische Erfahrungen …«

Er dreht sich zu mir um. »Ja?«

»Hi. Äh. Mein Kuli müsste irgendwo unten bei dir liegen.« Ich verziehe entschuldigend das Gesicht. Mir wird unangenehm warm. »Kannst du ihn mir geben?«

»Oh. Ja. Klar.« Der Typ taucht ab, um in seiner Reihe nach dem Kuli zu suchen. Als er sich wieder zu mir umdreht, um ihn mir zu geben, lächelt er lieb. Seine Wangen sind ein bisschen rot. »Hier.«

»Danke.« Ich lächele zurück und nehme den Stift an mich. Endlich. Jetzt habe ich mehrere Folien verpasst.

»Du bist auch im Cityscapes-Seminar, oder?«, fragt er.

»Ja«, sage ich und ziehe die Augenbrauen hoch. Ich, Wolf Morgenroth, bin ihm aufgefallen? Das überrascht mich, denn es ist erst Anfang des Semesters und ich werde meistens übersehen. Ich habe ihn auch schon einmal gesehen, aber eher als Fuckboy abgestempelt, da er immer neben mehreren Mädchen sitzt. »Wieso?«

Er zuckt mit den Schultern und lächelt erneut. Seine Augen sind braun und er hat auffällig lange Wimpern. »Nur so.« Damit dreht er sich wieder um.

Ich starre noch ein paar Sekunden seinen Hinterkopf an, dann höre ich endlich der Vorlesung zu.

Zumindest für ein paar Minuten.

*

»Was kann ich bitte meiner kleinen Schwester zum Geburtstag schenken?«, fragt Flanna mich ein paar Stunden später, während ich verzweifelt versuche, eine von Foucaults Theorien zu verstehen. Ich soll ein Referat darüber halten. Und ich hasse Referate noch mehr als Theorietexte. Das ideale Studium habe ich mir mit Literaturwissenschaften nicht ausgesucht.

»Was Praktisches«, sage ich und kritzele einen Stichpunkt auf mein Blatt. Flanna und ich kennen uns seit dem ersten Semester. Wir verbringen hin und wieder Freistunden miteinander oder essen zusammen in der Mensa. Gerade sitzen wir in der Unibibliothek, im Erdgeschoss, wo Reden erlaubt ist. Um diese Zeit ist es rappelvoll hier und kein Platz ist mehr frei. Flanna und ich haben ein kleines Sofa an der Fensterwand erwischt – und einen Tisch für uns allein, da die restlichen Stühle fehlen. Glück gehabt.

Flanna starrt auf ihr Tablet, auf dem ekelhaft aussehende Rechnungen abgebildet sind, und wickelt sich eine ihrer langen, blonden Haarsträhnen um den Zeigefinger. Sie trägt mehrere Ringe, heute in Gold, teilweise mit grünen Steinen. »Vielleicht kann ich Feli neue Handtücher schenken. Ich hasse ihre. Die sind so verwaschen. Und die haben die hässlichste Farbe ever. So ein blasses Orange.«

»Klingt nach einem enttäuschenden Geschenk.« Ich schnaube belustigt und gehe dazu über, die anderen Studierenden zu betrachten, die lernen oder wie Flanna und ich quatschen.

Der Typ, der meinen Stift aufgehoben hat, ist auch dabei.

Er sitzt mit drei Mädchen an einem Tisch und lacht so laut, dass ich ihn bis hierhin höre – obwohl er mindestens fünfzehn Meter entfernt ist und sich alle um uns herum unterhalten.

Seitdem ich kurz mit ihm in der Vorlesung geredet habe, sehe ich ihn überall. Baader-Meinhof-Phänomen oder wie auch immer man das nennt. Ich weiß nicht, wie er heißt, also nenne ich ihn Blondie.

»Erde an Wolf!« Flanna winkt vor meinem Gesicht herum. »Wer ist bitte interessanter als ich?«

Ich stütze mein Kinn auf meine Hände und schaue sie an. »Sorry. Niemand.«

»Wie heißt sie?«

»Ich hab eine Freundin, schon vergessen?«

Sie lacht auf. »Oh, bitte. Ihr seid nur aus Gewohnheit zusammen.«

Nicht schon wieder dieses Thema. Ich seufze tief. »Nein? Warum sollte ich mit ihr Schluss machen, wenn ich nicht in jemand anderes verliebt bin und ich sie liebe?«

»Weil dir mit ihr langweilig ist. Komm mal wieder mit mir feiern.« Sie klimpert mit den getuschten Wimpern. »Bitte. Jedes Mal, wenn du von Mathilda erzählst, bist du genervt. Ich glaube nicht, dass du sie noch wirklich liebst.«

Ich sehe in ihre grünen Augen – und mir wird warm, denn mit ihren Worten hat Flanna den Nagel auf den Kopf getroffen. Sie sieht mich höchstwahrscheinlich nicht als richtigen Freund an. Es ist gruselig, dass sie mich dennoch so durchschaut.

Ich seufze erneut. »Ich kann nicht einfach mit ihr Schluss machen.«

»Uff, das ist der Grund, warum ich single bin.« Sie lacht. »Hm. Kannst du sie nicht sanft … gehenlassen?«

»Du bist single, weil du Yuji nicht ansprichst.«

»Gar nicht wahr«, erwidert sie. »Und jetzt hör auf, mir auszuweichen!«

»Ich muss mein Referat machen.« Ich grinse sie an. »Also schhhh.«

»Da hast du aber eine tolle Ausrede.« Sie grummelt unzufrieden, lässt mich aber vom Haken.

Als ich zehn Minuten später schon wieder verträumt durch die Gegend schaue, trifft mein Blick auf Blondies. Er grinst und winkt, und ich frage mich unweigerlich, was falsch mit ihm ist.

Wer winkt fremden Leuten?

Hat er überhaupt mich gemeint?

Ich sehe mich um, aber hinter mir ist niemand, den er gemeint haben könnte. Also winke ich vorsichtig zurück.

»Wer ist das?«, fragt Flanna.

»Niemand.« Ich starre auf mein Blatt.

»Sehr verdächtig.«

Ich sehe verständnislos wieder auf. »Hä? Was soll das denn heißen?«

Sie schaut mit zusammengekniffenen Augen zu Blondie hinüber. »Er ist ganz klar gay.«

»Warum sollte er?«, frage ich und mustere ihn. Er trägt einen schwarzen Hoodie mit einem klassischen Gemälde darauf und schwarze Cargos. Doc Martens. Er könnte alles und nichts sein.

»Die beiden Mädchen links von ihm sind zusammen. Die machen immer im Bus rum.« Sie lacht. »Und die andere ist Linda. Von der ich dir erzählt habe! Eine meiner Freundinnen. Sie ist in meiner queeren Poetry-Gruppe.«

»Ach so. Ich wusste ja nicht, wie Linda aussieht.« Flanna Freundeskreis ist überdimensional groß. Ich kenne vielleicht zehn Prozent davon. »Aber was hat das jetzt mit ihm zu tun?«

»Man sucht sich doch immer Gleichgesinnte.«

»Aha.«

»Glaub mir.«

»Tu ich.« Ich runzele die Stirn und konzentriere mich wieder auf meinen Text. Zumindest versuche ich es. Flannas Worte schweben in meinem Kopf herum. Sehr verdächtig. Denkt sie, ich könnte Interesse an ihm haben?

»Kommst du eigentlich mit zum Poetry-Slam morgen?« Flanna stupst mich an. »Ich trag da einen neuen Text vor. Irgendwie kommt mal wieder keiner von den ganzen Idioten, die sich meine Freunde nennen.«

Könnte ich Interesse an ihm haben? Das ist eine Frage, auf die ich keine Antwort habe. Gerade habe ich aber auch kein Interesse daran, nach einer Antwort zu grübeln.

»Klar komme ich«, sage ich, bevor ich meinen Collegeblock zuklappe. »Aber jetzt gehe ich in die Ruhezone. Hier kann ich mich nicht konzentrieren.«

»Aha?« Sie grinst schon wieder.

»Ja, hier reden alle viel laut. Besonders du.« Ich verdrehe die Augen und stehe auf.

»Ah ja.«

»Ja!«

»Okay.« Lachend hebt sie die Hände.

»Komm bloß nicht mit.«

Sobald wir in der Ruhezone sitzen, hält sie mir ihr Handy hin. »Los, mach das Quiz«, flüstert sie.

Ich starre einen Moment auf das Display. *Am I Gay?* Dann sehe ich sie ausdruckslos an. »Dein Ernst?«

Sie bricht in lautes Gelächter aus, bevor sie sich schuldbewusst eine Hand vor den Mund schlägt. »Was? Du brauchst mal was anderes in deinem Leben! Ich finde, er passt zu dir.«

»Aha«, erwidere ich säuerlich. Der Gedanke, dass sie mein Leben als langweilig ansieht, zwickt ein bisschen. »Und ich finde, zu dir passt ein Knebel.«

Sie wirft mir ein Küsschen zu.

Kopfschüttelnd wende ich mich wieder meinem Text zu. Falls sie denkt, dass sich so schnell irgendetwas in meinem Leben ändern könnte – oder dass ich jemals wieder mit diesem Typen reden werde – dann hat sie sich gewaltig geirrt.

Ich bin schließlich Wolf Morgenroth. Und ich habe das Gefühl, dass seit Jahren alles bei mir gleichgeblieben ist. Nicht, weil ich es so will. Viel eher, weil ich nicht weiß, wie ich Veränderung herbeiführen soll, selbst eine noch so kleine.

Kapitel 2

Blondie ist auch da. Beim Poetry-Slam. Und anscheinend habe ich mich in der Annahme, dass wir nie wieder miteinander reden werden, geirrt: Er spricht mich direkt an.

Ich sitze auf einem Platz ziemlich am Rand des Hörsaals. Um mich davon abzulenken, dass ich der Einzige bin, der allein sitzt und vor dem Slam niemanden zum Reden hat, scrolle ich meine Pinterest-Startseite herunter, die voller Buchzitate und Gedichte ist. Als Blondie mir auf die Schulter tippt, sehe ich auf.

»Hey«, sagt er grinsend und lässt sich auf einen Sitz neben mir fallen. Er riecht nach diesem typischen Männerdeo, von dem ich immer husten muss. Kein Vergleich zu Flannas blumigem Parfüm.

»Hey.« Ich ziehe die Mundwinkel hoch. Er ist also auch hier.

»Ich hoffe, du hast nichts dagegen, dass ich mich zu dir setze.« Er mustert mich aufmerksam mit seinen großen, dunklen Augen. »Ich bin übrigens Nadim.«

»Wolf«, sage ich und lächele leicht.

Nadim also.

»Wolf?«, wiederholt er lachend. »Das ist cool. Oder ist es kurz für Wolfgang?«

»Nein, zum Glück nicht.« Ich lache ebenfalls. So verläuft ungefähr jedes Gespräch, in dem ich meinen Namen nenne.

»Hm.« Er stützt seinen Kopf in eine Hand, seinen Ellenbogen auf den kleinen Klapptisch, und sieht mich an. Er ist gutaussehend, auf eine sympathische Art und Weise. Sein Blick ist freundlich. Auf seiner Stirn, ganz oben, ist eine blasse Narbe, die in seinen Haaren verschwindet. »Du siehst aber nicht so aus, als wärst du ein Wolf, wenn du ein Tier wärst. Eher ein Hund. Und wenn du ein Hund wärst, wärst du wahrscheinlich ein Golden Retriever oder so.«

»Aha?« Ich lache auf. »Die sind aber ganz süß.«

»Schon.« Für ein, zwei Sekunden schaut er mir in die Augen, bevor er nach vorn sieht.

Ich nicke und atme ein, ganz tief, folge seinem Blick. Flanna steht unten vor der dunkelgrünen Tafel und starrt mich an, ihr Handy in der Hand.

Als ich einen Blick auf mein eigenes Handy werfe, lasse ich es beinahe fallen.

Flanna
big sister is watching you

Flanna
aber meinen segen hast du. i ship it

»Ich hab einen Neufundländer«, quetsche ich raus und stecke mein Handy schnell wieder weg.

Nadim reißt die Augen auf. »O mein Gott, echt? Ich schwöre, Neufundländer sind die süßesten Hunde ever! Süßer als Goldies.«

Die Sache ist die: Wenn Nadim ein Hund wäre, wäre er innerlich wahrscheinlich auch ein Neufundländer. Mit riesigen, braunen Augen, die lieb schauen. Der netteste Hund überhaupt. Aber vom Aussehen her?

Er trägt wie letztens Cargohosen und Docs, dazu einen großen Hoodie, alles in dunklen Tönen, alles cool und lässig. Es würde mich wahrscheinlich einschüchtern, wäre er nicht so freundlich. Hätte er nicht mit mir geredet und wüsste ich nicht von Flanna, dass die Mädchen, mit denen er rumhängt, lesbisch sind, würde ich ihn wahrscheinlich noch immer für einen Fuckboy halten. Besonders mit seinen hellblond gefärbten Haaren.

8

Und dieser Kinn- und Kieferpartie und –

»Wie heißt er?«, fragt Nadim.

»Wer?« Ich sehe ihn verwirrt an.

»Dein Hund?«

Oh, ja. Fuck.

»Jens.«

Das bringt ihn so sehr zum Lachen, dass ich mitlachen muss.

»Jens? Im Ernst?«

Ich hebe die Hände. »Ja! Mir ist nichts Besseres eingefallen! Er sah halt aus wie ein Jens.«

»Alter.« Er kichert schon wieder. »Jens.«

»Ja. Jens Alexander, um genau zu sein, weil mein Vater unbedingt wollte, dass er einen Zweitnamen hat.«

»Im Ernst? Meine Schwester hat auch einen Hund, und der heißt Rex.«

»Oh, kreativ«, sage ich belustigt.

»Es ist so ein winziger Zwergspitz«, fügt er hinzu. »Kein Schäferhund.«

Ich kann nicht anders, ich muss erneut lachen. Dann wird unser Gespräch unterbrochen, denn der Slam beginnt.

»So, hallo und herzlich willkommen, ihr lieben Leute«, begrüßt uns Fiona, die Moderatorin, und erklärt uns den Ablauf. Die Punkte-Tafeln werden verteilt, dann kommt die erste Slammerin auf die Bühne. Es ist Nadims Freundin Linda. Ihre Hände und ihre Stimme zittern, aber nach ein paar Zeilen ist sie plötzlich drin und ich verdammt noch mal auch.

Manche Leute spüren ihn nicht. Diesen Sog, der entsteht, wenn man gute Slam-Poetry hört. Man wird in diesen Strudel gezogen, bis man untergeht, und dann packt einen die Strömung und reißt einen mit sich fort, in ein Meer aus Fantasie hinein.

Als der Text zu Ende ist, kann ich kurzzeitig auftauchen.

Dann ist Flanna dran.

Ich kenne ihre Story, denn ich kenne Flanna seit dem ersten Semester. Aber von ihr in dieser Form zu hören, ist etwas anderes.

Denn das ist die Sache mit Poesie. Sie öffnet dir die Augen, obwohl du die ganze Zeit gedacht hast, dass du schon alles siehst. Sie lässt dich mehr fühlen, mitfühlen.

Flannas Stimme erklingt klar und mutig. Sie erzählt über ihr sechzehntes Lebensjahr, das jetzt vier Jahre her ist.

»… und ich sage: Mama, ich brech uns beiden jetzt das Herz, okay, also halt dich fest, ganz fest, und am besten auch noch mich. Wir sind beide nur zwei Menschen, die 'nen Film gedreht haben, ohne Wenn und Aber, ohne Fragen. Du warst Regisseurin, ich in der Hauptrolle, und der Titel war: ›Ich bin dein Sohn, Mama.‹ Wären wir in Hollywood, hätten wir 'nen Oscar gekriegt. Aber das hier ist der falsche Film, okay? Ich hoff, dass du mich auch noch liebst, wenn ich die Maske abnehm und das Drehbuch wegleg und noch mal den ersten Atemzug nehm. Und wir uns zum ersten Mal richtig in die Augen seh'n. Mama, ich bin nicht mehr Filmstar. Ich bin jetzt deine Tochter. Und du sagst …«

Nadim neben mir bewegt sich. Und ich – ich mache den Fehler und sehe zu ihm hinüber.

Er hat die Augen geschlossen und beißt sich auf die Unterlippe. Plötzlich sieht er ernst aus. Und völlig vertieft. Ein bisschen so wie die Freunde, die ich so gerne hätte, in meiner Fantasie aussehen.

Ich weiß, dass er es auch fühlt. Dass er ebenfalls Worte fühlen kann. Dass sie sein Herz höherschlagen und seine Gedanken fliegen lassen.

Als Flanna fertig ist und wir alle applaudiert haben, lächelt er mich an. »Ihr seid befreundet, oder?«

Ich zucke mit den Schultern. »Ja, so was in der Art.«

Sie ist meine einzige Bekannte, die ich vielleicht als Freundin bezeichnen könnte – aber im Gegensatz zu mir hat sie unzählige solcher Bekannter und gleich mehrere beste Freundinnen und Freunde.

Ich spiele in Flannas Welt bestimmt nicht die Rolle, die sie in meiner spielt.

»Schreibst du auch?«, fragt er weiter.

»Ja, aber nur für mich«, sage ich und zucke mit den Schultern. »Und du?«

Er nickt. »Ja. Aber keine Slam-Poetry.«

»Ja, same.«

Meine Wangen werden warm, als ich merke, wie er mich mustert. Ich mag es nicht, so gemustert zu werden.

Er wirkt so … analysierend. Einschätzend.

»Darf ich mal was von dir lesen?«, fragt er schließlich und zieht die Augenbrauen hoch. »Wir könnten gegenseitig was von uns lesen. Falls du magst. Meine Freunde schreiben nur perfekte Slam-Poetry oder gar nicht, und ich bin … nicht so gut. Und ich fühle mich immer ein bisschen blöd, wenn ich ihnen ein Gedicht von mir zeige. Keine Ahnung. Wenn du keinen Slam schreibst …«

»Hoffst du, dass ich nicht so gut wie deine Freunde bin?« Ich lache, nicke dann aber. »Ich würde gern was von dir lesen.«

Er strahlt mich an. »Perfekt. Gib mir deine Nummer, dann schick ich dir was. Ich wollte schon immer jemanden kennen, mit dem ich über Gedichte und so was reden kann.«

Mir wird noch ein bisschen wärmer. Und diesmal auch in mir drin. »Ähm – okay. Klar.«

Findet er mich … nett? Sympathisch?

Denkt er, wir könnten Freunde sein?

Ich will mir keine Hoffnungen machen, also versuche ich, die Freude in mir ganz klein zu halten.

Bis jetzt hat noch nie jemand ernsthaft mit mir befreundet sein wollen. Ich schätze, ich passe einfach nicht zu anderen Menschen.

Dass es diesmal anders ist, bezweifle ich. Aber wer wäre ich, wenn ich nicht schauen würde, ob wir auf der gleichen Wellenlänge sind?

Kapitel 3

Ich starre an die gegenüberliegende Wand des Hörsaals und seufze innerlich. Noch 45 Minuten. Ich brauche Kaffee. Ganz. Viel. Kaffee. Und Zucker. Und Motivation.

An dieser Vorlesungsreihe nimmt Nadim augenscheinlich nicht teil, da ich ihn nirgendwo entdecken kann. Ich sitze oben in der letzten Reihe. Vielleicht ist er aber auch angemeldet und geht einfach nicht hin.

Ich gähne.

Dann leuchtet mein Handy auf, und zu meiner Überraschung ist es eine Nachricht von ihm.

Nadim
morgen, hier ist nadim :D was geht?

Wolf
heyy! nix geht, sitz bei mertens in der vorlesung und
v e r r e c k e

Wolf
und bei dir? schick mir mal nen text von dir

Nadim
lmao ich hab grad pause. alles klar, kommt sofort

Nadim

aber nicht lachen, klar? auf dem handy hab ich nicht
so viel, das ich dir schicken kann, die besten sachen
hab ich zuhause

Wolf

never würd ich lachen

Nadim

thanks

Es dauert eine Weile, bis er ein Gedicht schickt.

Nadim

okay, hier. ich hab es ins deutsche übersetzt und
musste es abändern, damit es gut klingt. ich schätze, du kannst kein arabisch, oder? ich schreib nicht
immer auf deutsch

Nadim

du hast augen wie monde. nicht weiß, aber sie
leuchten in meiner dunkelheit. wenn du mich an-
siehst, falle ich hinein in schluchten aus dunst und
nebel und atemlosigkeit.

nachts in meinen träumen habe ich mohnblumen-
blüten in den adern und ein herz aus wolkenblau.
wenn du mich küsst, gehe ich auf in rot und regen.

jeden morgen neu wache ich auf in einer welt aus
waldbrand und wüstensand.

Nadim

what do u think dude

13

Ich lese mir den Text zweimal durch.

Ich denke, denke ich dann, *dass ich dein Freund sein will.*

*

Ein paar Tage später fühlt es sich schon fast wie Sommer an, obwohl es erst April ist. Alle Leute auf dem Campus tragen T-Shirts und die Sonne scheint warm vom strahlend blauen Himmel herab. Kein Wind weht.

Ich halte Mathilda die Tür zum Hörsaalgebäude auf.

Sie gibt mir ein Küsschen auf die Wange. »Gentleman.«

»Mylady.« Ich verbeuge mich lachend.

»Hey«, höre ich plötzlich jemanden hinter mir sagen, und als ich mich umdrehe, steht er da.

Nadim.

»Hi«, sage ich und grinse. »Öfter hier?«

Er lacht. »Jep.«

Heute trägt er grüne Cargohosen und ein schwarz-grünes Hawaiihemd, das er sich in die Hose gesteckt hat. Ich merke genau, wie Mathilda ihn und seine gefärbten Haare mustert. Dann seine Tattoos, die auch ich zum ersten Mal sehe. Sein linker Arm ist voller kleiner Bilder.

Ein winziger Zauberstab mit einem Stern auf der Spitze, Weltraum-Motive wie ein Astronaut, ein Komet, Planeten und Sterne. Sonne und Mond. Wörter. *it's all okay.* Und *the sun came up.*

Auf seinem rechten Unterarm steht *MOTTENHERZ.*

Er hingegen mustert ...

Mich.

Mich, diesen Jungen mit der Baseballcap aus Jeans, dem grün-weiß gestreiften Shirt, der hellen Jeanshose und den weißen Sneakers. Den Jungen, dem gestern in seinem Rucksack sein Eiskaffee ausgelaufen ist und der deshalb den hässlichen, wildgemusterten Wanderrucksack seiner Mum ausleihen musste. Den Jungen mit den Pickeln am Kinn, der verlegen lächelt.

Nadim lächelt schief zurück. Er ist ein paar Zentimeter kleiner als ich.

»Schicker Rucksack«, sagt er, während wir durch die Tür gehen. »Irgendwie hat der was.«

»Echt?« Ich lache. »Danke.«

Mathilda zieht eine Augenbraue hoch. »Ich dachte, du findest ihn hässlich?«

»Ja«, gebe ich zu und grinse Nadim breit an. »War 'ne Notlösung heute Morgen.«

»Ah.« Er lacht und gestikuliert zwischen Mathilda und mir hin und her. »Ihr seid zusammen, nehme ich an?«

»Ja.« Ich ziehe die Mundwinkel hoch.

»Leider.« Sie lacht.

»Ah, ich seh schon. Wahre Liebe.« Nadim zeigt den Gang hinunter, bevor er noch einmal zu mir sieht. »Ich muss dann weiter. Wir sehen uns, ja?«

Das ging nur an mich. Lächelnd nicke ich. »Klar. Ich schreib dir.« Ich schaue ihm nach, bis er hinter einer Tür verschwunden ist.

»Du weißt, dass er gemerkt hat, dass du verdammt süß aussiehst heute?«, fragt Mathilda, während sie an ihrem Kleid zupft. Auch sie sieht hübsch aus. Immer, eigentlich, aber heute besonders. Ihre Sommersprossen werden langsam deutlicher und sie sieht fröhlich aus. Es muss die Sonne sein.

»Hä?«

Sie dreht sich zu mir und lacht erneut. »Ich kenne ihn nicht, aber ich glaube, er mag dich.«

»Glaube ich nicht«, sage ich. »Das ist einfach seine Art.«

»Okay. Wie du meinst.« Schulterzuckend zieht sie sich ein buntes Scrunchie vom Handgelenk und fasst ihre kurzen hellbraunen Haare zu einem Zopf zusammen. Ich habe ihr das Haargummi geschenkt, vor Jahren schon. Es wundert mich, dass es noch nicht auseinander-gefallen ist, so oft, wie sie es trägt. »Ich muss jetzt auch zum nächsten Seminar. Bis später?«

»Ja. Klar.«

»Ich liebe dich.«

»Ich dich auch.«

Es fühlt sich immer falscher an, das zu sagen. Ich liebe sie, ja, aber nicht auf dieselbe Weise, auf die sie mich liebt. Meine Schuldgefühle, weil ich ihr eine Lüge vorlebe, werden immer stärker.

Sobald sie außer Hörweite ist, seufze ich tief.

*

Es dauert nur einen Tag, bis er mir wieder schreibt. Ich sitze in einem Seminar über romantische Lyrik und träume vor mich hin, verloren in einer Welt aus Sommernächten mit sachtem Wind in den Feldern und Wäldern, Wetterleuchten, Sehnsucht, stiller, beinahe unmerklicher Trauer. Mit Nebel in den Tälern und dem Mond am Himmel und Revolution in den Gedanken. Mein Handy vibriert in meiner Hosentasche. Ich ziehe es vorsichtig heraus. Zum Glück sitze ich in der letzten Reihe.

Nadim
wie heißt du auf insta

Ich antworte ihm, muss unwillkürlich lächeln.

Einen Moment später bekomme ich eine Benachrichtigung von Instagram: Es ist eine Aboanfrage von Nadim.

Sein Profil ist voll von Fotos, die andere Leute von ihm gemacht haben. Eins zeigt ihn, wie er mit einem Pferd am Weidezaun kuschelt, ein anderes, wie er in einem Auto sitzt, mit offener Tür, und lacht. Das Bild ist ein bisschen verwackelt und scheint, als wäre es ohne Nadims Wissen gemacht worden. Ein Foto zeigt ihn auf einem kleinen Balkon. Der Himmel leuchtet pink, Nadim lehnt sich über das Geländer, die hohen Häuser auf der Straßenseite gegenüber sehen italienisch aus. Auf einem anderen Bild grinst er breit und betrachtet einen Schmetterling, der auf seiner Schulter gelandet ist.

Die Fotos haben eins gemeinsam: Sie strahlen ein leises, echtes Glück aus. Versetzen mir einen neidvollen Stich. Ein einziges Bild passt nicht hinein. Es ist ein Gruppenfoto von Nadim und einigen anderen Jungs. Sein Lächeln darauf sieht angestrengt aus.

Nadim
ich krieg noch ein gedicht von dir

Mist.

Wolf
hab keine guten auf meinem handy

Nadim
hahahaha hätte ich fast geglaubt

Mir bricht der Schweiß aus, während ich meine Notizen nach einem guten Text durchsuche. Und ich finde tausend Texte. Nur keinen Guten.

Wolf
okay

Wolf
mach dich gefasst auf den größten shit

Wolf
in meinem gartenteich leben ein paar krokodile
jeden abend küsse ich sie gute nacht
du warnst mich vor 1000 zähnen,
die mich zerreißen wollen
aber ich mag es, wenn meine krokodile
lächeln

Ich gehe offline, bevor er etwas erwidern kann.

Erst spät abends, als ich in Mathildas Wohnung im Bett liege, lese ich seine neue Nachricht und antworte ihm. Mathilda ist gerade im Badezimmer. Duschen.

Ich sollte auch duschen. Aber als sie mich gefragt hat, ob wir zusammen duschen wollen … konnte ich nicht.

Nadim bringt mich auf andere Gedanken. Seine Antwort auf meinen Text ist viel zu lieb. Ich lächele das Display an, bis plötzlich ein *Online* unter seinem Kontaktnamen erscheint.

> **Wolf**
> danke. wenn du das ernst meinst, macht mich das echt glücklich

> **Nadim**
> ahhh ofc!! stop being so fucking cute

Oh. Warum schreibt er so etwas?!

Meine Wangen werden heiß und für eine Sekunde kann ich überhaupt nicht denken.

Flirtet er? Oder ist das einfach seine Art?

Er weiß doch, dass Mathilda und ich zusammen sind.

> **Wolf**
> haha. was machst du so?

> **Nadim**
> ich fahre auto. einfach so. nur die nacht und die musik und ich. grad steh ich aber an ner ampel, keine sorge hahah

> **Wolf**
> ughhh sounds poetic, nimm mich mit!!

Nadim

echt? ich hol dich ab, wenn du willst lol

O fuck. Das war nicht mein Plan. Warum muss er so lieb sein?

Wolf

wie wärs mit morgen oder so? bin gerade bei
meiner freundin

Nadim

oh okay

Nadim

morgen abend dann! freu mich

Wolf

ich mich auch. bis morgen :D

Nadim

grüß deine krokodile von mir

Mathilda kommt aus dem Badezimmer und ich schalte mein Handy aus. In meinem Bauch kribbelt es, wenn ich an morgen denke. Abgesehen von Flanna habe ich niemanden, mit dem ich mich treffen könnte, und Flanna macht ständig etwas mit ihren Freundesgruppen. Aber morgen – morgen werde ich etwas mit Nadim unternehmen.

»Ich freu mich schon auf's Kino morgen Abend«, sagt Mathilda, während sie ihren blauen Bademantel an die Tür hängt und sich nur in Top und Unterhose zu mir ins Bett legt.

Ich halte inne.

Fuck.

Dass wir einen Film schauen wollten, habe ich total vergessen.

Kapitel 4

Am nächsten Abend bin ich krank.
Offiziell.

Wolf
nooooo es tut mir sooo leid, ich kann nicht mit dir
ins kino heute

Wolf
ich glaub, ich hab magen darm grippe

Wolf
jedenfalls musste ich mich schon zweimal
übergeben

Wolf
und ... anderes

Mathilda
Ohhhh nein!! Gute Besserung! Soll ich
vorbeikommen?

Ich verdiene sie nicht.

Wolf

nein bloß nicht, du steckst dich safe an

Wolf

ich versuch zu schlafen. aber danke, du bist ein
schatz

Dann starre ich Ewigkeiten die Decke meines Schlafzimmers an. Erst als Nadim mir schreibt und mein Handy aufleuchtet, bewege ich mich wieder.

Nadim

oh yeah bin da baby

»Hey!«, sagt er und strahlt mich an, als ich die Beifahrertür seines Wagens öffne. Es ist ein BMW. Schwarz, mit H-Kennzeichen. Es fühlt sich falsch an, hierfür das Date mit Mathilda abzusagen. Nein, nicht falsch. Unmoralisch.

»Hey. Danke, dass du mich abholst.« Ich lasse mich mit klopfendem Herzen auf das Polster des Beifahrersitzes sinken und schließe die Tür wieder. Ich habe mich, seit ich Abi gemacht habe, nicht mehr mit einem Freund oder einer Freundin allein verabredet, abgesehen von gelegentlichen Treffen mit Flanna. Alle meine Bekannten ziehen es vor, sich in Gruppen zu treffen, und das ist absolut nicht meine Welt. Vielleicht zittern meine Hände ein bisschen.

Hierfür hast du Mathilda angelogen, ermahne ich mich. *Reiß dich zusammen. Ruiniere es nicht.*

Sein Blick ruht noch immer auf mir. Er trägt einen dicken, schwarzen Pulli und seine hellblonden Haare stehen wild von seinem Kopf ab. Kein Wunder, denn sein Fenster ist offen, trotz kühler Nachtluft. »Wir wohnen gar nicht weit voneinander entfernt. Cool, oder?«

»Echt?« Ich hoffe, er hört mir nicht an, wie nervös ich bin.

»Wo wohnst du denn?«

»In der Nähe vom REWE die Straße runter und links hoch. Richtung Phoenix-See.« Er lacht.

»So nah?«, frage ich. Ich laufe immer zum REWE. »Krass.«

»Ja. Wir waren aber nicht zusammen in der Schule, oder?«

Die Lampe über uns erlischt. Am Rückspiegel baumelt ein kleines Plüscheinhorn.

»Nee«, sage ich. »Ich wohne erst zwei Jahre hier.« Meine Eltern sind nach meinem Abi nach Dortmund gezogen, weil mein Vater seinen Job verloren hat und wir das Haus samt Darlehen verkaufen mussten. Ich bin mitgekommen, statt mir eine eigene Wohnung zu suchen, weil es einfacher und günstiger gewesen ist. Ich habe nie das Gefühl gehabt, dadurch in meiner Freiheit eingeschränkt zu sein. Meine Eltern nerven selten.

Er nickt. »Na ja. Trotzdem. Die Welt ist klein.«

»Schon.« Ich grinse. »Krasses Auto übrigens.«

»Danke. Ist ein E24.«

Keine Ahnung, ob mir das etwas sagen soll, aber ich nicke, als wäre ich vom Fach.

Nadim fährt los, schließt das Fenster und schaltet das Autoradio ein, das neuer sein muss als der Wagen selbst, da es einen CD-Player hat. Es dauert nicht lange, bis wir aus der Stadt raus sind. Unser Wohngebiet, das Villenviertel, die Tanke, dann kommt schon die Bundesstraße. Die Sonne ist längst untergegangen und die Straßenlaternen und Scheinwerfer und Sterne leuchten.

Niemand sagt ein Wort, aber das ist egal.

Die Stille zwischen uns ist leicht und weich. Ich bin so glücklich, einfach, weil er mich mitnimmt. Für einen Moment schließe ich die Augen und lasse alles hinter mir. Lasse alles zurück. Hinter dem Horizont im Rückspiegel.

Ich will frei sein, nur für diese Fahrt, will nicht mehr an Mathilda und an die Uni und an Liebe denken, die nicht so ist, wie sie sein soll. Nicht an Lügen und Sorgen und alles, was sonst noch schwer wiegt.

Die Autobahn reißt uns mit sich fort. Vor uns liegt die endlose Nacht. Nichts außer roten Rücklichtern und Stille und Musik und Dunkelheit.

»Hierfür lebe ich«, sagt Nadim, und ich kann seine Worte fühlen. Tief in meiner Brust.

Lass uns Freunde werden, denke ich. *Bitte, bitte werde mein Freund.*

Wir fliegen an den LKW vorbei.

Midnight City von M83 spielt. Nadim wirft mir einen Blick zu. Ich lächele ihn an.

Er lächelt schief zurück. »Wenn du irgendetwas aus deinem Leben nehmen und aus dem Fenster werfen könntest, was wäre es? Egal was.«

Ich atme tief aus. »Oh. Ähm. Keine Ahnung. Meine Angst? Vor bestimmten Dingen?«

Nickend lenkt er auf die rechte Fahrspur, als hinter uns ein Kerl mit einem großen SUV zu drängeln beginnt.

»Du?«

Er zuckt nur mit den Schultern und lächelt wieder.

Wir fahren über die Autobahn und über alte Landstraßen. Durch weite Felder und rabenschwarze Wälder. Städte funkeln in der Ferne. Die Nacht fühlt sich lebendig an, verschluckt uns und will uns nie wieder ausspucken.

»Nimmst du öfter Leute mit?«, frage ich ihn irgendwann. Ich habe jegliches Zeitgefühl verloren.

»Nein.« Er lacht und sieht wieder zu mir. »Meine anderen Freunde reden zu viel. Und sie würden das hier nicht … *fühlen.*«

»Ach so.« Meine Mundwinkel biegen sich ganz von selbst nach oben.

»Möchtest du darüber reden? Worüber – wovor du Angst hast?«

Ich lache. »Nein. Passt.«

»Okay.«

Eine Weile ist es still.

Supercut von Lorde beginnt.

Ich kann seinen Blick auf mir spüren. Ich will ihn nicht erwidern.

»Ich hab nur das Gefühl –«, sage ich, quetsche schnell die Worte raus. Meine Stimme ist rau. »Ich – ich lüge Leute an, okay? Eine Person besonders. Und ich weiß, dass das schlecht ist. Und unmoralisch. Und einfach scheiße. Aber … wenn ich aufhöre, wird sie sauer sein. Sie wird merken, dass ich ewig gelogen habe. Und ich werde ihr wehtun. Doppelt wehtun. Und alles. Und ich will die Person nicht verlieren. Aber das werde ich, wenn ich die Wahrheit sage.«

Und dann bin ich wieder ganz allein. Und ich liebe sie doch. Nur nicht … auf diese Weise. Die Vorstellung, mal mit Mathilda zusammenzuwohnen, sie zu heiraten oder ein Haus mit ihr zu bauen, lässt mich nicht richtig atmen.

Nadim antwortet eine lange Zeit nicht und ich beginne zu denken, dass er mich verurteilt. In meiner Brust zieht es. Ich starre aus dem Fenster. Die Stille engt mich plötzlich ein. Windet sich um meinen Hals und zieht die Schlinge fest. Der Mond schaut einsam auf uns herab. Schattenbäume fliegen an uns vorbei.

Doch dann berührt er meinen Oberschenkel. Ich schlucke und drehe den Kopf zu ihm.

»Was ist besser?«, sagt er langsam. »Leute anzulügen und dieses Gewicht, diese Angst mit dir herumzutragen? Zu wissen, dass du nicht ewig so weitermachen kannst? Dass du es nicht ewig aufschieben kannst? Oder sie verletzen, ihre Wut ertragen und dann … weitergehen und es heilen lassen?«

Ich zucke mit den Schultern. Wir kennen uns kaum, aber vielleicht habe ich genau deswegen das Bedürfnis, ihm alles zu erzählen. Mich nicht zu verstellen. Wenn ich eins gelernt habe in den letzten Jahren, dann, dass ich lieber allein bin, als Zeit mit Leuten zu verbringen, bei denen ich nicht ich selbst sein kann.

»Das ist ja nicht alles«, flüstere ich. »Wenn ich sie verletze … bin ich wieder allein. Flanna … sie hat noch tausend andere Freunde

abgesehen von mir. Und sie beginnt im Herbst ein Auslands-
semester … und wenn sie dann auch weg ist, hab ich niemanden.
Ich hasse das Gefühl.«

»Oh.«

»Ich hatte jahrelang keine Freunde. Weil ich sozial total
inkompetent bin und extrem introvertiert.« Ich schnaube.
Manchmal werde ich ein bisschen wütend auf mich selbst. Es ist
schließlich meine eigene Schuld. Ich muss nicht so inkompatibel
sein. Ich hatte nur keine Lust, mich für die Freundschaften, die
sich angeboten hätten, anzustrengen. Wäre ich öfter zu Treffen mit
Freundesgruppen gegangen und hätte die Zähne zusammengebissen,
wäre ich jetzt nicht allein.

»Hey, du bist nicht inkompetent.« Er lacht. »Aber ich weiß,
was du meinst. Ich mache gerne ab und zu was mit anderen. Aber
besonders, wenn ich nicht einzelne Freunde habe, sondern in einer
Gruppe bin … ist das oft anstrengend. Und macht nicht immer
Spaß. Und dann mach ich oft nicht bei irgendwelchen Sachen und
Unternehmungen mit und dann … gehört man irgendwann nicht
mehr zur Gruppe dazu. Und man ist raus. Und einzelne Freunde
findet man kaum.«

Ich sehe ihn an. »*Ja.*«

Er erwidert meinen Blick. Atmet aus. Presst die Lippen aufeinander.

Und in diesem Moment weiß ich einfach, dass er mich versteht.
Dass er ein bisschen so ist wie ich. Dass er fühlt wie ich.

Sein Blick sagt mir, dass er es auch weiß.

Als ich in dieser Nacht schlafen gehe, träume ich von ihm und den
Sternen über niemals endenden Straßen.

*

»Wo warst du gestern Abend?«, fragt Mama beim Frühstück. Die
Morgensonne scheint durch das Fenster und wirft ein großes, helles
Rechteck auf den schwarzweißen Karofußboden.

Ich sehe Mama an, während ich von meinem Toastie abbeiße, und zucke mit den Schultern. »Mit 'nem Freund unterwegs.« Meine Wangen werden warm und ich verfluche mich dafür.

»Wem?« Sie sieht mich mit großen Augen an. Durch ihre dicken Brillengläser wird der Effekt etwas minimiert, aber ihr Staunen nervt mich trotzdem. Sie weiß, dass ich außer Mathilda und Flanna kaum jemanden habe.

Ich starre die altrosa Wand gegenüber dem Küchentisch an. Mama liebt Farben, während Papa es eher schlicht mag. Das Schlafzimmer hat er eingerichtet, während die beiden im Wohnzimmer einen Kompromiss eingegangen sind. Dafür ist die Küche Mamas Reich – nicht, weil sie jeden Tag kocht, aber weil ihr das große Fenster und die Sitzecke so gut gefallen. Oft sitzt sie hier und malt oder bearbeitet Fotos. Sie ist Hochzeitsfotografin. Die Küche ist voller Pflanzen, mit buntem Geschirr und einem hellgelben Kühlschrank.

»Er heißt Nadim, du kennst ihn nicht«, sage ich.

»Hm.« Mama nimmt einen Schluck aus ihrer gepunkteten Kaffeetasse. Noch immer mustert sie mich. Ihre Augen haben dieselbe Farbe wie meine: ein unauffälliges Blaugrau. Die dunkelblonden Haare habe ich ebenfalls von ihr.

»Weiß nicht, ob er wirklich mein Freund ist. Wir müssen uns noch kennenlernen.« Ich lächele. »Aber er ist nett.«

Nickend gibt sie mir ein neues Toastie aus dem Toaster. »Wie geht's denn eigentlich Thilda? Sie war schon lange nicht mehr hier.« Sie versucht, beiläufig zu klingen, aber ihr Ton verrät, dass sie ahnt, dass etwas bei Mathilda und mir nicht in Ordnung ist.

Die Sache ist die: Meine Eltern lieben Mathilda abgöttisch. Mathilda und ihr niedliches Gesicht. Mathilda und ihre freundliche Art. Mathilda, Mathilda, Mathilda.

Sie erwarten wahrscheinlich, dass wir irgendwann heiraten werden. Ich könnte mich übergeben, so ein schlechtes Gewissen habe ich.

»Gut«, sage ich.

»Bring sie doch mal wieder mit.«

»Ja.«

Warum habe ich es noch mal für eine gute Idee gehalten, nicht in eine eigene Wohnung zu ziehen?

Sie lächelt mich an. »Ich back auch einen Kuchen, wenn ihr mir vorher Bescheid gebt.«

»Ja.«

Damit ist mein Vormittag offiziell gelaufen.

Ich weiß nicht, wie ich es Mathilda sagen soll, und langsam, aber sicher wird diese Beziehung zu einer Belastung, die ich nicht mehr ertragen kann.

Drei Stunden später entdecke ich allerdings Nadim im Hörsaal – und ich kann nicht anders, ich muss grinsen.

Ich denke daran, wie er mich im Auto angesehen hat. Wie ich gedacht habe, er versteht mich.

Unwillkürlich gehe ich schneller die Treppen hinunter, um zu seiner Reihe zu gelangen.

Als er mich sieht, lächelt er ebenfalls breit.

Vielleicht können wir ja wirklich Freunde werden. Ich bin mir sicher, dass ich bei ihm richtig bin.

Kapitel 5

Ich weiß nie, was das Leben für einen Sinn hat, aber manchmal finde ich Dinge, die mich denken lassen, dass mir diese Sinnlosigkeit überhaupt nichts ausmacht. Wie der Himmel bei Dämmerung und das Morgenlicht. Wind im hohen Gras und in den Feldern. Die Sterne über dem Land. Funkelnde Städte bei Nacht. Dem Fernweh nachgeben. Diese Dinge verursachen immer ein Gefühl in mir, das groß und weit wie das Meer ist.

Nadim gehört auch dazu. Ich bin mir sicher.

»Wie findet du mein neues Gedicht?«, grinst er, als ich mich im Hörsaal auf den freien Platz neben ihm setze. Linda auf seiner anderen Seite mustert mich neugierig. Ihr dunkler Pony fällt ihr in die Stirn.

»Hi«, begrüße ich sie, woraufhin ich ein nettes »Hey« zurückbekomme. Dann wende ich mich an Nadim. »Welches Gedicht?«

»Ich hab's dir gerade geschickt.«

»Oh.«

Ich stelle meinen Rucksack ab und ziehe mein Handy aus der Innentasche meiner Jeansjacke. »Bin gespannt.«

»Ich hab es halt so geschrieben, weil's mir eingefallen ist. Nicht, weil ich im Moment so fühle.« Er lacht und dreht einen Werbekuli zwischen seinen Fingern. »Und das Ende gefällt mir nicht so ganz, aber ... ich hatte keine Ideen mehr.«

Nadim

okay, baby, die sache ist die:
du fasst mich an und ich
steh in flammen
bin verbrannt
halt den atem an
du grinst und nichts anderes hat mehr sinn
ich folge den linien deines kiefers, deines kinns
bin verloren
im moment
und das ganz sicher auch noch morgen.
lass sie uns einfach loswerden
diese sorgen
ich will sein wie alle andren: unbeschwert
und nicht verkehrt
herz unversehrt
kopf restentleert.
weißt du, baby
ich denk so fucking oft an dich
und dann hat jeder plötzlich dein gesicht,
das einzige gedicht, was unmöglich zu schreiben ist
in meinen träumen küsst du mich
und fuck, meine knie zittern nicht
höchstens unmerklich.
ich bin randvoll mit winzigkleinen
wünschen
brauch kein märchen,
keinen disneyprinzen
ich will nur dich
aber du siehst mich nicht
in diesem licht.
dein herz will nicht
mich.

»Oh no«, sage ich, als ich wieder aufsehe, auftauche, und mein Blick seinem begegnet. Ich bin ein bisschen atemlos. »Das Ende ist ja voll traurig.«

Er lacht. »Tja. Wie gesagt, was anderes ist mir nicht eingefallen.«

»Ich mag es aber. Wirklich.«

Das entlockt ihm noch ein Lächeln. »Echt? Das freut mich voll.«

Die Vorlesung beginnt, aber ich höre nur mit halbem Ohr zu. Meine Gedanken wandern immer wieder zurück zu Nadims Text.

Ganz besonders zu diesem einen kleinen Wörtchen namens *Disneyprinzen.*

*

Der Himmel ist pflaumenviolett und feuerorange und in einem Baum über mir singt eine Amsel. Ich atme tief ein, fülle meine Lungen mit kühler Abendluft und Melancholie, versuche, meinen Puls unter Kontrolle zu bringen.

Mein Handy vibriert in meiner Tasche. Ich ignoriere es.

Nadim wird jeden Moment hier sein und ich habe keinen Platz in meinem Kopf für Mathilda und ihr »Was ist los mit dir?« und Mamas »Bring sie doch mal wieder mit«.

Wie sagt man einem Menschen, der einen über alles liebt, dass man ihn nicht zurückliebt? Nicht mehr?

Angespannt reibe ich meine Stirn, fahre mir durch die kurzen Haare. Ich will wegrennen, kann das nicht länger aushalten. Ich hasse mich selbst dafür, Mathilda anzulügen, aber –

Ich will ihr nicht wehtun und ihr das Herz brechen.

Ein schwarzer BMW hält vor mir. Ich reiße erleichtert die Beifahrertür auf und lasse mich auf den Sitz fallen. »Hey.«

Mein Tonfall ist verräterisch. Nadim mustert mich eingehend. »Alles cool, Bro?«

»Klar, *Bro*«, sage ich ironisch.

Er zieht die Augenbrauen hoch, fährt aber los. »Okay, Bro.«

Ich lache.

»Hör dir den Song an«, sagt er dann, nach einigen stillen Momenten, und startet die CD neu. Die ersten Töne eines Liedes erklingen, dunkel und tiefgehend. »*Worship*.«

»Von wem?«, frage ich.

»Ane Brun und José González.«

Ich schließe die Augen. Die Fenster sind offen, und der Fahrtwind fegt durch mein Haar. Ich konzentriere mich darauf, wie verdammt magisch es ist, mit Nadim im Auto zu sitzen und Musik zu hören. Der Sonnenuntergangshimmel ist anbetungswürdig. Es dauert nicht mehr lange, bis es Sommer ist, und ich habe einen Freund gefunden. Ich habe zwar keine Ahnung, was das Leben bringt und was mal aus mir werden soll – aber hier in diesem Wagen ist das nicht wichtig. Wir machen einen Ausflug, weit weg von der Realität.

»Du schuldest mir noch ein Gedicht«, sagt Nadim und lächelt mich an, bevor er wieder auf die Straße sieht.

»Tu ich das?« Ich kann meinen Blick nicht von ihm nehmen. Sind wir eigentlich schon Freunde? Ab wann ist man befreundet?

»Kannst du Texte von dir auswendig?«

Ich überlege eine Weile. Der eine Text ist zu persönlich. Und der andere … »Ich hatte letztes Wintersemester ein Poetry-Seminar und in einer Stunde ging es um … Magie und Atmosphäre und so was. Wir sollten einen kurzen Text in einem bestimmten Setting schreiben.«

»Okay.« Er nickt und hält an einer roten Ampel, sieht mich an. Dreht die Musik leiser.

Ich drehe mich zu ihm, schaue nach unten. Gerade kann ich seinen Blick nicht erwidern.

»Above us nothing but stars. Our hearts are full to the brim, bursting with happiness and blackbird song. Buzzing like moths, drunk on glitter and rose scent. Late June takes us by the hand and pulls us into the deep, black night, into the woods and ferns. We dance with deer-eyed fairies. Swim in the dark green river. Kill some monsters living in the depths. When the sun comes up, we are wild and strange and so in love with each other, our hearts break the moment you look me in the eyes. Our blood glistens in the rosy sunlight. It hurts like hell, but with you, I'm finally breathing and alive.«

Er lacht. »Wolf.«

Als ich mich traue, ihm in die Augen zu sehen, bricht mein Herz nicht. Stattdessen näht er es ein bisschen zusammen.

Die Ampel ist längst grün geworden und hinter uns hupt jemand. »Oh.« Nadim gibt Gas.

Ich lehne mich in meinem Sitz zurück.

»Kannst du mir das Gedicht bitte schicken?«, fragt er nach einigen Sekunden. »Dann kann ich es ganz oft lesen.«

Mir wird warm. Ich beiße mir auf die Unterlippe, um nicht breit zu grinsen, aber meine Mundwinkel biegen sich trotzdem nach oben. »Okay.«

Die Nacht senkt sich über uns und den Rest der Welt, während wir durch die Stadt fahren. Ich betrachte die Häuser und die erleuchteten Fenster, die Leute in ihren Wohnzimmern, schaue zu Nadim und präge ihn mir ein. Seine Augen glänzen im Licht der Ampeln und Straßenlaternen.

Wenn Mathilda wüsste, dass ich bei ihm im Auto sitze, was würde sie dann sagen? *Wieso verbringst du so viel Zeit mit ihm? Wieso lügst du mich an? Ersetzt du mich?*

Warum fühle ich mich so schuldig? Ich sitze nur neben ihm und rede mit ihm.

»Okay, was ist los?«, will er wissen. »Du wirkst … gestresst.«

»Ach. Es geht nur um Mathilda.«

»Okay?«

»Ja.« Schulterzuckend sehe ich aus dem Fenster.

Als ich nichts hinzufüge, brummt er. »Wie lange seid ihr schon zusammen?«

Ich schließe die Augen wieder. *Zu lange.* »Vier Jahre.«

Er pfeift, bringt mich zum Seufzen. Ich will nicht weiter über dieses Thema reden.

Nadim bringt mich nach Hause. Am nächsten Tag sehen wir uns nicht. Ich weiß nicht, was ich ihm schreiben soll. Mathilda besucht mich.

Als ich am darauffolgenden Mittag mit ihr aus der Mensa komme, laufe ich jedoch beinahe in Nadim hinein. Er steht mit einem weiteren Typen und einer jungen Frau vor dem Gebäude in der Sonne. Und er lacht, wie so oft.

Heute trägt er ein weites dunkelblaues Hemd mit kurzen Ärmeln, das er sich in seine Cargohosen gesteckt hat. Ich habe das Gefühl, sein ganzes Gesicht geht in Sonnenstrahlen auf, als er mich entdeckt.

»Hey!«

»Hi.« Ich werde in eine kurze Umarmung gezogen. Er riecht nach seinem schrecklichen Deo.

Mathilda lächelt ihm zu. »Hey.«

»Willst du uns nicht vorstellen?«, fragt der Typ neben ihm.

Nadim verdreht die Augen. »Wolf«, sagt er dann, »das sind Esma und Salih.«

Salih gibt mir die Hand. »Hey. Ich bin Nadims Bruder.«

»Hey.« Ich lächele ihn an. Er hat dunkle, fast schwarze Haare und die gleichen Gesichtszüge wie Nadim. Sie sind ein bisschen runder, obwohl er der ältere Bruder sein muss.

Dann gibt Nadims Bekannte mir die Hand. Sie sieht wunderschön aus, mit hohen Wangenknochen und dunklen Augen und Haaren. »Hi. Ich bin Nadims Freundin.«

Ich ziehe die Augenbrauen hoch. *Freundin?*

Nadim sieht verlegen aus. »Äh … ja. Seit Kurzem erst.«

Sie lächelt ihn an.

Freundin.

»Süß«, sage ich.

Niemand sagt etwas.

»Kommst du noch mit, Kaffee trinken?«, fragt Mathilda mich schließlich und ich nicke. Bin auf Autopilot.

»Okay. Bis dann mal.« Sie lächelt in die Runde und greift nach meiner Hand.

Ich winke Nadim und seiner Freundin und seinem Bruder zu, weil keine Worte durch meinen Hals passen, und dann werde ich auch schon weggezogen.

Als ich nach einigen Schocksekunden einen Blick über meine Schulter werfe, sieht Nadim mir nach.

Kapitel 6

Ich sitze mit meinem Vater und dem Hund auf dem Sofa und scrolle durch Pinterest, um Inspiration für ein neues Gedicht zu finden. In letzter Zeit habe ich nicht viel geschrieben. Ich hatte einfach nichts, was ich in Worten festhalten wollte.

Im Fernsehen läuft eine Reisedoku über Skandinavien, die mein Vater gebannt verfolgt. Es ist spät abends, zwanzig nach elf. Eine Nachricht von Nadim erscheint auf meinem Display und reißt mich aus meinen Gedanken.

> **Nadim**
> bist du wach?

Ich habe den ganzen Nachmittag über ihn nachgedacht. Über seine Freundin. Und die Gedichte, die er schreibt.

Es passt nicht zusammen.

Na gut. Er könnte bi sein. Oder pan. Doch er hat Esma nie zuvor erwähnt. Viel haben wir noch nicht miteinander geredet, aber man erzählt doch gerne von der Person, die man liebt, oder nicht?

> **Wolf**
> jep

> **Nadim**
> ich warte an der ecke

Wolf

jetzt gerade?!? so spät noch?

Nadim

komm!!!

Wow. Okay. Ich stehe auf. Ich trage eine Jogginghose und meinen alten Abi-Pulli, aber ich habe keine Lust, mich umzuziehen. Wir werden sowieso nur im Auto sitzen. »Ich muss noch mal kurz los.« »Wohin?«, fragt mein Vater.

Ich lache. »Keine Ahnung.«

Der Nachthimmel ist klar und wolkenlos. Viele Sterne sieht man trotzdem nicht. Die Lichtverschmutzung ist zu hoch.

Ich hänge halb aus dem Beifahrerfenster und der Fahrtwind weht mir kühl ins Gesicht. Von mir aus könnten wir das hier jeden Tag machen. *Mango* von Peach Tree Rascals läuft. Nadim singt beim Refrain mit und holt den Sommer ins Auto, während wir durch die Stadt fahren. Gerade als ich fragen will, wo es heute hingeht, fährt er in eine Seitenstraße und parkt den Wagen am Straßenrand.

»Hunger?«, fragt er und grinst mich an. »Magst du Falafel?«

Ich entdecke einen Imbiss, ein paar Meter von uns entfernt. Das Schild über der Tür leuchtet hell, lesen kann ich es allerdings nicht. Die Schrift ist arabisch.

Es ist viertel vor zwölf und ich habe mir vor zwei Stunden ein paar Toastbrötchen reingeschoben. Appetit habe ich definitiv. »Klar«, sage ich. »Aber ich hab kein Geld mit.«

»Egal. Auf mein' Nacken.« Er knufft mir gegen den Arm, bevor er aussteigt. Ich folge ihm in den kleinen Laden.

Während wir auf unsere Falafel-Wraps warten, habe ich Zeit, Nadim zu betrachten. Er sieht wahrscheinlich tausendmal wacher aus als ich.

Heute trägt er weiße Sneakers, eine Jogginghose wie ich und einen beigefarbenen Hoodie. Seine Haare sind unter einer Mütze versteckt, nur eine hellblonde Locke schaut über seiner Stirn heraus.

Und seine Wimpern sind echt lang.

Er lächelt den Typen hinter der Theke an, und obwohl der sein Geld auch mit Modeln verdienen könnte, ist Nadims Lächeln keineswegs so breit und erfreut, wie wenn er mich ansieht.

Wenn er lächelt, hat er Grübchen.

Als er sich zu mir dreht, lächle ich ebenfalls, verlegen.

Er zieht die Augenbrauen hoch.

Ich bemerke etwas zu spät, dass der Falafel-Typ mich etwas gefragt hat.

»Was?«, sage ich erschrocken. Meine Wangen werden heiß.

»Alles drauf?«, wiederholt der Kerl genervt und deutet auf die Soßen.

»Ach so. Äh – nicht scharf. Bitte.« Ich schlucke beschämt.

Nadim lacht und schubst mich leicht an der Schulter zurück. »Bist du so fertig, ey? Wenn du lieber schon schlafen gegangen wärst, hättest du mir das auch schreiben können.«

»Nein.« Ich nehme mein Essen entgegen, nachdem Nadim einen Zehner über die Theke gereicht und das Wechselgeld bekommen hat. »Bin nicht so müde.«

»Aha.« Er grinst. »Hätte ich jetzt auch gesagt.«

Wir gehen zum Auto zurück. Nadim öffnet mir die Beifahrertür. »Pass auf, dass dir beim Essen nichts runterfällt.«

»Klaro.« Ich setze mich vorsichtig hin. Mittlerweile ist der Geruch seines Autos mir seltsam vertraut. Es riecht nach altem Leder und Vanille und etwas, für das ich keinen Namen habe.
Vielleicht ein bisschen nach Nadim selbst.

Eine Weile essen wir schweigend. Es wird dunkler im Auto, als die Deckenlampe erlischt, doch dank der Straßenlaterne fällt genug Licht durch die Fenster herein.

»Schmeckt mega«, sage ich. »Aber anders als die Türkischen.«

»Na klar.« Er grinst breit. »Viel besser.«

Ich lache. »Ich mag beides gern.«

Mein Handy drückt in meiner Hosentasche und ich bereue es, es nicht zu Hause gelassen zu haben. Es erinnert mich an Mathilda. Ich habe ihre Nachricht vom frühen Abend nicht beantwortet.

Ich wünschte, sie würde von selbst merken, dass ich sie nicht mehr auf diese Weise liebe. Oder dass sie beschließt, dass sie etwas Besseres als mich verdient. Meinetwegen könnte sie sich in eine andere Person verlieben. Ich wünschte nur, sie würde von sich aus mit mir Schluss machen. Ich kann es nicht selbst tun. Ich schulde ihr so verdammt viel und wenn ich ihr jetzt das Herz breche, habe ich ihr viel mehr genommen als nur eine Beziehung.

So viel mehr.

»Ich wusste nicht, dass du 'ne Freundin hast«, sage ich zu Nadim, um mich abzulenken.

Er nickt und beißt von seinem Wrap ab, bevor er ein Bein auf den Sitz zieht und es anwinkelt. »Tut mir leid.«

Verwirrt ziehe ich die Augenbrauen zusammen. »Wofür entschuldigst du dich?«

Er lacht. »Keine Ahnung. Weil ich dir nichts von Esma erzählt hab.«

Ich zucke mit den Schultern. »Nicht schlimm?«

»Es ist nur –« Er sieht an mir vorbei aus dem Fenster, während er sich auf die Unterlippe beißt. »Esma und ich sind nicht wirklich zusammen. Sie ist nur eine gute Freundin von mir und tut mir einen Gefallen. Mein Bruder ... er sagt manchmal Sachen, die mir ein bisschen Angst machen. So ... homofeindliche Sachen. Und letztens hat er mich gefragt, warum ich noch nie eine Freundin hatte. Und er hatte so einen seltsamen Blick dabei. Damit er Ruhe gibt, tun Esma und ich so, als wären wir zusammen.«

»Oh«, sage ich überrascht. »Okay? Und was ist, wenn Esma mal eine richtige Beziehung haben will? Oder ist sie lesbisch und kann das auch nicht zeigen?«

»Ihre Eltern wären mit allem cool. Aber sie ist hetero, glaube ich. Falls sie bald ihren Traummann kennenlernt, trennen wir uns halt. Dann hatte ich wenigstens eine Freundin und kann meinem Bruder ein bisschen Herzschmerz vorspielen.«

Ich grinse ihn an. »Und du stehst nur auf Jungs? Denn es wär echt witzig, wenn ihr euch beim Fake-Daten verliebt. Dann schreibe ich so ein Klischee-Rom-Com-Drehbuch über euch.«

Er lacht auf. »Gott, nein! Das wird garantiert nicht passieren. Erstens stehe ich nicht auf Mädchen. Und zweitens werde ich sowieso ewig single bleiben.«

»Warum solltest du?«, frage ich.

»Weil alle süßen Jungs hetero oder schon vergeben sind? Oder beides?« Er sieht mir in die Augen.

Mir wird warm. Ich schaue zurück, und plötzlich ist mein Kopf vollkommen leer. Alle meine Gedanken sind weggeflogen und haben mich im Stich gelassen.

»Tja, c'est la vie, Bro«, sagt er dann schulterzuckend.

»Glaub ich nicht«, bringe ich raus und wende mich wieder meinen Falafeln zu.

»Doch.«

»Hattest du noch nie einen Freund?« Mir fällt ein Stück Salat aus dem Brot. Schnell hebe ich es auf und stecke es mir in den Mund.

»Keine feste Beziehung.« Er lacht. »Vielleicht bin ich zu wählerisch.«

»Wobei?«

»Na ja. Er sollte schon gut aussehen. Und er muss Kunst und Literatur mögen. Und er darf nicht anstrengend sein. Aber auch nicht zu langweilig. Nicht zu unsicher. Und nicht zu sehr von sich selbst überzeugt.« Langsam atmet er aus. »Und noch tausend weitere Sachen.«

Jetzt bin ich der, der lacht. »Also ein durchschnittlicher Typ mit einer Vorliebe für Literatur und Kunst?«

»Oh. Ja. Kann schon sein.«

Ich hebe die Augenbrauen. »Und was ist, wenn du feiern gehst und 'nen supersexy Typen triffst, der dich auch will? Und er ist lustig und intelligent und interessant und will mit dir auf ein Date gehen? Aber er liest überhaupt nicht und kann mit Kunst nichts anfangen und liebt Zocken und Mathe und Sport?«

»Zocken kann ich auch.« Er grinst mich verlegen an. »Aber eigentlich … habe ich tausend Szenarien im Kopf, was ich mit einem süßen Typen alles bei einem Date machen will, und … na ja. Egal. Man kann ja auch was machen, was beiden gefällt.«

»Was würdest du denn eigentlich machen wollen?«, frage ich.

»In ein Museum oder eine Ausstellung gehen. Oder in eine Bibliothek oder einen Buchladen. Und jeder sucht dem anderen ein Buch aus. Oder wir gehen auf einen Poetry-Slam. Oder setzen uns in ein Café und lernen oder schreiben.«

Ich sehe kurz zur Seite. »Das würde ich auch gern machen.«

»Was würdest du noch machen?« Er zieht sich die Mütze vom Kopf. Seine Haare stehen wild in alle Richtungen ab.

»Schwimmen gehen, wenn wir schon auf ein, zwei Dates waren«, sage ich grinsend. »Ist voll praktisch.«

Er prustet los. »Und dann musst du die ganze Zeit deinen Ständer verstecken?«

»Fuck. Okay. Ich würde auch Sterne anschauen, falls gutes Wetter ist und es romantisch sein soll. Dazu müsste man natürlich aus der Stadt raus.«

»Das ist echt kitschig.«

»Was, würdest du es nicht machen?«, frage ich ein bisschen defensiv.

»Doch, auf jeden Fall.« Er grinst.

Ich lache auf. »Aha. Siehst du. Das kannst du dann auch mit einem Mathegeek machen.«

Als wir zurückfahren, sagt keiner ein Wort. Die Straßen sind wie leergefegt, jetzt nach Mitternacht. Die Stille zwischen uns ist meine Definition von Frieden.

Wir nehmen den längeren Weg zurück.

*

Am nächsten Tag nach dem Mittagessen fängt meine Mutter schon wieder mit Mathilda an. Sie nimmt mich ins Visier, sobald sie die letzte Erbse auf ihrem Teller aufgepikst und heruntergeschluckt hat.

»Wolf, warum hast du Thilda nicht für heute eingeladen? Ich habe ihr doch letztes Mal, als sie hier war, gesagt, dass sie heute gerne kommen soll.«

Ich kann mich nicht davon abhalten, die Augen zu verdrehen. Mit der linken Hand kraule ich Jens im Nacken. Er hechelt zufrieden. Ich wünschte, ich wäre auch ein Hund. »Bin müde.«

»Ja, wenn man um Mitternacht noch aus dem Haus rennt.« Mein Vater sieht mich missbilligend an.

»Was, soll ich nach dem *Sandmännchen* ins Bett gehen?«, frage ich.

Jens sieht zu mir herauf. Er merkt sofort, wenn die Stimmung kippt.

Papa brummt und zupft einen Fussel von seinem Hemdärmel. Er arbeitet in einem Laden für Outdoor-Ausrüstung in der Innenstadt, hat heute allerdings frei. »Mit wem bist du denn neuerdings abends unterwegs?«

»Ich bin neunzehn, warum kontrolliert ihr mich plötzlich so?« Ich schaue genervt auf meinen leeren Teller. »Aber wenn du es unbedingt wissen willst: mit Nadim, meinem neuen Freund. Was ist dabei?«

»Was macht ihr denn so spät noch?« Mama mustert mich besorgt. »Bitte sag mir nicht, dass ihr Gras raucht. Oder *Shisha*!« Sie klingt ganz schockiert von dieser Idee.

Ich lache auf. »Nein, Mama! Wir waren was essen.«

»Ach so«, sagt sie erleichtert. »Aber Mathilda kannst du trotzdem mal einladen.«

»Sie war doch letztens erst hier!«

Sie lässt nicht locker. »Ist alles in Ordnung zwischen euch? Habt ihr euch gestritten?«

Papa steht auf und packt unter lautem Klappern unsere Teller in die Spülmaschine. Solche Gespräche sind nichts für ihn.

»Wir haben uns nicht gestritten, nein.« Ich stütze meinen Kopf in die Hände. »Ist doch egal. Warum könnt ihr nicht einfach akzeptieren, dass ich sie jetzt nicht hier haben will?«

»Also, wenn ihr euch nicht gestritten habt …«, beginnt Mama. Dann werden ihre Augen groß. »Hast du ein anderes Mädchen kennengelernt?«

»Nein.« Ich seufze tief, bevor ich aufstehe. »Ich gehe jetzt. Danke fürs Essen.«

»Hat *sie* jemand anderes kennengelernt?«

»Mann, Mama, lass mich doch einfach in Ruhe!«, rufe ich. »Ich liebe sie einfach nicht mehr, okay?! Ich will sie nicht ständig sehen!«

Sie schaut mich entsetzt an. »Was?«

Papa dreht sich zu uns um. »Warum machst du dann nicht Schluss? Das arme Mädchen.«

»Gott!« Ich werfe die Hände in die Luft. »Weil sie immer für mich da war! Weil sie immer bei mir war! Weil ich ihr etwas schuldig bin und sie für unsere Beziehung umgezogen ist und ihre Traum-Uni aufgegeben hat! Nur um mit mir zusammen zu sein!«

Damit stapfe ich in mein Zimmer und schließe etwas zu laut die Tür hinter mir.

Ich würde Mathildas Leben ruinieren, wenn ich Schluss machen würde. Ohne mich würde sie in Hamburg studieren und säße nicht im Ruhrgebiet. Ohne mich hätte sie einen anderen Studiengang gewählt. Ohne mich wäre sie mit ihrer besten Freundin zusammengezogen.

Ich habe ihr damals gesagt, sie soll sich nicht nach mir richten, aber abgehalten habe ich sie nicht.

Und jetzt sitzt sie hier fest, hat keine neuen Freunde gefunden und ist hunderte Kilometer von ihrer Familie und ihren alten Freunden entfernt. Und ich kenne niemanden, der unsympathischer ist als Mathildas Mitbewohnerin.

Sie wollte diesen Sommer sogar mit mir zusammenziehen.

Warum musste sie alles aufgeben für mich?

Und warum, verdammt, habe ich es zugelassen?

Ich kann nicht Schluss machen. Ich habe ihr gesagt, dass wir zusammenbleiben. Egal was kommt.

Ich habe es ihr versprochen.

Kapitel 7

Um mich abzulenken, schreibe ich Nadim.

Wolf
willst du jens kennenlernen?

Nadim
omg yeees, heute abend maybe?? hast du da zeit?

»Hey«, sage ich grinsend, als Nadim die letzte Treppe zu unserer Wohnungstür hochläuft. Es ist kurz vor sechs.

»Na?« Er lacht, als Jens sich zwischen meinen Beinen und dem Türrahmen durchquetscht und leise wufft. »Oh! Hey! Wie süß bist du denn?«

Zwei Sekunden später kniet Nadim auf dem schmutzigen Treppenhausboden und streichelt Jens ausgiebig. »So, so süß!« Er spricht in Babystimme mit dem Hund.

Eventuell mag ich ihn jetzt noch ein bisschen mehr, als ich es sowieso schon getan habe.

Ich schnaube belustigt. »Komm rein.«

Die letzte Stunde habe ich damit verbracht, mein Zimmer akribisch aufzuräumen, zu saugen und meine Dreckwäsche in die Waschmaschine zu stopfen. Ich schwitze noch immer.

Nadim richtet sich auf und grinst mich mit roten Wangen an. »Wie geht's dir?«

»Ach.« Ich zucke mit den Schultern. »Sehr gut. Hab mich nur ein bisschen mit meinen Eltern gestritten.«

»Oh, worüber?« Er sieht an mir vorbei in die Wohnung hinein. »Sind sie auch da?«

»Ach, Kleinigkeiten. Und nee, die sind gerade einkaufen. Aber sie kommen bestimmt bald wieder.« Wahrscheinlich in der nächsten halben Stunde. Mein Blick fällt auf Jens, der uns erwartungsvoll ansieht und hechelt.

»Willst du vielleicht spazieren gehen?«, frage ich Nadim.

Jens' Schlappohren richten sich minimal auf. Er wedelt.

»Klar.« Nadim strahlt mich an.

»Willst du auch spazieren gehen?«, frage ich Jens. »Ja?«

Er wedelt noch aufgeregter und läuft mir nach, als ich zur Garderobe gehe, um sein Geschirr und seine Leine zu holen.

»Er ist so süß.« Nadim sieht ihn verliebt an. »Ich gehe jetzt jeden Tag mit spazieren, okay?«

Ich lache. »Von mir aus.«

Dagegen hätte ich wirklich nichts.

Der Park ist gleich um die Ecke und es ist fast genauso schön, mit Nadim herumzuschlendern, wie mit ihm Auto zu fahren. Es ist entspannt. Und still. Und friedlich.

Nach einer halben wortlosen Ewigkeit setzen wir uns auf eine Bank und betrachten die Leute um uns herum, die auf Picknickdecken auf der Wiese sitzen oder mit ihren Hunden Ball spielen. Die Bäume werden immer grüner und ich freue mich schon so unfassbar sehr auf den Sommer, längere Tage und Wärme und Sonnenschein.

Jens liegt zufrieden zu meinen Füßen im Gras. Nadim lehnt sich zurück und zeigt auf eine Gruppe von Leuten, die so alt sind wie wir. Zwei Mädels, drei Typen. Sie sitzen nicht weit von uns entfernt, Bierflaschen in der Hand. »Der Eine arbeitet in der Pizzeria an der Kreuzung. Da, wo ich auf dich mit dem Auto warte.«

Jetzt weiß ich, warum der Typ mir bekannt vorkommt. »Stimmt.«

»Er sieht echt cute aus. Ist aber 'n Arschloch.« Nadim lacht.
»Hat meinen Bruder mal angemacht, weil er gefragt hat, was die
für eine Salami auf ihre Pizza machen.«

»Hä? Ist doch 'ne ganz normale Frage?« Ich ziehe die
Augenbrauen zusammen.

»Er hatte was gegen Ausländer. Oder Muslime. Oder beides.« Er
blinzelt mich an und sagt dann abfällig: »*Für euch gibt's hier nichts
außer Thunfisch und Gemüse.*«

»Wichser.«

Grinsend hält Nadim sein Gesicht in die Sonne. »Ja. Ich wäre
fast wieder rausgegangen, aber die vegetarischen Pizzen finde ich
da echt geil.«

»Trinkst du Alkohol?«, frage ich, bevor ich mich zurückhalten
kann.

»Ja.« Er gluckst. »Mein Vater und mein Bruder sind
muslimisch, aber die Familie meiner Mum ist katholisch. Und ich
… keine Ahnung. Ich wollte keiner Religion angehören.« Dann
sieht er mich an, als hätte er gerade die Idee des Jahrhunderts
gehabt. »Apropos Alkohol! Lass mal zusammen feiern gehen! Du
nimmst noch Flanna mit und ich frag Linda, okay? Es ist sowieso
lustig, dass Flanna und ich beide mit Linda befreundet sind.«

Ich nicke zögerlich. Feiern war ich ewig nicht mehr.
Vielleicht wird es ja diesmal gut, mit den richtigen Leuten.
»Okay.«

»Perfekt.«

Die Abendluft wird langsam kühler. Ich ziehe meine
Jeansjacke vor meiner Brust zusammen. »Sollen wir zurück? Wir
können ja 'nen Film gucken oder so, falls du noch Zeit hast. Und
Lust.« Ich will nicht, dass er schon wieder geht.

»Klar«, antwortet er und springt auf. »Auf was für Filme stehst
du so?«

»Keine Ahnung. Alles Mögliche. Ich mag es, wenn die Hauptfiguren nicht viel älter sind als ich … und ich habe eine Abneigung
gegen diesen Fremdschäm-Humor.«

Er lacht laut. »Ja, das kann ich verstehen. Allerdings lache ich nur mehr, je schlechter die Witze sind.«

»Ja, same, aber nicht, wenn ich ständig cringen muss.« Ich grinse ihn breit an.

»True.«

Wir gehen ein Stückchen in Richtung meiner Straße.

»Ich hab aber keinen Fernseher in meinem Zimmer«, sage ich. »Hätte nur meinen Laptop.«

»Macht mir nichts. Wenn du willst, können wir aber auch zu mir, ich hab einen Fernseher.« Er sieht mich fragend an.

»Wohnst du noch bei deinen Eltern?«

»Nee. Ich wohne in einer WG mit meinem Bruder, seit ich neunzehn geworden bin. Also seit einem Jahr.« Seufzend kickt er ein Steinchen über den Weg. »Er hat mich dazu überredet. Jetzt wünsche ich mir, es wäre anders, weil …«

Ich schaue ihn abwartend an. Nach einem Moment erwidert er meinen Blick.

»Weil …?«, hake ich vorsichtig nach.

»Wenn ein Typ mal bei mir übernachten würde, würde er bestimmt was sagen. Oder es bei meinen Eltern erwähnen.« Seine braunen Augen leuchten in der Abendsonne. Er sieht mich frustriert an.

»Hattest du noch nie 'nen Jungen, der bei dir übernachtet hat?«, frage ich. »Auch keinen einfachen Freund oder so?«

»Nee. Also weiß ich nicht, ob Salih das okay oder eher fraglich finden würde.«

»Ich kann bei dir übernachten. Und wir finden es heraus.« Ich ziehe die Augenbrauen hoch.

Mein Herz schlägt schneller. Etwas Angst, dass er keine Lust hat, so viel Zeit mit mir zu verbringen, habe ich schon. »Du hast 'ne Freundin, ich hab 'ne Freundin, er weiß das ja. Wir testen einfach, ob er uns schief anschaut.«

Er lacht. »Ja. Okay. Klingt gut.«

Wir bringen Jens zurück in die Wohnung und ich packe schnell eine Tasche. Nadim sieht sich währenddessen in meinem Zimmer um. Es ist ziemlich langweilig, schätze ich – Gardinen in Blaugrau, weiße Wände, schwarze Möbel. Ich habe mehrere Bilder, die ich in früheren Urlauben mit meinen Eltern gemacht habe, als Schwarz-Weiß-Poster drucken lassen und eingerahmt. Vor meinem Bett liegt ein großes Hundekissen für Jens.

»So viele Bücher«, sagt Nadim begeistert und geht zu meinem Bücherregal. »Aber heftig viel Fantasy.«

Lesen hat mich immer über Wasser gehalten. Ohne Bücher und ohne Gedichte wäre ich längst ertrunken. »Kannst dir gerne Bücher ausleihen«, sage ich.

Früher, als wir noch auf dem Land gewohnt haben, bin ich oft Fahrrad gefahren. Es gab auch mal eine Zeit, in der ich Zeichnen probiert habe. Ich bin miserabel gewesen. Games sind ebenfalls nichts für mich. Fotografie käme vielleicht noch als Hobby infrage, aber es ist mir unangenehm, vor anderen Leuten mit einer Kamera Fotos zu machen. Ich habe dabei immer das Gefühl, zu viel Aufmerksamkeit auf mich zu ziehen. Außerdem ist Fotografie Mamas Gebiet.

Texte und ich sind Endgame. Definitiv.

Als wir aus meinem Zimmer in den Flur treten, ich mit meinem Rucksack in der Hand, Nadim mit einem Buch, kommen gerade meine Eltern zurück.

»Oh, hallo!« Mama bleibt überrascht stehen. Papa läuft beinahe in sie hinein. Jens schnüffelt wedelnd an ihren Hosenbeinen.

»Tag«, sagt Papa. Er trägt die Einkaufskiste. Ganz oben drauf liegt der neueste Reiseprospekt des Supermarkts, wie so oft. Er blättert jedes Mal durch die Seiten, schaut sich die Bilder von Stränden und Kreuzfahrtschiffen und Hotels an, bevor er so etwas wie »irgendwann mal« murmelt. Mama und ich verdrehen dann immer nur die Augen.

Nadim lächelt meine Eltern an. »Hi, ich bin Nadim. Ein Freund von Wolf.«

»Ach, Nadim! Schön, dich kennenzulernen!« Mama gibt ihm die Hand, wobei sie fast ihren Jutebeutel fallen lässt. »Wir haben schon von dir gehört. Ich bin Silvia.«

»Ludwig.« Papas Blick bleibt an Nadims gefärbten Haaren hängen. »Du entführst Wolf also abends immer so spät.«

Nadim lacht. »Wolf kommt eigentlich ganz freiwillig mit.«

Ich sehe genau, wie meine Eltern ihn mustern. Es ist so unangenehm. »Okay«, sage ich schnell und setze meinen Rucksack auf. »Ich übernachte heute bei Nadim. Wir wollten gerade gehen.«

»Oh«, machen meine Eltern gleichzeitig. Mama freudig überrascht. Papa eher … skeptisch.

»Na dann, viel Spaß«, wünscht er.

Ich ziehe die Mundwinkel hoch und schiebe Nadim zur Wohnungstür. »Danke.«

»Bis morgen!«, ruft Mama uns hinterher.

Sobald wir draußen sind, lacht Nadim. »Sorry, ich bin immer ultra awkward bei so was.«

»Und ich erst.« Ich grinse und nehme ihm das Buch ab, um es in meinen Rucksack zu stecken. »Meine Mum mag dich, das hat man gesehen.« Sie scheißt wahrscheinlich gerade Papa zusammen, dass er bitte enthusiastischer reagieren soll, wenn ein Wunder geschieht und sein Sohn einen Freund mit nach Hause bringt.

Nadim zieht am Ärmel seiner Jacke. »Dein Vater sah nicht so begeistert aus. Vielleicht hätten ihn meine Tattoos überzeugt.«

»Vielleicht hättest du mit deinem Auto kommen und es direkt vor der Tür parken sollen«, sage ich und lache, bevor ich wieder ernst werde. »Sorry wegen ihm. Haben deine Eltern eigentlich mal was zu deinen Tattoos gesagt?«

»Oh.« Er zieht eine Grimasse. »Mein Vater weiß gar nichts von ihnen, weil ich kein' Bock auf Diskussionen habe. Meine Mutter war echt geschockt. Ich bin nicht so oft bei meinen Eltern, also konnte ich sie lange verstecken.«

»Ich find sie cool.« Ich lächele ihn an.

Seine Wangen werden ein bisschen rot. »Danke.«

Der Weg zu seiner Wohnung ist wirklich nicht weit.

Ich versuche, mir nicht vorzustellen, wie wir uns ab jetzt ganz oft spontan besuchen – aber die Hoffnung ist wie ein Waldbrand in meinem Inneren. Sie lässt sich einfach nicht löschen.

Kapitel 8

Nadims Wohnung ist klein, im ersten Stock und mit braunem Laminatfußboden. Sein Zimmer ist höchstens fünfzehn Quadratmeter groß. Es ist komplett chaotisch und überall liegen ausgedruckte Texte und Bücher und Kleidungsstücke herum. Er scheint verdammt viele dieser weiten, kurzärmeligen Hemden zu besitzen.

»Sorry«, sagt er lachend, während er sich auf sein Bett fallen lässt, das unter dem Fenster steht. »Etwas durcheinander hier.«

Seine Bettwäsche ist schlicht grau. Die Wände hingegen haben einen tiefen, dunklen Grünton und sind beklebt mit Bildern, Postkarten und Polaroids. Es sieht ästhetisch aus. Er hat Talent dafür, eine Zusammengehörigkeit ins Durcheinander zu bringen. Die Wand über dem Schreibtisch ist eine einzige große Collage. Ich entdecke Linda auf einigen der Fotos und mehrere Jungs. Es tut weh, die vielen Bilder zu sehen. An meinen Wänden hängen keine Fotos mit Freunden.

Ich betrachte mich kurz in dem riesigen Spiegel, der an der Wand neben der Tür lehnt. Meine dunkelblonden Haare sehen fusselig aus. Am liebsten würde ich sie ein bisschen ordnen, aber ich halte mich zurück und gehe zu Nadims Bücherregal hinüber. »Ich muss erstmal deine Bücher inspizieren.«

»Die Bücher in dem Regal hab ich fast alle für die Uni gekauft. Der Rest sind Kinderbücher.«

Er scheint kein einziges Kinderbuch verkauft oder aussortiert zu haben – oder er muss einmal sehr, sehr viele Bücher besessen haben.

»Ich lese jetzt eigentlich nur queere Bücher, meistens Gay Romance«, erzählt er. »Hab die aber als eBooks, ist sicherer.«

»Verstehe ich.«

Er lacht leise. »Irgendwann, wenn ich Geld habe und in einer anderen Stadt wohne, will ich sie mir alle noch mal als Paperbacks kaufen und ein riesiges Regal in meinem Wohnzimmer haben.«

»Ich schenk dir dann immer welche«, sage ich.

Er lächelt mich an. Ich lächele zurück. Dann fällt mir auf, dass mein Satz impliziert hat, dass wir uns in ein paar Jahren noch kennen werden. Und Mann, das wäre echt schön.

Während er den Fernseher einschaltet und Netflix öffnet, setze ich mich auf sein Bett. Ich frage mich, ob wir heute Nacht zusammen in diesem Bett schlafen werden. Es ist groß, mindestens einen Meter vierzig breit. Mathilda schläft immer im selben Bett wie ihre beste Freundin, wenn die beiden beieinander übernachten. Keine Ahnung, ob das bei guten Freunden so üblich ist. Vielleicht eher bei Mädchen. Aber egal. Das Bett ist groß genug, dass wir bequem nebeneinander schlafen können, ohne einander zu berühren.

Drei Folgen später knurrt mein Magen so laut, dass wir beide lachen müssen.

»Okay. Ich hab nicht so viel zu essen da.« Nadim sieht mich verlegen an. »Sollen wir was bestellen oder Müsli essen?«

Ich zucke mit den Schultern. »Müsli reicht.«

»Okay.« Er springt auf und schaltet das Licht an. Die Sonne ist mittlerweile untergegangen. »Bleib liegen, ich hole was.«

Es dauert nicht lange, bis er mit zwei Schüsseln, zwei Packungen Müsli, einem großen Becher Joghurt und zwei Bananen wiederkommt. »Schoko- oder Kokosmüsli? Mein Bruder hat leider die Milch ausgetrunken.«

»Passt schon. Schoko ist nice. Danke.« Ich nehme ihm die Sachen ab.

Er lässt ein Obstmesser und zwei Löffel auf die Decke fallen. »Gute Wahl. Salih isst nur dieses Kokoszeug.«

»Ist er da?«, frage ich, während ich mich aufsetze.

»Ja. Aber er zockt gerade. Ich hab ihn durch die Tür fluchen hören. Willst du auch Banane?«

»Gerne.«

Er setzt sich neben mich und beginnt, die Bananen von ihrer Schale zu befreien und in unsere Schüsseln zu schneiden. Während ich ihm zusehe, muss ich unwillkürlich lächeln. Er sieht auf und lächelt schief zurück.

»Danke«, sage ich.

»Kein Ding.« Sanft drückt er seinen Ellenbogen in meine Seite.

Das hier wird funktionieren, sage ich mir, als viel zu viele Was-wenn-Gedanken in meinem Kopf zu wirbeln beginnen. *Wir werden Freunde sein. Und diese Freundschaft wird halten.*

Sie muss einfach halten.

Nach dem Zähneputzen stehen wir wieder vor seinem Bett. Es ist mittlerweile halb zwölf.

Er sieht mich an. »Äh. Ich hätte das vielleicht vorher fragen sollen, aber ich hab mich nicht getraut. Und ich dachte mir außerdem, dass du, wenn du was dagegen hast, mit mir in einem Bett zu schlafen … weil ich gay bin … doch kein guter Freund bist.«

Ich ziehe die Augenbrauen zusammen. »Warum sollte ich was dagegen haben? Das wäre ja komplett lächerlich.«

»Okay. Gut.« Er atmet aus. »Ich nehm die Wolldecke, du kannst die richtige Bettdecke haben. Und sag nicht, dass du die Wolldecke nimmst. Das akzeptiere ich nicht.«

Ich lache. »Okay.«

Und dann liegen wir in seinem Bett, nebeneinander, beide in Boxershorts und T-Shirt.

Er gähnt. »Ich hab letzte Nacht ewig mit meinem Bruder gezockt. Bin mega müde.«

»Dann lass schlafen«, sage ich. Ich bin ebenfalls müde.

»Okay. Nachti.« Lachend dreht er sich auf die Seite, sodass er mit dem Rücken zu mir liegt. »Bis morgen.«

»Viel Spaß beim Träumen.« Ich rolle mich in die Decke ein.

Es dauert nicht lange, bis ich einschlafe. Die Bettdecke ist angenehm flauschig und Nadims Atemzüge sind seltsam beruhigend.

Mein letzter Gedanke ist, dass es verdammt schön ist, Zeit mit ihm zu verbringen.

Mitten in der Nacht schrecke ich auf, weil mich irgendetwas im Gesicht trifft.

Was war das?

Orientierungslos und mit klopfendem Herzen starre ich in die Dunkelheit, bevor mir einfällt, dass Nadim neben mir liegt. Ich atme aus, als ich seine Hand direkt neben meinem Gesicht ertaste, und schiebe sie von mir. Das weckt ihn ebenfalls.

Er murmelt etwas, das ich nicht verstehe.

»Sorry«, flüstere ich. »Du hast mich mit deiner Hand getroffen.« Und zum Glück aus dem Schlaf gerissen.

Mein Traum ist nicht schön gewesen. Traum-Nadim hat mich zu seinen Freunden mitgenommen, und mein Unterbewusstsein hat mich zu einem kompletten Loser gemacht. Am Ende stand ich wieder allein da.

»Oh, Shit. Sorry.« Er dreht sich zu mir. »Hab ich dir wehgetan?«

»Nee. Alles gut.« Ich lächele schief, auch wenn er das nicht sehen kann.

Wir sind uns so verdammt nah. Ich atme flacher, um ihm nicht ins Gesicht zu atmen.

Eine Weile sagt keiner etwas.

Ich denke schon, dass er wieder eingeschlafen ist, als er doch spricht.

»Ich mag uns«, sagt er verschlafen. »Dass wir jetzt schon Freunde sind. Und wie wir zusammen sind.«

Ich lache, plötzlich ganz wach. »Warum – warum willst du eigentlich mit mir befreundet sein? Warum bist du so …

enthusiastisch und verbringt so viel Zeit mit mir? Ich hab nicht wirklich Freunde und freue mich echt krass über dich, aber du … hast doch viele Freunde, oder nicht?«

Was willst du ausgerechnet mit mir?

»Ja«, murmelt er. »Ich habe viele Freunde, aber die meisten sind verdammt beschissene Freunde. Ich könnte schreien. Manche von ihnen merken nicht einmal selbst, dass sie ständig Dinge tun, die nicht okay sind.«

»Oh.« Ich starre in die Dunkelheit. Was auch immer seine Freunde getan haben – ich mag sie jetzt schon nicht.

»Und bevor du mich fragst, warum ich das nicht mal anspreche und sie darauf hinweise, wie blöd sie sich verhalten …« Er atmet aus. »Ich hasse so was und finde das unangenehm. Entweder merken sie es selbst oder jemand anders sagt es ihnen, ich jedenfalls such mir lieber neue, echte Freunde. Sie würden sich sowieso nicht ändern. Ich sollte echt ein paar Fotos von der Wand da hinten nehmen. Wenigstens ist Linda cool. Und Esma natürlich auch.«

Ich suche nach den richtigen Worten, aber ich finde keine.

Er richtet sich auf, was ich eher spüre als sehe. »Du und ich … kennen uns noch nicht so gut. Aber du bist … keine Ahnung, ich kann das nicht beschreiben.«

Verwundert lache ich auf. »Was bin ich? Versuch, es zu beschreiben.«

»Okay.« Er brummt müde. »Hmm. Kennst du diese Bücher und Filme, in denen die Charaktere die besten Freundschaften haben, die man sich vorstellen kann? Nicht, weil sie sich nicht streiten oder so, sondern weil sie zusammen Sachen machen, die nur deshalb ein Abenteuer sind, weil sie sie zusammen machen. Weil sie zusammen Pläne machen und träumen können und immer loyal sind.«

Ich blinzele in seine Richtung. Es ist zu dunkel, um seinen Gesichtsausdruck erkennen zu können, aber meine Augen haben sich mittlerweile soweit an die Dunkelheit gewöhnt, dass ich seine Umrisse erkennen kann.

»Ich glaube, so ein Freund bist du auch«, flüstert er.

Ich schließe die Augen wieder. »Aber was lässt dich das denken?«

Woher weiß er, dass ich jedes Mal, wenn ich solche Bücher lese und solche Filme schaue, neidisch bin? Dass ich auch so eine Freundschaft haben will, mehr als alles andere?

Das ist auch der Grund, warum ich lieber Fantasy lese. Es tut weniger weh, über Freundschaft in Fantasybüchern zu lesen. Es ist nicht wirklich logisch, aber … es ist eben Fantasy, etwas, das es im echten Leben sowieso nicht gibt. Freundschaften in realistischen Büchern schmerzen mehr, denn theoretisch könnte es sie in Wirklichkeit geben. Ich kenne keine Person, die mit ihren Freunden und Freundinnen auf Monsterjagd geht, aber ich kenne mehrere Leute, die ihren Freunden Kaffee in den Hörsaal mitbringen, ihnen Konzertkarten zum Geburtstag schenken, zusammen mit ihnen auf Roadtrips gehen und sich gegenseitig in- und auswendig kennen. So etwas *gibt* es, nur ich habe es noch nie erlebt. Deshalb ist es immer etwas bitter für mich, über solche Freundschaften zu lesen.

»Okay, du bist …« Nadim lacht. »Du magst es, nur so mit mir Auto zu fahren. Manchmal sehe ich dich dabei an und du bist völlig hin und weg. Du liebst den Himmel bei Sonnenuntergang und wie er sich in den Fensterscheiben der Hochhäuser spiegelt. Du liebst Sterne und Lichter und Stille. Und die Musik, die ich auch mag. Wir machen nichts Großartiges zusammen, fahren einfach nur Auto, aber du wünschst dich nicht weg. Und ich mich auch nicht. Es ist genug für dich. Und genug mit dir.«

Als er aufhört zu sprechen, kann ich nicht antworten. Mein Herz klopft schnell, und erst, als die Luft knapp wird, merke ich, dass ich das Atmen vergessen habe.

»Und … du kennst ja Linda«, redet er weiter. »Sie ist ja auch mit Flanna befreundet und redet oft mit ihr, und Flanna sagt, dass du echt cool bist. Und dass ihr euch erst seit dem ersten Semester kennt, aber du ihr echt viel geholfen hast.«

»Das hat sie gesagt?« Ich mache den Mund auf. Und dann wieder zu. Ich dachte, sie würde mich höchstens als guten Bekannten ansehen. »Warum krieg ich das nie zu Ohren?«

»Tja.« An seiner Stimme kann ich hören, dass er grinst.

»Aber woher weißt du denn jetzt von Linda, was Flanna über mich sagt?«, frage ich lachend.

»Linda ist meine Informantin.«

»Du stalkst nicht mal selbst, sondern beschäftigst Spione?«

Er lacht vergnügt, ohne Rücksicht darauf, dass er ziemlich laut ist. »Tja, ich bin next level. Jedenfalls. Du bist toll. Ich hoffe, du findest mich auch ganz okay.«

»Natürlich!« Ich lache ebenfalls. Wie lange war ich schon nicht mehr so glücklich? Ich wollte genau das hier. Mein ganzes Leben lang. Jemanden kennenlernen, der mich genauso sehr mag wie ich ihn, der mich versteht und mit dem alles ganz leicht ist. Es war noch nie leicht, bis jetzt.

»Da bin ich aber froh.«

Wieder schweigen wir. Es ist ein gemütliches, angenehmes Schweigen.

»Was bedeutet eigentlich dein Tattoo?«, frage ich in die Stille hinein. »Mottenherz?«

Er atmet aus. Kurz frage ich mich, ob meine Frage zu intim war, ob eine Antwort zu viel für ihn preisgeben würde. Doch dann antwortet er mir schon. »Das ist mein Wort für dieses Gefühl, wenn du etwas so sehr liebst, dass es wehtut. Dass du dich daran verbrennst. Wenn du das Gefühl hast, noch daran zu sterben, weil du etwas so sehr liebst … oder jemanden. Aber du kannst nicht aufhören.«

»Oh. Ich will ein Gedicht darüber schreiben.«

»Mach das«, flüstert er. »Zeig es mir dann.«

Ich schließe die Augen. »Okay.«

»Okay. Und jetzt schlafe ich weiter.« Er dreht sich auf die andere Seite. »Bis morgen.«

»Träum süß.« Ich lache leise, ziehe die Beine an.

Er schläft schnell wieder ein, aber ich liege noch lange wach.

Ich dachte immer, dass es mehr braucht, um Freunde zu werden. Dass man sich länger kennen und viel mehr Dinge über das Leben der anderen Person wissen muss. Ich könnte gerade fast nichts über

Nadims bisheriges Leben erzählen. Aber sie ist trotzdem da, diese Vertrautheit, diese … Leichtigkeit. Ich habe nicht das Gefühl, irgendetwas tun oder sein zu müssen, wenn ich bei ihm bin. Ich muss mich nicht an ihn *anpassen*. Es ist nicht anstrengend, mit ihm Zeit zu verbringen.

Und er weiß schon jetzt Dinge über mich, die andere Leute nicht wissen. Nicht weil wir darüber geredet haben, sondern weil er es so verstanden hat.

Du liebst den Himmel bei Sonnenuntergang und wie er sich in den Fensterscheiben der Hochhäuser spiegelt. Du liebst Sterne und Lichter und Stille. Und die Musik, die ich auch mag.

Ja. Das tue ich.

Und er hat es bemerkt.

Kapitel 9

Als ich das nächste Mal aufwache, ist es heller im Zimmer. Ich blinzele verwirrt ins gelbe Licht der Lampe, die neben Nadims Bett steht, bevor ich kapituliere und meine Augen wieder schließe. Zu hell.

»Was is' los?«, murmele ich schlaftrunken. Die letzten Traumbilder entgleiten mir.

»Steh auf! Schnell!«

Ich zwinge meine Lider auseinander.

Nadim grinst mich an. Seine Haare stehen wild von seinem Kopf ab und seine Augen sind klein und müde, aber er scheint trotzdem voller Energie zu sein. »Ich brauch neue Bilder für Instagram und jetzt ist der perfekte Zeitpunkt! Die Sonne geht gleich auf!«

»Was? Wie viel Uhr ist es?« Meine Augen fallen wieder zu. Das Kissen unter meiner Wange ist so weich und gemütlich. Ich will nicht raus in die Kälte.

»Los! Es ist gleich halb sechs! Wolf!« Er schüttelt mich. »Steh auf! Wir fahren ein bisschen rum und schauen uns den Sonnenaufgang an und dann gehen wir was frühstücken irgendwo! Und wir machen schöne Bilder und meine Fake Friends eifersüchtig!«

»Hmmm.«

»Bitte!«

Ich sehe zu ihm hoch. Sein Blick ist so hoffnungsvoll, so voller Erwartung, dass ich überhaupt nicht Nein sagen könnte. Außerdem wollte ich genau das hier immer tun, oder? Vielleicht nicht um halb sechs morgens, aber trotzdem. »Okay«, seufze ich.

»Yas!«

Die Stadt schläft noch und die ganze Welt ist bläulich violett, als wir in den alten BMW steigen und losfahren. Und plötzlich bin ich verdammt froh, dass Nadim mich aus dem Bett gezerrt hat.

Der Himmel ist wolkenlos und die Flugzeugstreifen über uns beginnen langsam, pastellpink zu leuchten. Über den Häusern liegt diese Morgenstille, die mit der Zeit unmerklich verschwindet. Durch mein offenes Fenster weht der frostig-kühle Fahrtwind und macht mich wach.

Nadim schiebt eine CD in den CD-Player und überspringt ein paar Tracks. Dann beginnt ein Song, den ich nicht kenne und der verdammt nach Sommeranfang klingt.

»Von wem ist der Song?«, frage ich.

»Virginia To Vegas. *Just Friends.*« Er grinst mich an. »Macht gute Laune, oder?«

»Ja.« Ich lehne mich zurück und genieße die Fahrt durch die Stadt. Die Sonne schickt ihre ersten Strahlen über den Horizont und lässt die Fensterscheiben der riesigen Firmenhochhäuser leuchten, und mein Herz schlägt in meiner Brust, glücklich und voller Sommersehnsucht. Heute wird ein warmer Tag.

Wir kommen am anderen Ende der Stadt in den Feldern aus, wo man Ausblick auf den orangerosagelben Aprilhimmel und die Stadt selbst hat.

»Hier ist es perfekt«, sagt Nadim und parkt den Wagen am Straßenrand, bevor er mir sein Handy in die Hand drückt. »Mach ein Foto von mir, bitte.«

Ich bewundere stumm sein Selbstbewusstsein, während ich das Handy nehme und ihn in der Kamera-App ansehe.

Er hat recht. Es ist perfekt. Der Sonnenaufgang, sein lila Hoodie. Er lächelt mich an, ein bisschen müde, aber happy. Hinter ihm leuchtet die Welt in warmen Farben, doch er leuchtet heller.

»Alle werden sterben, wenn du dieses Bild postest«, sage ich lachend und drücke zur Sicherheit mehrere Male auf den Auslöser.

»Warum, bin ich so cringey?« Er grinst breit.

»Nein. Es sieht echt gut aus.« Ich gebe ihm das Handy zurück.

»Danke. Und jetzt halt still, denn ich bin nicht der Einzige, der gut aussieht.« Bevor ich protestieren kann, hat er ein Foto von mir gemacht.

»Ich hab nicht gelächelt«, sage ich und lehne mich gegen die Beifahrertür, um etwas mehr Abstand zwischen die Handykamera und mich zu bringen.

»Dann lächele jetzt.« Er lacht und macht noch ein Foto. »Obwohl du nicht mal lächeln musst. Du bist so einer, der auch superlieb aussieht, wenn er nicht lächelt. Deine Mundwinkel gehen so nach oben, immer.«

»Ich weiß.« Verlegen sehe ich durch die Windschutzscheibe über das Feld. »Ich seh aus wie ein Softie.«

»Ist doch cool. Wer will Badboys? Softies sind der Hauptgewinn. Übrigens mag ich deine Augenfarbe.«

Ich grinse und drehe mich wieder zu ihm. Dass er das Blaugrau wirklich schöner als andere Augenfarben findet, bezweifle ich, aber ich mag es, dass er einfach so Komplimente vergibt. »Ich mag deine.«

Er klimpert mit seinen langen Wimpern. »Danke.« Dann stößt er seine Autotür auf und springt aus dem Wagen. »Und jetzt komm mit! Hier ist es noch besser für Fotos!«

Ein wenig fassungslos sehe ich zu, wie er in das nasse Gras der Wiese rennt, Richtung Stadt und Sonne.

Im nächsten Moment renne ich ihm auch schon hinterher. »Ich krieg nasse Füße!«

»Egal!« Er dreht sich lachend, während er ein Video macht, und sein Lachen ist alles.

Ich fühle einfach nur Licht in mir.

*

»Nadim also«, sagt Mathilda, während sie neben mir auf ihrem Bett sitzt und ihr Handy mit dem Display zu mir hält. Ich starre das Bild an, das ich gestern auf Instagram gepostet habe. Ich stehe darauf mitten in der Wiese, hinter mir funkelt die Stadt winzig klein unter dem bunten Himmel. Ich habe Nadims Account markiert. »Seid ihr jetzt beste Freunde?«

Ich zucke mit den Schultern. »Nein, natürlich nicht. Wieso?«

»Nur so. Das würde mich freuen.« Sie lächelt mich an. »Du verdienst einen besten Freund. Klar, du hast Flanna, aber ein Junge ist bestimmt was anderes.«

Ich denke an sein Lachen. An *Ich mag uns. Und wie wir zusammen sind.* An seine Gefühle, die sich immer in seinem Gesicht spiegeln, die er so offen zeigt und nicht versteckt hinter Masken und Mauern wie andere Menschen. Daran, wie er mich aufgeweckt hat und wie er Auto fährt und den Himmel anschaut. Als wäre es Kunst. Mit ihm ist alles Kunst.

»Ja, ich will sein Freund sein«, sage ich.

Mathilda nickt. »Das Bild ist wunderschön«, sagt sie dann und lächelt mich an. »Du bist wunderschön.«

Und einfach so, mit diesen drei kleinen Worten, bricht sie mir das Herz.

Ich starre sie an, während ich still in Hilflosigkeit ertrinke. Mir wird heiß, Blut schießt mir in die Wangen. »Mathilda.«

Sie erwidert meinen Blick verwirrt. »Was?«

»Ich –«

Ich werde mein eigenes Herz in Millionen kleine Splitter hämmern, wenn ich ihr Herz breche.

»Nichts.« Ich sehe auf meine Hände. »Danke.«

Sie schlingt ihre Arme um mich und drückt mir einen Kuss auf die Wange. »Du bist so süß. Ich liebe dich so sehr, weißt du das?«

Ich weiß das. Was ich nicht weiß, ist, was ich antworten soll, also lasse ich mich in die Kissen drücken und küssen. Doch das ist ein Fehler, denn als sie mehr will, weiß ich nicht, wie ich ihr erklären soll, dass ich nicht mehr möchte. Sie nicht mehr möchte. Ich bin feige und bleibe stumm.

Wann hat es angefangen, dass es sich wie Betrügen anfühlt, wenn ich meine Freundin küsse?

Ihr Körper an meinem löst nicht mehr dasselbe Gefühl wie früher aus. Es kribbelt nicht mehr in mir, ich weiß nicht mehr, wo ich meine Hände hinlegen soll. Da ist nicht mehr der Drang, sie überall zu berühren, sie auszuziehen, ihr näher zu sein. Ich versuche, es mir nicht anmerken zu lassen, als sie meine Hand nimmt und gegen ihre Brust drückt.

»Sollen wir einen Film gucken?«, fragt sie, als wir uns eine Weile geküsst haben. Ich atme erleichtert aus. Zum Glück hat sie nicht nach Sex gefragt, denn ich bezweifle, dass ich kommen könnte. Einen hochzukriegen klappt schon nicht wirklich. Da sind zu viele Schuldgefühle in meinem Kopf.

Vielleicht tut es ihr nicht so weh, wenn ich sage, dass ich herausgefunden habe, dass ich nicht auf Mädchen stehe?

Aber das wäre nur eine neue Lüge. Was, wenn ich mich in einiger Zeit in ein neues Mädchen verliebe und Mathilda uns sieht? In der Stadt, an der Uni? Außerdem weiß Mathilda, dass ich sie einmal mehr als nur anziehend gefunden habe. Ich war früher völlig verliebt in sie.

Ich muss endlich gehen.

»Ich glaube, ich gehe nach Hause«, sage ich.

»Was? Wieso denn?« Sie sieht mich besorgt an, während sie sich aufrichtet. »Wolf.«

Schuldbewusst verziehe ich das Gesicht. »Ich muss noch was für die Uni machen.«

»Hast du nicht vor zwei Tagen erzählt, dass du im Moment nichts zu tun hast?«, fragt sie. »Aber okay. Viel Spaß dabei.«

»Ich hab den Text heute bekommen.« Ich schwinge die Beine über die Bettkante.

»Wolf.« Sie schnaubt. »Du hast deine Kurse doch nur einmal die Woche, als ob du das heute Abend machen musst. Lüg mich nicht an. Ich bin voll okay damit, dass du gehst, aber – warum lügst du mich an?«

»Ich lüge nicht!«, sage ich schärfer als beabsichtigt, während ich aufstehe und meine Jacke von ihrem Schreibtischstuhl nehme. »Ich will den Scheiß heute fertig machen, damit ich meine Ruhe habe! Ich weiß nicht, wie ich das machen soll, und es liegt mir die ganze Zeit im Magen. Ich denke an nichts anderes. Mein Gott.«

Sie lässt die Schultern hängen. »Oh. Sorry.«

Shit. »Alles gut.« Ich hasse mich selbst für diese Ausrede. Ich kann gar nicht schnell genug aus ihrer Wohnung kommen.

Als ich gehe, bekomme ich zum ersten Mal kein »Ich liebe dich« zu hören.

Und zum ersten Mal seit langer Zeit lüge ich auch nicht zurück.

Ich kann erst wieder richtig atmen, als ich draußen auf der Straße stehe.

Mit meinen Eltern kann ich nicht über dieses Thema reden – und Nadim kennt Mathilda überhaupt nicht. Die Einzige, die mir jetzt helfen kann, ist Flanna. Obwohl wir nicht wirklich befreundet sind, kennt sie mich am besten.

Ich brauche sie jetzt.

Kapitel 10

»Okay«, sagt Flanna, als ich ihr die Lage erklärt habe. Ich drücke mein Handy fester an mein Ohr. »Hier ist meine Liste mit Pro- und Kontraargumenten zum Thema *Mit Mathilda Schluss machen*.«

»Ja«, sage ich, während ich vor der Treppe zur U-Bahn stehenbleibe. Ich will nicht, dass der Empfang abbricht.

»Pro: Es ist unfair ihr gegenüber. Sie könnte jetzt schon heilen und sich neu verlieben, wenn du es eher gesagt hättest. Oder glücklich single sein, whatever. Und es ist unfair dir gegenüber, da es dich clearly belastet. Und du lügst sie an. Lügen ist eine böse Sünde.«

Ich seufze. »Ah ja.«

»Du machst es nur noch schlimmer, je länger du wartest.«

»Okay.«

»Euch wird es beiden schneller wieder besser gehen, wenn du es jetzt machst.«

»Okay.«

»Jetzt kommt meine Kontraseite.«

»Ja?«

Schweigen.

»Hallo?«, frage ich.

»Das war's, das waren all meine Kontraargumente.«

»Flanna!« Ich stöhne genervt. »Im Ernst?«

»Ja! Ganz im Ernst, Mann! Mach endlich Schluss mit dem Mädchen, sie hat was Besseres verdient.« Sie atmet laut aus. »Bitte. Ich entfreunde dich sonst.«

Sie hat ja recht.

»Okay«, piepse ich.

Als sie auflegt, ist mir verdammt schlecht.

Ich habe so, so Angst vor Mathildas Reaktion. Ich werde ihr komplettes Leben ruinieren. Sie hätte die schönste Unizeit haben können, und jetzt –

Ich werde ihr das Herz brechen und sie ganz allein in dieser Stadt zurücklassen.

»Rette mich«, flüstere ich. Zu wem, weiß ich nicht. Am liebsten würde ich auch Nadim anrufen, doch noch lieber will ich Mathilda einfach für eine Zeit vergessen.

Zuhause angekommen, versuche ich zu schlafen. Nach einer Stunde Grübeln falle ich endlich in einen unruhigen Schlaf. Doch Mathilda ist selbst in meinen Träumen.

Am nächsten Abend besucht sie mich, weil ich ihr gesagt habe, dass wir reden müssen. Gestern habe ich gedacht, dass ich auch mein Herz in Millionen kleine Splitter hämmern werde, wenn ich mit ihr Schluss mache.

Und ich werde es jetzt tun.

»Worüber wolltest du reden?«, fragt sie vorsichtig, als sie auf meinem Bett sitzt. Sie presst die Lippen aufeinander.

Ich verziehe das Gesicht. »Ähm …«

»Wolf.« Sie verdreht die Augen. »Sag es.«

»Du bist die Beste«, sage ich schnell. »Die beste Freundin, die man sich vorstellen kann. Du bist so fucking toll. Aber ich – ich glaube nicht, dass ich so ein guter Freund für dich sein kann.«

»*Wolf*«, wiederholt sie.

»Du verdienst jemand Besseres.« Ich sehe sie verzweifelt an. »Jemand, der mehr Zeit hat und immer für dich da sein kann.«

Ein paar Sekunden lang ist sie stumm. Dann zieht sie die Augenbrauen zusammen und atmet tief aus. »Okay. Ich kenne dich. Du *hast* Zeit. Und du *könntest* dich öfter mit mir treffen oder … für mich da sein oder was auch immer. Du könntest es.«

Ich atme stockend ein. »Ja.«

»Warum tust du es dann nicht?«, fragt sie. Sie klingt nicht vorwurfsvoll. Sie versucht nur, mich zu verstehen. »Langweile ich dich? Hab ich dir zu wenig Freiraum gelassen, sodass du nicht mehr zu mir kommen willst? Hab ich Mundgeruch? Liebst du eine andere? Bist du schwul? Hast du keine Lust mehr auf mich?«

Als ich nicht antworte, seufzt sie tief. »Wolf. Spuck es aus. Ich merke doch schon seit Wochen, dass du immer distanzierter wirst.«

»Tut mir leid«, sage ich rau. »Ich wollte dir nie das Herz brechen, deshalb hab ich nicht eher was gesagt. Ich liebe dich, aber … nicht mehr so wie früher.« Meine Stimme wird ganz leise. »Ich bin nicht mehr … verliebt in dich.«

Meine Brust tut weh. Innen drin. Es *zieht*.

Sie lächelt, als meine Sicht verschwimmt. »Okay. Ich hab es gespürt. Ich hab es kommen sehen.«

»Es tut mir so leid.«

»Es ist okay, okay?« Ihre Stimme klingt wackelig.

»Du musst mich nicht trösten.« Ich blinzele verzweifelt gegen die Tränen an. »*Ich* hab *dir* wehgetan. Es tut mir so leid, wirklich! Ich wünschte, es wäre alles so wie vorher und ich – ich wollte das nicht! Wirklich, ich wünschte, nichts hätte sich verändert!«

»Wolf.«

»Ich will dich nicht verlieren, ich –« Ich wische mir energisch über das Gesicht und atme tief durch. »Es ist natürlich deine Entscheidung. Ob du mich noch in deinem Leben haben willst. Als … einen Freund. Du bist mir so wichtig. Ich kann nur nicht mehr … *mehr* sein.«

Ihr kommen ebenfalls die Tränen. »Ich will dich auch nicht verlieren.«

»Vielleicht können wir ja irgendwann …«, beginne ich, rede aber nicht weiter. Es fühlt sich beschissen an, ihr jetzt vorzuschlagen, es irgendwann als Freunde zu versuchen. Ich hänge so sehr an ihr. Nur nicht an dem romantischen, sexuellen Teil unserer Beziehung. Das war einmal, aber jetzt fühlt sich dieser Part nur noch falsch für mich an.

»Vielleicht. Ich brauche aber Zeit.« Sie schnieft und steht langsam auf. »Hast du eigentlich jemand anderes kennengelernt? Oder ist es einfach so … passiert?«

»Es gibt keinen Grund«, sage ich leise.

»Okay«, antwortet sie, bevor sie sich die Tränen wegwischt. »Ich meine, ich hab es geahnt, aber … ich muss jetzt erstmal verarbeiten, dass du wirklich keine Gefühle mehr für mich hast.«

»Tut mir leid«, flüstere ich erneut.

»Ich weiß. Vielleicht melde ich mich irgendwann mal bei dir, aber … erstmal nicht.« Weitere Tränen laufen ihre Wangen hinunter. Sie steht auf, nimmt ihre Jacke und geht aus dem Zimmer. Nicht viel später höre ich, wie sie die Wohnungstür zuzieht.

Ich lasse mich auf mein Bett fallen und schlucke hart. Fuck. Ich habe es ihr gesagt. Ich habe es ihr wirklich gesagt.

Und sie hat es schon gewusst.

Ich kann die Tränen nicht länger zurückhalten. Die Anspannung ist weg, aber die Schuldgefühle wiegen noch immer schwer. Mir ist kein Stein vom Herzen gefallen. Er ist noch immer da. Ich habe sie zum Weinen gebracht und sie verletzt. Und ich weiß, dass ich sie jetzt verloren habe. Sie wird nicht zurückkommen. Zumindest für eine lange Zeit nicht.

> **Wolf**
> mathilda und ich haben uns jetzt
> getrennt

> **Flanna**
> Oh scheiße. Geht's dir gut? Geht's ihr gut? Wie war
> es? Brauchst du was?

> **Wolf**
> es ist okay … und nein, ich brauche nichts, ich muss
> jetzt erstmal klarkommen

Wolf

sie ist jetzt einfach weg

Flanna

Oh babe :((

Flanna

Aber lass mich raten, she took it like a champ

Wolf

ja

Flanna

Hoffe sie findet jemand neues, tolles

Flanna

Und du auch

Flanna

Obwohl ein bisschen single zu sein dir bestimmt auch mal guttut

Wolf

hab auch nichts anderes geplant als single zu sein

Ich muss es noch jemandem erzählen.

Wolf

ich liebe mathilda nicht. das war die lüge.

Nadim

ich weiß, wolf.

Wolf

wir haben schluss gemacht eben

Nadim

ohhh boi

Nadim

brauchst du eiscreme? soll ich kommen?

Nadim

ich bin gerade bei meiner family, aber ich kann in
einer dreiviertelstunde bei dir sein

Wolf

hahaha danke, aber nein. das ist lieb von dir, aber
ich will jetzt einfach nur schlafen gehen

Wolf

vielleicht hast du ja morgen oder
übermorgen zeit?

Nadim

yes. für dich immer, wolfie

Ich schließe müde die Augen.

Kapitel 11

»Du weißt, dass er dich süß findet?« Flanna inspiziert ihre knallroten Fingernägel. Heute trägt sie Ringe mit rosa Steinen. Ein Stein ist herzförmig, einer wie ein Mond geformt, andere setzen sich zu einem Schmetterling zusammen. »You're such a babe. Er sieht das.«

Wir sitzen in der Mensa, und während Flanna schon fertig ist mit dem Essen, sitze ich noch vor ihrem Nachtisch. Sie hat dafür die Hälfte meiner Pommes bekommen. »Nah.«

»Guck es dir doch an!« Wie Mathilda mir mein letztes Instagram-Bild unter die Nase gehalten hat, hält sie mir jetzt Nadims Post hin.

Das erste Bild ist das, wo er im Auto sitzt und einfach nur leuchtet. Er hat einen dieser Polaroid-Filter auf das Bild gelegt. Das zweite ist ein verwackeltes Foto von mir, wie ich vor ihm durch die Wiese gehe. Vor mir liegt die Stadt. Wischt man noch einmal zur Seite, sieht man das kurze Video, auf dem ich ihm hinterherrenne. Ich habe es mir zehn Mal angesehen.

Er lacht so laut darauf, so glücklich.

Außerdem hat er einen anderen Post gelöscht: Das Gruppenfoto.

»Und seine Caption ist ja mal cute.« Flanna legt sich eine Hand aufs Herz.

Ich weiß.

sunny hearts.

»Ja«, sage ich. »Und jetzt sei bitte leise.«

»Was?«, fragt sie und sieht sich um. »Wieso? Ist Nadim hier?«

»Nein.« Ich schaue sie müde an. »Aber ich will nicht mehr über Leute reden, die irgendwelche Feelings für mich haben, die ich nicht erwidere. Auch wenn ich echt nicht glaube, dass er mich so mag. Das ist einfach nur seine Art.«

Sie hebt eine Augenbraue. »Vielleicht wird ja noch was aus euch.«

»Nein?« Ich schnaube kopfschüttelnd.

Nadim ist mein neuer bester Freund. Ich *brauche* ihn als besten Freund. Außerdem mag ich ihn nur auf eine platonische Art und Weise. Ich denke nicht, dass ich auf Jungen stehen könnte. Ich war noch nie in einen Typen verliebt. Die ganzen letzten Jahre war da nur … Mathilda.

Ich versuche, nicht an sie zu denken.

»Willst du mir etwa sagen, wenn du Pornos schaust, streichelst du deinen Schwanz immer nur zu den Titten der Frau und nie zum Schwanz vom Kerl?«

»Ich schau nicht so oft Pornos«, antworte ich und verdrehe die Augen.

Unzufrieden verengt sie ihre Augen zu schmalen Schlitzen. »Was? Benutzt du nur deine Fantasie?«

»J–«

»Du hast einen Dildo. Gib's zu.«

»Was? Nein!« Ich lache auf. »What the fuck. Hast du einen?«

»Drei.« Sie zuckt mit den Schultern. »Ist doch normal.«

»Gott. So was wollte ich nie erfahren.«

»Zurück zum Thema. Stellst du dir also nur Titten vor oder was?«

Ich starre sie an. »Nee«, sage ich dann langsam.

Fuck. Ich dachte, es wäre normal, Sex mit einem Mann und einer Frau heißer zu finden als Sex ohne Mann. Ist doch so viel besser. Wenn sein –

Kann sein, dass ich mich manchmal zu sehr auf den Kerl konzentriere.

Flanna zieht erwartungsvoll die Augenbrauen hoch.

Ich weiche lachend aus. »Brüste sind nicht die einzigen sexy Stellen an einer Frau? Und das geht dich doch gar nichts an!«

Enttäuscht hebt sie die Hände. »Okay, okay. Sorry.«

»Themawechsel?«, frage ich grinsend.

Und dann wird mein Grinsen noch breiter, denn ich habe jemanden zwischen den anderen Leuten in der Mensa entdeckt.

»Ohh. Guck mal, wer da ist. Steht zwischen den Tischen links.«

Flanna folgt meinem Blick. Als sie ihn entdeckt, wird sie erst leichenblass, dann knallrot. »Oh. Bitte nicht.«

Es ist Yuji.

Ihr seit Ewigkeiten unerwiderter Crush. Er besitzt einen nicht ganz unbekannten Instagram-Blog, auf dem er Outfit-Fotos postet. Flanna liebt seinen Stil – und dass Yuji diesen ohne Wenn und Aber auslebt. Jedes Mal, wenn ich ihn sehe, trägt er die auffälligsten Outfits: rosa Combat-Boots, Pullis mit lauter Katzen drauf, Latzhosen in Flieder und Shirts mit den wildesten pastellfarbenen Mustern. Anfangs hatte ich Sorge, dass Flanna einen Typen anhimmelt, der nicht auf Frauen steht – auch wenn sie bestimmt zehn Mal entgegnet hat, dass Kleidungsstile gar nichts über die Sexualität einer Person aussagen. Es hat sich herausgestellt, dass sie richtig lag. Auf einer Karaokeparty im Studierendenwohnheim hat Yuji betrunken ins Mikrofon gerufen, dass er sich zwar geehrt fühlt, wenn Jungs mit ihm flirten, er aber ausschließlich auf Frauen steht. Flanna hat von einer ihrer Freundinnen den Videobeweis bekommen – inklusive Yujis schiefer Karaokeversion von Aquas *Barbie Girl*. Ich glaube, sie schaut sich das Video regelmäßig an.

Es ist nicht so, dass Flanna jemals einen Korb von ihm bekommen hat. Sie kennt ihn allerdings aus dem Gymnasium und ist sich sicher, dass er niemals Interesse an ihr haben würde – weil er sie schon kannte, als alle sie noch für einen Jungen hielten.

Ich bin davon nicht überzeugt. Letztens hat er ihr Hallo gesagt, als wir über den Campus gegangen sind – und manchmal erwische ich ihn dabei, wie er zu Flanna herübersieht. Ich entdecke ihn nicht allzu oft an der Uni, aber wenn, dann scheint er auch immer uns zu bemerken.

»Iss schneller!« Flanna verzieht das Gesicht. »Ich will hier weg!«

*

Als ich nach meinem letzten Seminar über den Campus laufe, entdecke ich Nadim zwischen den anderen Leuten. Er zieht sich die In-Ear-Kopfhörer aus den Ohren und kommt mir entgegen.

Es ist das beste Gefühl der Welt.

»Hey«, begrüßt er mich lächelnd. Er hat ein paar Pickel auf den Wangen bekommen, aber er sieht gut aus, wie immer. »Wir machen heute Abend doch noch was, oder?«

»Klar. Haben wir doch abgemacht.« Ich grinse. Die Wahrheit ist: Ich bin froh, den Abend nicht allein verbringen zu müssen, denn dann hätte ich nur wieder über Mathilda nachgedacht. In meinem Leben klafft ein Loch, da, wo sie all die Jahre gewesen ist. Ich vermisse sie und mein schlechtes Gewissen plagt mich noch immer. Ich glaube, es wird nie verschwinden.

Nadim nickt. »Okay. Cool.«

»Nices Outfit«, sage ich und zupfe an seinem Hemd.

Er trägt schwarze Cargos, Docs und ein weites, olivgrünes Hemd. Es hat zwei Brusttaschen und Ärmel bis zu den Ellenbogen, die er einmal umgekrempelt hat. Seine Tattoos vervollständigen den Look. Er sieht verdammt cool aus, mal wieder. Das Schönste an ihm ist aber, dass er absolut sympathisch ist, egal, wie gut er aussieht.

»Oh. Danke.« Er lacht. »Ich trage so was, wenn ich ein bisschen Selbstbewusstsein brauche.

Wenn ich cool aussehe, bin ich innen drin auch cooler. You know?«

»Ja, kenn ich gut.«

Er hält seine Kopfhörer hoch. »Heute ist auch so ein Rap-Tag. Meine Seele braucht Lieder von selbsternannten Bitches.«

Meine Mundwinkel biegen sich nach oben, als ich mir vorstelle, wie Nadim zu Doja Cats *Boss Bitch* über den Campus spaziert.

»Überleg dir schon mal ein paar Songs zum Autofahren später.«

»Auf jeden.« Er grinst ebenfalls und steckt sich die Kopfhörer wieder rein. »Bis dann?«

»Ja. Ich schreibe dir.« Ich lächele ihm zu, bevor ich weitergehe.

Es fühlt sich so gut an, zufällig einen Freund zu treffen. Leute, denen das ständig passiert, können sich echt glücklich schätzen.

»Und, wie ist es, nach Jahren single zu sein?«, fragt Nadim mich ein paar Stunden später, als wir in seinem Wagen sitzen und über die Autobahn fahren.

Ich starre aus dem Fenster. »Seltsam. Ich fühle mich … richtig komisch. Ich denke ständig an sie. Ich wollte sie nicht verlieren, aber sie ist jetzt einfach weg. Es ist ein bisschen wie … trauern? Mit dem Unterschied, dass ich sie weggeschickt habe.« Es regnet. In der Ferne, hinter den Fabrikgebäuden und ihren riesigen Wasserdampfsäulen, entdecke ich Wetterleuchten.

Aus dem Augenwinkel sehe ich, wie Nadim zu mir herübersieht. »Es dauert bestimmt, bis man sich daran gewöhnt hat.«

»Ja …« Ich will Mathilda fragen, wie es ihr geht. Ihr etwas Lustiges erzählen, ihr Memes schicken. Mir die neueste Aktion ihrer Mitbewohnerin anhören. Doch das ist jetzt vorbei.

Hoffentlich geht es ihr gut.

»Darf ich dir was raten? Ich habe eigentlich keine Ahnung und kenn mich mit Breakups nicht aus, aber ich glaube, dass es dir guttun würde, erstmal ein bisschen allein zu sein und Spaß zu haben … bevor du eine neue Beziehung anfängst.

Und für das Mädchen wird es vielleicht auch besser sein.«

Ich lache auf. »Mit wem sollte ich denn bitte was anfangen? Kein Mädchen hat Interesse an mir. Ich kenne nicht mal welche.« Und wer hat gesagt, dass ich wieder in einer Beziehung sein will?

»Was?«, ruft er. »Alter, natürlich haben sie Interesse an dir!« Dann grinst er mich breit an. »Wir gehen jetzt endlich feiern! Am Freitag. Dann wirst du es merken.«

Ich bin mir nicht sicher, ob ich in der Stimmung zum Feiern bin, aber ich erwidere nichts. Vielleicht sind Tanzen und Musik gar nicht schlecht. Vielleicht sollte ich jede Art von Ablenkung willkommen heißen.

Kapitel 12

Am Freitag habe ich meine Eltern aus der Wohnung verbannt und für die Zeit, in der Nadim, Flanna und Linda zu mir kommen, auf ein Wander-Date mit Jens geschickt. Wenn es dunkel wird, sollen sie sich ein Restaurant suchen.

Meine Laune ist wirklich besser. Ich liebe das Vortrinken vor dem Feiern. Es ist einer der besten Teile des Abends. Nadims Plan war, mir zu zeigen, dass Frauen auf mich stehen – doch da Flanna und Linda beschlossen haben, nie wieder in ›langweilige Hetero-Clubs‹ zu gehen, mache ich mir keine Hoffnungen, dass sein Plan in Erfüllung geht. Ich freue mich einfach auf das Feiern.

Flanna taucht als Erste auf, und ihre Augen funkeln mit ihrem lila Lidschatten um die Wette. Selbst ihr dunkelvioletter Eyeliner glitzert.

»Na«, grinse ich, nachdem sie in den Flur gesprungen ist, und zupfe an ihrem bauchfreien Oberteil. »Gewagter Ausschnitt, I stan.«

»Man muss zeigen, was man hat«, sagt sie und streicht sich über die Brüste. »Sie sind heute besonders sexy, oder?«

»Definitiv. Ich krieg gleich 'nen Ständer.« Ich ziehe sie lachend in mein Zimmer. »Willst du schon was trinken?«

»Was ist das für eine Frage?«

Linda und Nadim klingeln kurze Zeit später.

»Oh, *hello*«, sage ich, als ich die Tür aufmache.

»Hey, du Süßer.« Linda zieht mich in eine kurze Umarmung, die ich überrascht erwidere.

»Wie findest du mein Outfit?« Nadim posiert in der Tür.

Er trägt schwarze Cargos und ein schwarzes T-Shirt-Hemd, bei dem er nur die unteren Knöpfe zugeknöpft hat, dazu einen Gürtel und ein paar Ringe und Sneakers. Mit seinen Tattoos und der dunklen Kleidung sieht er ziemlich cool aus.

»Steht dir.« Ich sehe ihm ins Gesicht. »Trägst du Make-Up?«

Er formt einen Kussmund. »Yes, Babe.«

Es fällt kaum auf, aber seine Wangenknochen sind markanter und seine Augenbrauen irgendwie … ordentlicher. Außerdem hat er seine Augen leicht dunkel umrandet.

»You think I'm hot?«, fragt er und wackelt mit den Augenbrauen, kommt zu mir herüber. Er riecht nach Minze.

»Damn right I do.« Ich lache.

»Wolf ist nicht gerade das Fashion-Idol heute«, höre ich dann aber Flanna sagen.

»Hä?«, rufe ich und sehe an mir herunter. »Was ist falsch an meinem Outfit?«

Ich trage ein weißes Polohemd und Jeans.

»Du siehst aus wie ein Kek«, sagt Nadim.

»Ja, die Keks kriegen im Club immer die ganzen Mädchen ab«, erwidere ich.

Flanna lacht. »Nope. Du ziehst was anderes an.«

Eine Flasche Zwei-Euro-Weißwein später sitze ich oberkörperfrei auf einem Stuhl, während Flanna jedes einzelne Shirt aus meinem Schrank vor mich hält.

»Nein«, sagt Nadim kritisch.

»Doch, ich find das gut«, sagt Linda. Sie steht vor meinem Bücherregal und liest sich die Klappentexte durch. Anscheinend steht sie auf Fantasy, auch wenn sie selbst eher aussieht, als wäre sie einer Rom-Com entsprungen. Sie trägt ein bauchfreies Top und Jeans, auf die viele weiße Herzchen gestickt wurden. Ihre dunklen Haare fallen in Wellen über ihre Schultern und ihre künstlichen Fingernägel leuchten pink. Zwei Nägel davon sind kürzer.

»Hm. Nee. Das ist zu geschmackvoll, die bi Mädels denken dann nur, Wolf ist schwul.« Flanna legt das Giant-Rooks-Shirt wieder weg und hält das nächste hoch, ein blaues T-Shirt.

Ich sehe an mir herunter und betrachte die Rolle Speck an meinem Bauch. »Hm. Ich sollte ein bisschen abnehmen.«

»Du bist perfekt so«, erwidert Flanna.

»Nimm das Shirt«, sagt Nadim. »Blau steht dir. Bringt deine Augenfarbe raus. Und dein Bauch ist cute.«

»Ich will aber nicht cute sein.«

»Das Shirt ist aber auch langweilig«, sagt Flanna. Sie sieht mich vorwurfsvoll an. »Du musst mal mit ihm shoppen gehen, Nadim. Mit mir geht er nicht.«

»O ja. Machen wir.« Nadim grinst fröhlich. »Ich mach dich richtig sexy, Wolfie.«

»Großartig«, sage ich ironisch.

Er knufft mir lachend gegen die Schulter.

Eine Stunde später sind wir alle betrunken. Mir ist warm, mein Gesicht ist warm, die ganze Welt ist warm. Wir spielen irgendein Trinkspiel auf Flannas Handy, das zu viert langsam langweilig wird.

»Mich wird heute sowieso wieder niemand küssen«, jammert Nadim und starrt theatralisch an die Zimmerdecke. Er liegt neben mir auf dem Bett.

»Wir gehen auf eine queere Party, natürlich wird dich einer küssen.« Linda verdreht die Augen. Sie hängt auf meinem Schreibtischstuhl. »Wolf wird eher niemand küssen, weil kein Mädel, das bi ist, für Jungs dorthin geht. Can't blame them.«

Nadim wirft einen Arm über sein Gesicht. »Ich bin aber nicht hot genug in den Augen von hotten Typen! Und andere will ich nicht!«

Ich beuge mich über ihn. »Die werden dich alle geil finden. Schon mal in den Spiegel geguckt?« Es ist nicht gelogen. Alles an ihm sieht gut aus. Selbst die kleine Narbe oben auf seiner Stirn. Badass.

Er sieht mich an. »Sagst du das nur so? Oder findest du mich auch geil?«

»Ich sag das nicht nur so. Aber ich bin ja kein hotter Typ, also zählt das in deinen Augen wahrscheinlich nicht.«

»Doch, du bist hot.« Er sieht zu mir hoch, klimpert mit den Wimpern. »Dich würde ich auch küssen.«

Ich lache auf. Die ganze Welt dreht sich.

»Du mich auch?« Nadim legt eine Hand auf mein Bein.

»Ja.«

»Glaub ich nicht.«

»Doch.«

»Bestimmt nicht.«

»*Nadim.*«

»Wooolf.«

Ich habe einen Lachanfall, lasse mich neben ihn fallen.

»Okay, neues Spiel: Wahrheit oder Pflicht!«, ruft Flanna. »Wolf, du bist dran, und ich weiß fast alles über dich, also nimm Pflicht!«

»Pflicht«, sage ich glucksend.

»Okay, cool, danke. Küss Nadim.«

Ich hebe den Kopf und starre sie entgeistert an. »Was? Warum?«

»Willst du mich etwa nicht küssen?!«

»Ist das dein erster Kuss mit einem Jungen?«, fragt Linda.

»Ja.« Ich sehe Nadim an.

Flanna lacht. »Jeder küsst seine besten Freunde.«

Tut man das echt? Jungs doch nicht. Aber vielleicht sollten sie es tun. Who knows. Mädchen tun das bestimmt, und sie sind immer viel dicker mit ihren Freundinnen, als Typen es miteinander sind. Sie können sich alles erzählen.

Sie schlafen zusammen in einem Bett.

Sie umarmen sich, wenn sie traurig sind … und wenn sie glücklich sind … und einfach immer …

Na ja, manche zumindest.

Nadims Wangen sind rot vom Alkohol. Er lacht vergnügt. »Wolf! Sie verarschen dich! Du musst das nicht tun.«

Ich lache ebenfalls und zucke mit den Schultern. »Aber Pflicht ist Pflicht.«

Wie viel habe ich getrunken? Zwei Gläser Wein. Ein paar Pfeffi-Shots. Ein paar sehr viele Shots.

Er lacht zu mir hoch. Seine Augen funkeln.

Ich tue es einfach. Ich schließe die Augen und küsse ihn. Sein Mund ist halb geöffnet und seine Lippen verdammt weich.

Es dauert nur eine Sekunde. Wir lachen beide laut, als ich den Kopf zurückziehe.

»Linda, ich hab meinen neuen besten männlichen Freund gefunden!«, ruft er. »Er hat alle Tests bestanden!«

»Tests?!«, rufe ich. Mein Gesicht steht in Flammen.

»Ja, du hast bei mir im Bett gepennt, mir gesagt, dass ich hot bin, mich geküsst —«

»Er hat bei dir im Bett geschlafen?!« Flanna starrt mich an. »Was?«

Ich lasse mich, immer noch lachend, zurück auf die Matratze fallen.

Fuck. Habe ich gerade wirklich Nadim geküsst?

Mein Bauch kribbelt ein bisschen. Aber das muss der Wein sein.

Kapitel 13

Im Club ist es voll. Und laut. Und warm.

Nadim zerrt mich sofort auf die Tanzfläche. Mit ihm zu tanzen ist das Beste, was ich mir vorstellen kann. Erst habe ich Hemmungen, trotz des Alkohols, doch irgendwann kann ich loslassen. Die Welt besteht nur noch aus bunten Lichtern und seinen Augen, die auf mir ruhen, der Freude in mir. Ich schwebe. Es macht so viel Spaß. Ich singe mit. Der Bass übertönt sowieso jedes Wort. Das hier habe ich noch nie mit guten Freunden gemacht, nur ein, zwei Mal mit Freundesgruppen, zu denen ich nicht wirklich gehörte.

Loslassen. Einfach alles egal sein lassen.

Nadim bewegt sich noch viel freier zur Musik als ich, völlig losgelöst. Ich ziehe ihn an mich heran, und die anderen Leute um uns herum verschwinden, werden weggespült von meinem Glück und meiner Unbekümmertheit. *Body* von Loud Luxury und Brando tönt aus den Lautsprechern und vibriert in meinem Brustkorb.

Nadim lacht ausgelassen und schüttelt den Kopf, bevor er mir so nahe kommt, dass ich die Luft anhalte.

Die bunten Lichter malen immer neue Kunstwerke auf sein Gesicht. Seine Augen blitzen, und ich weiß, dass er den Spaß seines Lebens hat.

Mein Körper berührt beinahe seinen, so nah sind wir uns. Die flackernden Lichter lassen seine Iris leuchten, der Schweiß auf seiner Stirn glänzt. Mein Blick fällt auf seine Lippen, und fuck, er hat das schönste Lächeln.

Wir fassen uns nicht an, kommen uns nicht noch näher. Der Song endet und *Slumber Party* beginnt. »Ashnikko und Princess Nokia für Geburtstagskind Krissie!«, ruft die Frau, die heute DJane ist, ins Mikro. »Happy Birthday!«

Mehrere Frauen kreischen laut, die Stimmung ist krass. Ich kenne den Songtext nicht – im Gegensatz zu Nadim. Er wackelt mit den Augenbrauen und bringt mich zum Lachen, als er mir die ersten Verse ins Gesicht singt.

Ich betrachte ihn und versuche, mir dieses Gefühl einzuprägen. Es ist, als wären wir allein, nur Nadim und ich, inmitten dieses Meeres aus anderen Menschen. *Bitte bleib für immer mein Freund*, denke ich. *Lass uns für immer so bleiben.*

Er ruft mir etwas zu und sieht mich abwartend an.

Ich schüttele den Kopf. »Was?«

Und mit einem Mal berührt er mich doch. Er zieht mich zu sich und legt die Hände an mein Ohr. Seine Brust drückt gegen meine Schulter. »Willst du was trinken?«, wiederholt er lauter.

Ich nicke atemlos. »Okay!«

Er greift nach meiner Hand und zieht mich hinter sich durch die Menge. Ein paar Frauen und Typen in unserem Alter sehen uns nach. Es fühlt sich so gut an, sein Freund zu sein. So verdammt beflügelnd.

»Was machst du eigentlich, wenn dich ein Junge antanzt?«, fragt er, als wir an der Bar angekommen sind. Sie bildet eine ovale Insel am Rand der Tanzfläche und leuchtet pink im dunklen Raum.

Ich grinse und zucke mit den Schultern. »Keine Ahnung. Mit ihm tanzen?«

»Und wenn er dich küssen will?«

»Keine Ahnung! Ich – ich weiß ja nicht, ob es sich nicht gut anfühlen würde! Vielleicht muss ich das ausprobieren.« Ich lache verlegen.

Ich habe nie ernsthaft darüber nachgedacht, ob ich auf Männer stehen könnte. Ich hatte immer Mathilda, also war es mir egal. Warum sollte ich mir über etwas den Kopf zerbrechen, von dem ich nie dachte, dass es relevant sein könnte?

Nadim starrt mich ungläubig an. Die Discokugel lässt violette Punkte über sein Gesicht tanzen. »Okay«, sagt er. »Wow.«

Ich erwidere seinen Blick. »Was?«, frage ich unsicher. »Warum guckst du mich so an?«

Er hebt die Hände. »Entspann dich! Ich starre nur, weil ich es krass finde, dass es Leute gibt, die zwanzig sind und keine Ahnung haben, ob sie queer sind oder nicht. Miese Heteronormativität.«

Ich will erwidern, dass ich erst im Sommer zwanzig werde, doch ich komme nicht dazu.

»Wer hat keine Ahnung, ob er hetero ist?«, ruft jemand von der Seite, und als wir uns umdrehen, stehen zwei Typen neben uns und grinsen uns an.

Sie sind beide blond und groß und breit, zwei komplette Fitnessstudio-Dudes.

Ich mustere die beiden, plötzlich ein bisschen eingeschüchtert. Nadim hingegen grinst zurück. »Er«, sagt er und zeigt auf mich.

»Oh.« Der eine Typ – er trägt ein weißes Poloshirt – lächelt mich an. »Kann ich dir was zu trinken ausgeben?«

Nadim hält sich lachend die Hand vor den Mund, während mir heiß wird. Mein ganzes Gesicht beginnt zu brennen. Gott sei Dank flackern die Lichter wild.

»Ähm – ja«, stottere ich. »Gerne.«

Wenn das meine Mutter wüsste.

Der andere Typ gesellt sich zu Nadim und unterhält sich mit ihm, während mein Gegenüber mich aufmerksam mustert. Wären wir in einem Highschool-Film, wäre er Quarterback. Das passende Modelgesicht hat er. »Wie heißt du?«, fragt er.

Ich zucke verlegen mit den Schultern. »Wolf. Nur Wolf.«

»Wolf? Krasser Name. Ich bin Felix.« Er kommt mir näher. »Was magst du trinken?«

»Ähm … keine Ahnung.« Ich starre auf seine Oberarme. Dann sehe ich ihm wieder ins Gesicht. Mir fällt nichts ein, kein einziges Getränk.

Er ist bestimmt zwei Meter groß. Bestimmt zwanzig Zentimeter größer als ich.

»Ich kann mich auch nie entscheiden.« Er lacht und legt mir eine warme Hand auf die Schulter, bevor er sie wieder wegnimmt. »Ich mag Mojitos am liebsten, wahrscheinlich, weil da so viel Zucker drin ist.«

»Warum nehmen wir dann nicht das?«, sage ich, erleichtert, nicht länger überlegen zu müssen.

Nachdem er bestellt hat, sieht er mich fragend an. Seine Nase ist voller Sommersprossen. »Bist du öfters hier?«

»Erstes Mal.« Ich lache.

»Ahh.« Er nickt. »Und du hast keine Ahnung, ob du hetero bist oder nicht?«

Ich presse die Lippen zusammen und zucke mit den Schultern.

»Jemals einen Mann geküsst?«

»Nicht so wirklich.«

Er lacht und schüttelt den Kopf. »Okay, du bist echt süß.«

Eventuell werde ich noch röter. Er findet mich *süß*?

Der Barkeeper stellt die Gläser auf die Theke. Ich greife nach einem der Drinks und nehme den schwarzen Strohhalm in den Mund. Felix sieht auf meine Lippen und macht mich nervös. Ich weiß nicht, was ich sagen soll. Es ist unangenehm. Warum muss ich so verklemmt sein?

»Studierst du?«, fragt er weiter.

Oh, gut. Das ist einfach.

»Jap. Literatur und so'n Zeugs. Und du?«

Er kratzt sich am Kopf. »Medizin, drüben in Bochum.«

»Uff, krass.« Ich schüttele den Kopf. »Wär mir zu anstrengend.«

»Ach, es ist okay«, sagt er. Und dann stellt er die Frage, vor der ich die ganze Zeit Angst hatte. »Willst du tanzen?«

Ich schlucke. »Ich kann aber nicht so gut tanzen.«

Ich weiß auch nicht, ob ich mit ihm tanzen will. Unsicher sehe ich zu Nadim, doch der redet mit dem anderen Typen.

»Glaub ich nicht.« Felix grinst und hält mir die Hand hin. »Los, komm.«

Nadim bemerkt endlich meinen Blick und streckt lachend einen Daumen in die Höhe, als ich ihm bedeute, dass Felix mit mir tanzen will.

Gut. Ich kippe den Rest meines Getränks hinunter, verziehe das Gesicht, weil so viel Zucker im letzten Schluck ist, gebe Felix meine Hand und lasse mich auf die Tanzfläche ziehen.

Lil Nas X läuft. Ich bin froh, den Song zu kennen.

Mit Felix zu tanzen macht Spaß. Er hat nur Augen für mich, als wäre ich der einzige Mensch auf der Welt. Er lächelt mich an, während er sich zur Musik bewegt, auf eine gelassene, coole Art und Weise. Es ist verdammt heiß hier, wir schwitzen beide.

Ich war ein paar Mal mit Flanna und anderen Bekannten im Club, aber ich habe nie mit einer fremden Person getanzt. Ich hatte immer Mathilda. Vor ihr habe ich einmal ein anderes Mädchen geküsst, doch das ist ewig her.

Und jetzt bin ich hier. Auf dieser Party. Mit einem Fremden. Mit einem Mann.

Ich bekomme einen Ellenbogen ab und Felix zieht mich näher zu sich, so nah, dass meine Brust seine berührt. Er beugt sich zu mir herunter. Seine Lippen streifen mein Ohr. »Du siehst aus, als würdest du gleich wegrennen.«

Ich lache kopfschüttelnd. »Nein!«

»Gut.« Er legt seine Hände auf meine Schultern, meinen Rücken, streicht meine Seiten hinab.

Atemlos bewege ich mich gegen ihn, als er langsam sein Becken gegen meins drückt.

Wegen der lauten Musik kann ich meinen Puls nicht fühlen, doch ich weiß auch so, dass mein Herz rast. Ich starre auf seine breite Brust, bevor ich meinen Blick über sein Kinn zu seinen Lippen wandern lasse. Er sieht gut aus. Selbstsicher, ein bisschen bewundernswert.

Er beugt sich erneut zu mir herunter.

Und plötzlich küssen wir uns.

Seine Hände liegen an meiner Taille. Ich weiß nicht, wohin mit meinen. Ich lege sie unsicher auf seine Hüften, dann auf seine Schultern.

Seine Lippen sind voll und weich und fordernd. Er schmeckt nach Salz und süßem Alkohol, und seine Bartstoppeln kratzen. Er zieht mich noch enger an sich heran, bis sein ganzer Körper gegen meinen drückt. Seine Hände wandern über meinen unteren Rücken, fassen meinen Hintern. Als ich fühle, wie hart Felix ist, kribbelt es in tief meinem Bauch.

Ich schlinge meine Arme um seinen Hals, während er seinen Mund öffnet, und er küsst so verdammt gut. Zu gut. Ich –

»Alles cool?«, fragt er, als ich mich anspanne. »Ist das okay?«

Ich starre ihn an, außer Atem. »Äh. Ja.«

Er drückt mich gegen sich und grinst breit. »So, wie sich das anfühlt, glaube ich nicht, dass du ganz hetero bist.«

Ich lache verlegen. »Tja.«

Seine Augen funkeln, als er mich mustert. »Lass mal aus der Menge raus.« Er schiebt die Leute aus dem Weg und zieht mich hinter sich her, bis wir am Rand der Tanzfläche sind, und dann fasst er mich an der Taille und drückt mich mit dem Rücken gegen die Wand. »Jetzt werde ich dich mal richtig küssen, okay?«

Ich nicke, während mir schwindelig wird. Seine Hände schieben sich unter mein Shirt. Er küsst meinen Hals, mein Kinn. Es kitzelt und lässt mich nach Luft schnappen.

»Okay so?«

»Jah –«

Der Bass vibriert in meiner Brust.

Ich fühle mich, als würde ich mich selbst nicht mehr kennen, aber zu meiner eigenen Überraschung macht es mir keine Angst. Ich will mehr von Felix.

Er legt seine Hände an mein Gesicht und presst seine Lippen wieder auf meine. Ich schließe die Augen, bin froh, dass mein Stöhnen in der Musik untergeht. Die Wirkung des Alkohols lässt langsam nach, aber das hier ist sowieso berauschender. Die Musik, sein Körper. Flanna, Nadim oder Linda könnten uns sehen, doch es ist mir egal. Ich will, dass er nie wieder aufhört, mich zu küssen.

In seinen Händen fühle ich mich seltsam klein, aber es ist ein gutes Gefühl. Ich überlasse ihm die Kontrolle und konzentriere mich ganz auf seine Lippen, seine Zunge, meine Unterlippe zwischen seinen Zähnen. Seine Erregung drückt gegen meine Hüfte. Die Wand ist unnachgiebig in meinem Rücken. In meinem Bauch kribbelt es so fucking sehr wie schon lange nicht mehr.

Doch dann beginnen meine Gedanken, abzudriften.

Was würde meine Mutter sagen, wenn sie mich jetzt sehen könnte? Würde sie weinen oder wütend werden? Würde sie lachen? Würde sie mich genauso lieben wie vorher?

Und mein Vater?

Und was ist mit Nadim? Küsst er auch gerade einen Jungen? Felix' Kumpel vielleicht?

»Ey! Felix!«, ruft plötzlich jemand neben uns. Felix unterbricht den Kuss. »Was würde Jeremy dazu sagen, dass du hier andere Männer küsst?«

Felix starrt das Mädel an, das angepisst zwischen uns hin- und hersieht. »Scheiße, Nicki –«

»Nope. Das reicht. Diesmal sag ich es ihm!« Sie dreht sich um und verschwindet zwischen den anderen Menschen.

»Fuck!« Er sieht mich verzweifelt an, bevor er mich ohne ein weiteres Wort stehenlässt und ihr hinterherläuft. Er verschwindet in der Menge. Ich schaue noch ein paar Sekunden auf die Stelle, an der er verschwunden ist. Das Lied wechselt, der Bass verstummt kurz. Mein Herz schlägt wild in meiner Brust. Meine Lippen kribbeln.

Shit.

Es dauert eine ganze Weile, bis ich wieder zu Atem komme.

Kapitel 14

Ich finde Nadim auf der Tanzfläche direkt neben der Bar. Er tanzt mit einem Kerl, den ich nicht kenne, aber die beiden berühren einander nicht.

Als er mich sieht, sagt er etwas zu seinem Tanzpartner und kommt zu mir. Lässt ihn zurück. »Alles okay? Du siehst nicht so gut aus.«

»Brudi, ich hab gerade erfahren, dass mein Schwanz hart wird, wenn ein Kerl mich küsst«, erwidere ich. Und dann muss ich lachen. Und mich an ihm festhalten. »O mein Gott, was wird meine Mutter sagen?«

»Was? Warum sollte sie es erfahren?« Er schiebt mich von sich, sodass wir uns ansehen können. »Wolf. Gott, du musst nüchtern werden, sonst ruinierst du noch dein Leben.«

»Ich bin nüchtern«, sage ich lachend.

»Okay, aber bitte komm runter«, sagt er. Ernst. Dann schüttelt er den Kopf und lacht selbst. »Aber warum wusstest du es vorher nicht? Hast du nie darüber nachgedacht, ob du vielleicht Typen cute findest? Oder sexy?«

»Nein! Ich dachte, das wäre einfach – normal! Und ich hatte Mathilda und – keine Ahnung!«

Ich kann ihm ansehen, dass er das nicht verstehen kann. Seine nächsten Worte bringen mich jedoch zum Lächeln. »Ich freu mich total für dich, weißt du.« Er legt einen Arm um meine Schultern. »Die Situation ist doch mega. Du bist single und kannst dich ausprobieren und du hast Flanna und Linda und mich. Wir sind alle queer und du bist nicht allein und vielleicht sollte das genau so sein.«

Ich lehne meinen Kopf gegen seinen. »Ja, vielleicht.«

Als Nadim auf die Toilette muss, treffe ich Flanna und Linda wieder. Sie stehen im Flur des Clubs herum und reden miteinander. Ich grinse, als ich sehe, wie sich ihre Gesichter aufhellen, weil sie mich entdeckt haben.

»Hey!«, rufe ich und gehe zu ihnen. Nadim ist auf der Männertoilette verschwunden. »Was macht ihr hier?«

»Wir warten auf Flo!«, ruft Linda zurück. Selbst hier ist die Musik noch viel zu laut für eine normale Gesprächslautstärke. »Dey kommt bestimmt gleich zurück! Wir waren früher in einer Klasse!«

»Dey?«, wiederhole ich und ziehe die Augenbrauen hoch.

»Personalpronomen! Dey/deren/denen!«

»Ah! Okay!« Ich nicke.

Flanna mustert mich. »Alles okay? Fühlst du dich einsam hier?«

»Wieso?«

»Als hetero Typ.«

Ich lache kopfschüttelnd. »Oh! Bin mir da nicht so sicher!«

»Nicht so sicher, ob du einsam bist? Oder hetero?« Sie grinst. Linda ebenfalls.

Mir wird warm. Ich zucke mit den Schultern. »Hab wen geküsst. Er hieß Felix.«

»Damn!« Linda hält mir die Faust hin. Ich drücke meine Faust zögerlich gegen ihre. Dann grinst sie Flanna an. »Was hab ich gesagt, hm?«

Flannas Augen sind ganz groß geworden. »Im Ernst? Wie war's?«

»Gut.« Verlegen erwidere ich ihren Blick. »Anders.«

»Voll cool!«, sagt sie und lächelt. Sie legt mir eine Hand auf die Schulter. Die Geste erinnert mich wieder an Felix. »Wie fühlst du dich?«

Ich zucke erneut mit den Schultern. »Keine Ahnung.«

Ein bisschen überrascht. Ein bisschen *Habe ich es nicht irgendwo gewusst?* Aber auch *Hätte ich nie gedacht* und *Jetzt bin ich nicht mehr so der Außenseiter bei euch und Nadim.* Und *Fuck, ich fake das aber nicht unterbewusst, um dazuzugehören, oder? Nein, der Kuss war echt krass –*

»Hey.« Flanna umarmt mich. »Was auch immer du fühlst, es ist okay, okay?«

»Ja.« Ich schließe kurz die Augen. Sie drückt mich ganz fest.

»Oh, da kommt Flo! Und Nadim auch!«, ruft Linda in diesem Moment. »Wollen wir alle noch ein bisschen tanzen gehen?«

Wollen wir.

*

Zwei Stunden später stolpere ich durch die Wohnungstür und direkt über meine Sportschuhe, die ich nach der letzten Jogging-runde dort abgestreift habe. Ich stoße beinahe einen Bilderrahmen von der Wand und schlage fluchend auf den Lichtschalter.

Und dann stolpere ich gleich noch einmal, über Jens, der zu faul zum Bellen war. Um nicht auf seinen Schwanz zu treten, mache ich einen Sprung zur Seite. Lasse meinen Schlüsselbund fallen.

»Wolf!« Meine Mutter reißt die Schlafzimmertür auf und sieht mich genervt an. »Geht's noch ein bisschen lauter? Und wieso kommst du erst so spät wieder, es ist fast fünf!«

»Sorry«, sage ich zerknirscht und lasse die Schultern hängen. Und dann denke ich wieder an Felix, wie den gesamten Heimweg schon, und sehe zur Seite. Verziehe unfreiwillig mein Gesicht.

»Alles okay?«, fragt Mama. »Wo warst du denn so lange?«

»Ähm.« Ich zucke mit den Schultern. »Feiern.«

Dann drehe ich mich um und gehe in mein Zimmer. Die Tür fällt zu laut hinter mir ins Schloss.

Ich habe Jens nicht mal Hallo gesagt.

»Wolf«, höre ich Mama durch die Tür sagen.

Ich lasse mich auf mein Bett fallen und schließe die Augen, atme tief durch. Nadim hat recht. Ich kann es ihr nicht erzählen. Ich wusste es bis eben nicht mal selbst.

»Hey.« Mama öffnet die Tür. Sie wäre nicht Mama, wenn sie mich so leicht davonkommen lassen würde, nachdem sie mich so gesehen hat. »Was ist los?«

Ich kann es ihr nicht sagen. Nicht jetzt. Nicht sofort.

… Ich sage es ihr.

Nein. Lieber nicht.

Da ist zufällig noch etwas, das ich ihr verschwiegen habe, was ich jetzt erzählen kann.

»Ich hab mit Mathilda Schluss gemacht.« Ich öffne die Augen nicht. Müdigkeit überfällt mich, jetzt, da ich endlich zu Hause bin. Mit Flanna und Linda und Nadim zusammen war es schon etwas anstrengend. Und dann noch die vielen anderen Leute im Club. »Ist schon ein paar Tage her.«

»Oh, Schatz.«

»Ich meine«, sage ich hastig, »*ich* hab mit *ihr* Schluss gemacht. Aber keine Ahnung, Mama.«

»O je.« Ich höre, wie sich ihre Schritte entfernen. »Komme sofort wieder!«

»Okay.«

Einen Augenblick später ist sie wieder da, zwei Gläser und eine Wasserflasche in den Händen. »Hier«, sagt sie lächelnd und gibt mir ein Glas, gießt etwas Wasser ein. »Du riechst echt nach Alkohol. Nicht, dass du morgen Kopfschmerzen hast.«

»Oh. Danke.« Ich habe sie so lieb.

Sie setzt sich neben mich und trinkt ebenfalls etwas. Dann stellt sie das Glas auf meinen Nachttisch und wuschelt mir durch die Haare. »Hat das Feiern Spaß gemacht?«

»Ja, total.«

»Das klingt doch gut. Lass dich ein bisschen ablenken von Nadim und Flanna in nächster Zeit, dann wird das schon wieder. Schau mal, das Leben gibt dir immer neue Leute, wenn andere gehen müssen. Auch wenn es sehr schade ist, dass Mathilda jetzt nicht mehr zu uns kommt. Ich werde sie vermissen.«

»Ich weiß«, sage ich. Ich muss blinzeln. »Jens vermisst sie bestimmt auch.« Er hat sich immer so gefreut, wenn Mathilda mit uns spazieren gegangen ist.

»Leider ist das so im Leben, dass es manchmal nicht mehr zusammenpasst.« Mama streicht mir über den Kopf. »Aber Nadim scheint doch ein toller neuer Freund zu sein, oder? Das würde mich freuen.«

Ich lache leise. »Ja. Wir sind gerade erst Freunde geworden und er ist jetzt schon mein bester Freund.«

Nicht, dass er Konkurrenz gehabt hätte.

»Siehst du«, sagt sie. »Das ist doch schön. Das muss man sich bewahren.«

Das habe ich vor. Mehr als alles andere.

Mama steht auf. »Und vertrau mir. Irgendwann ist da ein neues, tolles Mädchen für dich.«

Das bringt mich zum Seufzen. »Ja. Mal sehen.«

Als sie verschwunden ist, atme ich tief ein und aus.

Irgendwann ist da ein neues, tolles Mädchen für dich.

Könnte ich mich auch in einen Jungen verlieben? Ich versuche, es mir vorzustellen. Dates mit einem Jungen. Kuscheln. Sex. Händchen halten. Zusammenziehen. Heiraten, später.

Meine Gedanken wandern wieder zu Felix. Mit jemandem wie ihm würde ich nie eine Beziehung führen wollen. Schließlich ist er seinem Freund fremdgegangen. Er sah zwar gut aus, war aber ganz sicher nicht auf einer Wellenlänge mit mir.

Heiß waren seine Küsse allerdings schon …

Mal wieder komme ich zu keinem Ergebnis.

Vielleicht sollte ich einfach damit weitermachen, solche Dinge auf mich zukommen zu lassen. Wenn ich mich irgendwann erneut in eine Frau verliebe – alles easy. Und falls es ein Mann wird?

Dann habe ich eine sichere Antwort.

Kapitel 15

Nadim und ich fahren ziellos durch die Straßen. Es ist warm, wir haben die Fenster unten, die Abendstadt versinkt langsam im nächtlichen Blau. Alles ist dämmerungsfarben. Ich schließe für einen Moment die Augen, bin ganz *da*. In der Gegenwart. Die Welt riecht nach Sommer.

»Ich hab dir übrigens ein Buch mitgebracht«, sagt Nadim. »Liegt auf dem Rücksitz.«

»Ohh.« Ich drehe mich um.

»Du hast es noch nicht gelesen, oder?« Er wirft mir einen Blick zu.

»Nein.« Ehrfürchtig nehme ich das Buch in die Hand. »Wow. Danke.«

»Ich dachte mir nur … die Hauptfiguren sind schwul, obviously. Oder bi, was einen von ihnen angeht. Und vielleicht hilft es dir. Mir hat es geholfen. Vielleicht hilft es dir auch überhaupt nicht. Auf jeden Fall ist es wunderschön geschrieben. Ich hab es als eBook und dann noch mal als Paperback gekauft, damit du es auch lesen kannst.

Und ich hab es gestern noch mal gelesen, damit wir drüber reden können.«

Ich nicke und starre das Buch an. Streiche über das Cover. Dieses Geschenk bedeutet mir die Welt, aber ich weiß nicht, wie ich das in Worte fassen soll. Es ist sogar eine Fantasy-Geschichte – nicht High Fantasy, sondern in der realen Welt angesetzt, aber dennoch mit fantastischen Elementen.

Mir hat noch nie jemand ein Buch gegeben. Weil er es mag und ich es auch lesen soll.

Nadim reißt mich aus meiner seltsamen, himmelweiten Freude. Etwas in mir tut weh, und gleichzeitig will ich einfach nur lachen.

»Hey, Erde an Wolfie. Autobahn?«

»Ja, bitte.«

Er grinst mich an, sieht wieder auf die Straße. »Perfekt.«

Und dann sind wir auf der Autobahn. Über dem Horizont blinken die Venus und die ersten Sterne. Nadim dreht das Radio lauter, und ich beschließe, dass ich ihm irgendetwas zurückgeben muss. Ein Gedicht. Oder eine Playlist.

Wir könnten auch ins Kino gehen. Oder in ein Café.

Ich starre aus dem Fenster, während ich mich wieder in Gedanken verliere. Würden Leute denken, dass wir auf einem Date sind, wenn ich Nadim auf einen Kaffee einlade? Oder denken Leute so etwas nicht, wenn sie zwei Typen zusammen sehen? Würde *er* denken, dass es ein Date ist?

Was, wenn er es denkt?

Gott. Darüber werde ich jetzt nicht weiter nachdenken.

»Lass mal Kaffee trinken gehen. In den nächsten Tagen oder so. Wenn du Zeit hast.« Ich wende mich zu ihm.

»Jaa!«, ruft er. »Lass echt mal! Ich bin zwar pleite, weil all mein Geld für's Tanken draufgeht, aber egal. Ich brauch mal wieder so einen richtig geilen Frappé-Cappuccino-Eiskaffee-Schoko-Karamell-Cookie-Schaum-Dingsbums für mindestens sieben Euro!«

Ich lache erleichtert auf. Er scheint sich nichts dabei zu denken. »Okay. Ich lad dich ein, keine Sorge.«

*

Glücksgefühle lassen mich breit grinsen, als ich zu Hause auf meinem Bett liege, das Buch aufschlage und entdecke, dass Nadim beim Lesen Sätze unterstrichen, mit Ausrufezeichen und kurzen Anmerkungen versehen hat.

Es ist, als würde ich nicht nur das Buch lesen, sondern auch seine Gedanken. Seine Gefühle.

Ich nehme mir einen Bleistift und kritzele meine eigenen Kommentare dazu.

Ich bin beim fünften Kapitel angelangt, als ich einen kleinen, geknickten Zettel zwischen den Seiten finde.

Ich falte grinsend den Zettel auseinander.

Auf der Innenseite steht ein Gedicht.

die stadt verliert sich in blau und schimmer und
traumfarbener dämmerung
und du bist bei mir
wir treiben in einem meer aus sehnsucht,
wir zwei
und das fernweh tut heute besonders weh
aber du lächelst
und ich denke: irgendwann
ich denke: irgendwann, doch das hier fühlt sich jetzt
auch gut an
hätte es nie gedacht
aber seitdem ich dich kenne
seitdem ich mit dir zeit verbringe
lache, atme, über wiesen renne
seitdem ich dich habe
fängt das leben auch hier schon an

*

Nadims Text geht mir den ganzen nächsten Tag nicht mehr aus dem Kopf. Jedes Mal, wenn ich an ihn denke, muss ich lächeln.

Ich bin so froh, Nadim zu haben. Ohne ihn würde ich mich nach der Trennung von Mathilda verdammt einsam fühlen.

Immer, wenn ich mit Jens spazieren gehe, muss ich an Mathilda denken. Als ich noch auf dem Land gewohnt habe, sind sie und ich oft mit dem Hund in den Feldern gewesen. Bei unserer ersten Verabredung ebenfalls. Ich glaube, dort ist mir bewusst geworden, wie sehr ich sie mag. Es war Oktober und sie hat eine Geschichte erzählt.

Mathilda hat immer Geschichten erzählt. Bei unserem Nebenjob im Supermarkt haben wir die Pausen zusammen verbracht, die jedes Mal viel zu schnell vergangen sind, weil Mathilda eine neue Geschichte parat hatte. Sie hat überall Geschichten gesehen. Und erzählen konnte sie sie auch. Deshalb habe ich mich in sie verliebt.

Vor ein paar Monaten sind das Kribbeln und die Schmetterlinge verschwunden. Es tut mir immer noch leid.

Ich hoffe, dass sie niemals aufhört, ihre Geschichten zu erzählen. Auch wenn ich sie nicht mehr zu hören bekomme.

Kapitel 16

»Okay, schau: Man darf seine Augen nicht vor dem verschließen, was in der Welt alles falsch läuft. Aber ich denke, dass es glücklich macht, wenn man seinen persönlichen Alltag ein bisschen mehr romantisiert. Ich zumindest, ich muss das machen.« Nadim haut auf das Lenkrad.

»Du meinst, man konzentriert sich nicht auf das Schlechte?«, hake ich nach, während ich die Platanen am Straßenrand betrachte, unter denen wir vorbeirauschen. Ich liebe diese Bäume. »Eher so rosarote Brille aufsetzen und so?«

Heute ist ein regnerischer Frühlingstag. Dicke, schwere Wolken hängen am Himmel und die Welt ist grau und grün.

»Nein, ich meine … ich will die kleinen, schönen Dinge wahrnehmen, die ich sonst oft übersehe. Ich will nicht *nur* das Gute sehen und das Schlechte ausblenden. Das funktioniert nicht. Ich will einfach *mehr* Schönes sehen.«

Seine Worte bringen mich zum Lächeln. Ich mag, dass er so denkt. »Klingt gut.«

»Ich meine, guck dich doch mal um! Die Bäume sind so fucking grün! Und es ist so beschissen schön, im Auto zu sitzen und Musik zu hören! Und der Himmel mit seinen Regenwolken ist schön und du bist schön und die Stadt ist schön und dass wir Freunde sind auch! Man liebt viel zu wenig.«

Ich lache auf. »Ich bin schön?«

»Ja, no homo.« Er grinst mich an.

Ich starre ein bisschen ungläubig zurück.

Selbst, als er wieder zur Straße sieht, kann ich meinen Blick nicht von ihm nehmen.

»Danke, schätze ich«, sage ich. Meine Wangen werden heiß.

»O Gott, bist du verlegen?«, ruft er. Seine Augen funkeln, als er mich erneut ansieht. »Wolfie! Du musst doch nicht verlegen sein! Es ist nur die Wahrheit! Deine Schönheit ist … allumfassend, niemals endend! Du bist –«

»Stopp!«

»– das Geschöpf meiner Träume! Durch und durch himmlisch! Deine Schönheit ist so unwirklich, überirdisch, göttlich!«

»Nadiiim!« Ich muss lachen, und zwar laut. »Bitte! Hör auf!«

»Ich würde dir so gerne deine süßen Engelslippen küssen und deinen Honig schmecken! Du entfachst ein Feuer in meiner verlorenen Seele!« Er hat selbst einen Lachkrampf. Wir fahren Schlangenlinien, Zickzack. Das Plüscheinhorn am Rückspiegel schaukelt wild von links nach rechts. »ICH BIN VOR LIEBE ENTBRANNT! DIE FLAMMEN DER LUST ZÜNGELN!«

»HÖR AUF!«, rufe ich und schlage nach ihm, während ich verzweifelt versuche, Luft zu holen. Ich muss noch mehr lachen. »Ich hasse dich! Warum bist du so gemein? Mach dich nicht lustig über mich!«

Er wackelt mit den Augenbrauen und schickt ein paar Luftküsschen in meine Richtung.

Ich wende mich gespielt schmollend ab.

Wir fahren eine Weile durch die Stadt, bis wir auf die Autobahn Richtung Bochum gelangen.

»Hoffe, ich hab dich nicht wirklich uncomfortable gemacht eben«, sagt Nadim irgendwann.

»Nein.« Ich grinse.

»Okay.« Er wirft mir einen Blick zu. »Wie läuft's eigentlich so mit deiner Selbstfindungsphase? Willst du … noch mal einen Typen küssen? Glaubst du, du bist bi?«

»Hm.« Ich zucke mit den Schultern. »Vielleicht? Ich mochte es mit Felix.«

»Oh, Felix hieß er?« Er lacht. »Der Glückliche.«

»Hm. Ob ich es meinen Eltern erzähle, weiß ich noch nicht. Keine Ahnung. Wenn ich aber bald – oder später – ein Mädchen kennenlerne, dann sag ich lieber nichts. Meinem Vater will ich es eigentlich gar nicht sagen. Ich bin mir ja nicht mal sicher, ob es überhaupt was zu sagen gibt.«

»Okay, aber sei vorsichtig.«

Ich schnaube. »Klar. Und falls er es mal erfährt, was will er machen? Rausschmeißen wird er mich nicht, und wenn doch, bekomme ich immer noch BAföG. Aber würde er sowieso nicht tun. Mum würde das nicht zulassen, und so extrem ist er safe nicht drauf. Schlagen wird er mich auch nicht. Also.«

»Aber er kann dir trotzdem das Herz brechen«, sagt Nadim leise. »Also pass auf.«

Ich sehe ihn an. Er sieht auf die Straße.

»Willst du es deiner Familie jemals erzählen?«, flüstere ich nach einigen stillen Sekunden.

»Nein. Ich weiß nicht, wie genau sie reagieren würden, aber ich weiß, dass niemand von ihnen okay damit wäre. Meine Mutter würde … niemals darüber hinwegkommen.« Sein Gesicht zeigt keine Regung.

»Das tut mir leid.«

Er lacht auf. »Ist schon okay. Irgendwann ziehe ich weg und dann lebe ich, wie ich will. Ich werde eine Wohnung voller Kunst und Bücher haben, in einer großen Stadt, und ich kann anziehen, was ich will, und sexy schwarzen Nagellack tragen und Jungs mit nach Hause nehmen. Und ich hab einen coolen Job.«

»Warum studierst du überhaupt noch hier?«, frage ich.

»Hab mich direkt nach der Schule nicht getraut, allein in eine fremde Stadt zu ziehen.« Er lächelt schief. »Und Salih wollte diese Wohnung mit mir und ich … hatte keine plausiblen Argumente dagegen.«

»Oh. Okay.«

»Nur noch ein paar Semester, das passt schon.«

Ich schlucke. »Bei mir kannst du auch jetzt schon sein, wer du bist.«

Sein Lächeln wird ein bisschen heller. »Ich weiß.«

Mein Hals wird eng. Ich brauche einen Themawechsel, selbst wenn es nur ein kleiner ist.

»Wegen der Bi-Frage noch mal.« Ich ziehe die Augenbrauen zusammen. »Ich … hab mir ein paar Blogs auf Insta angesehen. Von Leuten, die queer sind. Und … ich weiß nicht. Ich denke nicht, dass ich … mich auch so nennen kann. Was hab ich schon gemacht? Ich hab einmal einen Typen geküsst und 'nen Ständer bekommen. Ja und? Was, wenn meine nächste Beziehung wieder mit einem Mädchen ist? Dieses Labeln ist so … keine Ahnung. Ich kann mich mit nichts identifizieren, weil … ich nicht weiß, ob ich es wirklich bin. Ich bin mir nicht sicher. Was, wenn es nur dieser eine Typ war? Oder, keine Ahnung, vielleicht, weil ich total besoffen war? Oder … weil ich dazugehören wollte? Verstehst du, was ich meine?«

Er nickt.

»Außerdem kam es so … überraschend. Ich hab mich nicht mit zwölf Jahren darüber gewundert, warum ich einen Schauspieler so toll finde oder warum ich meinen Kumpel küssen will. Ich – ich hab einfach nur letztens betrunken diesen einen Typen geküsst. Mein ganzes Leben lang hab ich nicht wirklich darüber nachgedacht, ob ich vielleicht –«

»Hey.« Nadim schaut mich an. »Fandest du den Kuss heiß? War der Typ heiß? Würdest du es wieder tun? Hast du danach noch mal an ihn gedacht?«

Prompt werde ich rot. Ich kann fühlen, wie die Hitze in meinen Wangen zu brennen beginnt.

Ja. Ich habe an den Typen gedacht. Wenn ich in der U-Bahn saß. Oder im Hörsaal. Wenn ich zu Hause im Bett lag. An seine breiten Schultern. Seine Brustmuskeln. Seine Lippen. Und daran, wie er mich angefasst hat. Dass er größer war als ich und stärker. Und an seinen –

»O Mann«, sagt Nadim. »Zweifle nicht am Regenbogen, Dude.«

Ich lache beschämt.

»Außerdem brauchst du kein bestimmtes Label, okay?« Nadim sieht nachdenklich aus. »Ich mag Label. Ich mag es, mich als schwul oder homo oder gay zu bezeichnen. Aber du musst nicht bi oder schwul oder pan sein. Du kannst auch nicht-hetero sein. Oder queer. Du kannst auch sagen, du weißt es nicht, oder dass du einfach Menschen liebst. Du machst die Regeln hier, okay?«

»Okay«, sage ich.

Dann fahren wir um die nächste Biegung der Autobahn – und das Chaos erstreckt sich vor uns.

»O mein Gott.« Nadim tritt abrupt auf die Bremse und der Gurt hält mich hart zurück, als ich nach vorn geschleudert werde.

»Scheiße«, sage ich atemlos. Ich sehe in den Seitenspiegel und drücke auf das Warnblinklicht, als ich entdecke, dass das nächste Auto nicht weit hinter uns ist. Unser Gespräch ist augenblicklich vergessen.

Die ganze Fahrbahn vor uns ist voller Autoteile. Ein Wagen liegt auf dem Dach am Straßenrand, einer hängt in der Leitplanke. Mehrere Autos stehen neben der Unfallstelle. Menschen laufen herum.

Kein Rettungsdienst in Sicht.

Ich wage es nicht, genauer zu den Unfallwagen zu sehen. Habe Angst, etwas zu sehen, das ich nicht sehen will.

Als wir stehenbleiben, kommt ein Mann auf uns zu und winkt uns weiter. Ich öffne schnell das Fenster ein paar Zentimeter.

»Brauchen Sie Hilfe?«, frage ich.

»Nein!«, ruft er. »Fahren Sie weiter!«

Ich sehe zu Nadim.

Er starrt auf die Straße. Sein Gesicht ist kalkweiß geworden und er klammert sich so fest an das Lenkrad, dass seine Fingerknöchel weiß durch die Haut scheinen.

»Nadim«, sage ich.

»Da ist jemand gestorben, oder?«, flüstert er.

»Fahren Sie weiter!«, ruft der Mann.

Nadim würgt den Wagen ab. Seine Hände zittern, als er den Schlüssel herumdreht und den Motor neustartet. Er presst die Lippen aufeinander, sieht aus, als hätte er einen Geist gesehen.

Ich starre ihn an. »Hey?«

Kopfschüttelnd fährt er an und beginnt, uns vorsichtig zwischen den Autoteilen auf der Fahrbahn hindurch zu manövrieren.

»Was ist los mit dir?«, frage ich, als wir die Unfallstelle hinter uns gelassen haben. Seine Hände sind noch immer verdammt verkrampft am Lenkrad. Es macht mir Angst. »Nadim. Kannst du jetzt überhaupt fahren?«

»Keine – Ahnung –« Er schaltet in den falschen Gang. Ich kneife kurz die Augen zu.

»Fahr auf den nächsten Rastplatz«, sage ich.

Sobald wir auf dem Parkplatz stehen, steigt er aus und vergräbt die Hände in den Haaren.

Ich springe ebenfalls aus dem Auto und laufe zu ihm. »Was ist los?«

Er sieht mich an, verzweifelt nach Atem ringend. »Da ist bestimmt jemand gestorben!«

Ich weiß nicht, was ich sagen soll. Mein Herz zieht sich bei seinem Anblick schmerzhaft zusammen. »Ja. Vielleicht. Vielleicht auch nicht.«

»Warum – warum lässt dich das so kalt?«

»Es lässt mich nicht kalt!«, erwidere ich. »Ich mache mir gerade nur mehr Sorgen um dich, okay?«

»Fuck.« Er atmet tief ein und sieht mich kopfschüttelnd an. »Wolf. Ich komm gerade – nicht klar. Gott.«

Ich mustere ihn. Seine schnelle Atmung. Die Schweißperlen auf seiner Stirn. Seine Hände, die er in seine Haare gekrallt hat. Jetzt, wo ihm die Haare nicht in die Stirn fallen, sehe ich seine Narbe viel besser.

Er läuft ein paar Schritte hin und her. »Fuck.«

»Hast du … eine Panikattacke?«, frage ich langsam.

Er lacht auf. »Wolf! Wolf! Ich – weißt du, warum ich die ganze Zeit in diesem Auto sitze?!«

Ich starre ihn an. Mein Herz klopft mir bis zum Hals. So habe ich ihn noch nie gesehen.

»Mein erstes eigenes Auto war ein fucking 500-Euro-Corsa!«, sagt er. »Gott, ich hab es dermaßen geschrottet, ich lag tagelang im Krankenhaus! Das ist zwei Jahre her.«

»Ach du Scheiße.« Ich trete einen Schritt zurück.

Er zuckt mit den Schultern, als wäre es keine große Sache, wie manche Menschen das tun, wenn es eine große Sache ist. »Direkt, nachdem ich wieder aus dem Krankenhaus raus war, ist mein Opa gestorben. Ich bin mit meinen Eltern zu Oma gefahren. Und dann hab ich mir dieses Auto genommen, das er mir vererbt hat, und bin damit nach Hause gefahren. Mein Opa hat in München gelebt. Ich hatte so was von Angst, wieder einen Unfall zu bauen. Ich wollte eigentlich nie wieder Auto fahren.«

»Warum –«, sage ich rau. »Warum bist du wieder gefahren?«

»Keine Ahnung? Weil ich mein Leben nicht gerade mochte?« Er atmet aus und zieht die Mundwinkel hoch. »Weil ich mich nicht mochte?«

Ich schüttele den Kopf. Weiß nicht, was ich sagen soll. Das hier ist neu, tut weh, hat mir alle Worte genommen. Die Enge in meinem Hals lässt sich nicht herunterschlucken. Sein Lächeln fühlt sich an wie ein Schlag in die Magengrube.

»Na ja«, sagt er. »Lass uns nach Hause fahren.«

Er macht einen Schritt auf das Auto zu, aber ich stelle mich vor die Fahrertür. »Nadim. Deine Hände zittern immer noch.«

»Okay.« Er geht um das Auto herum und reißt die Beifahrertür auf.

Ich steige schluckend auf der Fahrerseite ein.

Weil ich mich nicht mochte.

Wie kann jemand, der immer so leicht und fröhlich wirkt, so etwas Trauriges sagen?

Mit Ach und Krach schaffen wir es nach Hause. Ich würge das Auto drei Mal ab, weil ich erst mit dem Schleifpunkt der Kupplung vertraut werden muss. Außerdem finde ich beinahe zu spät heraus, dass ich viel härter auf die Bremse treten muss als beim VW meiner Eltern.

»Komm«, sage ich, als wir endlich unten vor meiner Wohnung stehen.

Er folgt mir ins Haus und in mein Zimmer. Meine Eltern sind nirgends zu sehen, Jens genauso wenig. Wir lassen uns auf das Bett fallen.

Niemand sagt etwas. Wir schweigen für eine lange Zeit.

Anfangs rasen meine Gedanken wie wild, aber dann komme ich langsam im Hier und Jetzt an.

Nadim strahlt eine angenehme Wärme aus, während er so dicht neben mir liegt. Seine Brust hebt und senkt sich gleichmäßig, und nach zwei, drei weiteren Minuten fallen ihm die Augen zu.

Er hat so krasse Wimpern. Lang und schwarz und geschwungen.

Ich kann nicht anders, als ihn zu betrachten. Die Narbe oben auf seiner Stirn, die größtenteils durch seine Haare verdeckt wird, ist etwas heller als die unversehrte Haut drumherum.

»Ist die Narbe von dem Unfall?«, frage ich leise.

Er nickt.

Ich will ihn in meine Arme ziehen und ihn an mich drücken und ganz lange festhalten.

»Alles okay?«, fragt er.

»Wie geht's dir jetzt?« Meine Stimme ist rau.

Er dreht sich zu mir und sieht mich müde an. »Ganz okay.«

»Falls du über den Unfall oder irgendetwas reden möchtest, können wir das gerne tun. Egal was. Wenn du möchtest, kannst du mir alles erzählen.«

»Okay«, flüstert er.

»Ich … einfach –« Für einen Moment halte ich die Luft an. Dann nehme ich all meinen Mut zusammen und ziehe ihn an mich.

»Oh –«

»Ist das okay?«

»Ja.«

Ich drücke ihn fest. Sein ganzer Körper berührt meinen, vom Kopf bis zu den Füßen. Er schlingt ebenfalls einen Arm um mich, und dann liegen wir einfach nur da. Ganz still. Seine Brust berührt meine. Mein Herz klopft wild. Ich spüre, wie er atmet.

Er ist warm und fühlt sich weich an, was ich nicht erwartet habe. Schließlich hat er keine Oberweite und ist dünner als Mathilda. Aber er ist weich. So weich. Und wir sind uns so verdammt nah.

»Brauchte das«, flüstert er. »Ich hab mal gelesen, dass Menschen mehrere Umarmungen am Tag brauchen. Ich kriege nie welche.«

Ich drücke ihn noch fester, obwohl ich Angst habe, dass ich einen Ständer bekomme. Das wäre echt peinlich. »Ich geb dir welche und du mir?«

»Ja.« Er drückt sein Gesicht gegen meine Schulter. Dann aber schiebt er mich von sich.

Enttäuscht lasse ich ihn los.

»Das muss reichen«, sagt er. »Sorry. Mein Schwanz kann sich nicht beherrschen.«

Ich lache. »Ist doch egal. Geht mir genauso.«

Er mustert mich, bevor er breit grinst. »Okay.«

Im nächsten Moment wirft er sich wieder auf mich.

»Ahh!«, rufe ich, halb belustigt, halb erschrocken, während ich reflexartig die Arme um ihn schlinge. Jetzt liegt er auf mir, und er ist schwer, doch es ist kein unangenehmes Gefühl.

»Hm.« Er legt seinen Kopf auf meine Brust und brummt leise. »So ist es gut.«

Ich bin mir sicher, dass andere Freunde das hier nicht tun. Es fühlt sich ein bisschen so an, als würden wir eine ungesagte Regel brechen.

»Nachdem ich bei dir übernachtet habe …«, flüstere ich. »Hat dein Bruder das eigentlich mal kommentiert? Du hattest doch Angst, dass er irgendwie denken könnte, dass wir was miteinander haben, oder nicht?«

»Er hat nichts gesagt«, antwortet Nadim. »Vielleicht habe ich mir zu viele Gedanken gemacht. Vielleicht liegt es aber auch an Esma. Ich habe Salih zum Beispiel letztens gefragt, was für Schmuck am besten zu Esma passen würde, und er hat gesagt, ich soll ihr eine Kette schenken. Sie hat die Kette dann in ihrer Instastory gezeigt und mich getaggt. Damit er es sieht. Ich kann gut hetero spielen.«

»Damn.«

Er lacht. »Mastermind, oder?«

»Definitiv.« Ich hoffe, dass ich mir nicht anmerken lasse, wie traurig ich das finde.

»Du riechst gut«, sagt er leise.

Ich atme tief ein, versuche, mich zu entspannen und das hier zu genießen. Er ist da und mir nah und ich bin nicht allein. Ich habe einen Freund gefunden und darüber bin ich verdammt froh. Aber es ist gar nicht so leicht, mich davon zu überzeugen, dass das hier okay für eine Freundschaft ist.

»Wenn ich mal mit anderen Leuten einen Film oder so geguckt habe, war es immer so unangenehm, wenn wir nebeneinandersaßen und unsere Oberschenkel sich nur ein winziges bisschen berührt haben. Gott.« Er lacht erneut. »Denkst du, ich konnte meine alten Freunde mal umarmen? Nein. Natürlich nicht.«

Ich streiche ihm gedankenverloren die Haare aus der Stirn, folge der Narbe mit der Spitze meines Zeigefingers. Sie führt ungefähr drei Zentimeter über seine Kopfhaut. »Hmm.«

»Ich bin so froh, dass das bei uns anders ist.«

»Ich auch«, flüstere ich. Denn es stimmt. Ich würde nichts an uns zusammen ändern. »Ich bin so froh, dass du mein Freund bist.«

Ich hoffe, ich werde ihn nie verlieren.

Kapitel 17

Am Freitag verliebe ich mich. Und zwar so hart, dass mein Herz beinahe platzt.

Ich verliebe mich ins Leben.

Nadim und ich lassen unsere letzten Vorlesungen Vorlesungen sein und treffen uns in der Stadt. Es ist warm, aber nicht zu warm, perfektes T-Shirt-Wetter. Die Sonne scheint und der Himmel ist tiefblau und wolkenlos.

»Mach ein Foto von mir«, sagt Nadim, als wir uns ein Eis auf die Hand gekauft haben und durch die Innenstadt spazieren.

»Yes.« Ich zücke mein Handy und lache, als er scherzhaft vor einem der teuersten Schmuckläden posiert. Es juckt ihn nicht, dass Leute ihm Blicke zuwerfen. Er lacht mich an, und er sieht so verdammt fröhlich und sorglos und selbstbewusst aus, dass es ansteckend ist.

Er trägt ein dunkelgraues Shirt und seine üblichen Cargos, diesmal in Khaki. Auf seinem Kopf trägt er eine Baseballcap. Seine Haare kringeln sich darunter hervor.

»Liebe es!«, sage ich und lache, als er bestürzt bemerkt, dass sein schmelzendes Eis auf seine Hose getropft ist.

»Nein! Shit!« Lachend versucht er, den Fleck wegzureiben. Ich mache ein weiteres Foto und schicke sie ihm alle, bevor ich mich wieder meinem eigenen Eis widme.

»Lass mal eine Bank suchen.« Er lacht noch immer. Mir wird bewusst, wie sehr ich sein Lachen liebe. Und seine Gegenwart. Alles an ihm.

Es dauert nicht lange, bis wir eine Bank gefunden und uns hingesetzt haben.

Nadim blinzelt mich an. »Kann ich dein Eis probieren? Ich hab noch nie Melone genommen.«

»Dann gib mir deins.« Ich nehme ihm sein Schokoeis aus der Hand. Die Waffel ist klebrig.

Er leckt zögerlich über mein Eis und kräuselt die Nase. »Hm. Mh. Gewöhnungsbedürftig.«

»*Was*?«, rufe ich entrüstet. »Melone schmeckt so geil, jetzt mal ohne Witz!«

»Weißt du, was viel geiler ist?« Er lacht. »Richtige Melone. Fuck. Lass gleich Melone kaufen.«

»Aber – Meloneneis!«

»Nope.«

Ich rutsche gespielt beleidigt ein Stück von ihm weg, aber er rutscht direkt wieder ein Stück zu mir. Dass sich jetzt unsere Oberschenkel berühren, scheint ihn nicht zu interessieren.

Er grinst mich an. »Krieg ich jetzt mein Eis wieder?«

»Nö.«

»Pah. Gib her!« Seine klebrigen Finger berühren meine, als er es aus meinem Griff befreit.

»Ey!«

Die Tage, die ich mit ihm verbringe, sind die schönsten. Sie sind sonnengelb und golden. Ich wünsche mir, dass es ewig und ewig so weitergeht.

Keine Stunde später schiebe ich den Vorhang meiner Umkleide beiseite und sehe Nadim augenbrauenwackelnd an. Ich trage einen Hut, ein T-Shirt mit einem coolen Druck und eine weite Jeans. Wenn Flanna mich jetzt sehen könnte, wäre sie stolz.

»Also der Hut ist überhaupt nicht zu viel«, sage ich lachend und zupfe am schwarzen Stoff des Shirts.

Nadim hält sich beide Hände vor den Mund. »Ich liebe es!«, ruft er. Ich werde rot, als sich mehrere Leute zu uns umdrehen. »Wolf! Du solltest Model sein! Ich will mit dir nach draußen gehen und sehen, wie alle in Ohnmacht fallen, sobald sie dich anschauen!«

Ich verdrehe verlegen die Augen. Es fühlt sich allerdings auch ein bisschen gut an, von ihm gehypt zu werden.

»Ich liebe es wirklich! Zieh noch die anderen Sachen an! Das Hemd und so!«

Er bringt mich zum Lachen – und dazu, mich gut zu fühlen. Mit ihm ist alles, als wären wir im Rausch. Nichts als Glück und vergessene Sorgen.

Nach unserer kleinen Shoppingtour gehen wir in ein Café, um die überteuerten Kaffees zu trinken, von denen wir letztens geredet haben. Ich wünschte, es würde für immer so bleiben – nur er und ich, zusammen, zu zweit. Es fühlt sich echt ein bisschen nach einem Date an. Vielleicht gehört es auch zu guten Freundschaften dazu, dass alles vertraut und intim zu sein scheint. Ich bin alles, aber kein Experte in Sachen Freundschaft.

Ich weiß nur eines sicher: Es ist so leicht, sich ins Leben zu verlieben, wenn er bei mir ist.

*

Samstagabend ist die Welt ein Kunstwerk.

Nadim
gehst du auf ein fake date mit mirrr

Wolf
stellst du mir wirklich so eine frage??

Wir fahren aus der Stadt raus. Der Abendhimmel erstreckt sich unendlich weit über uns und wir haben beide die Fenster unten. Die Straße schlängelt sich vor uns durch die Landschaft, zu beiden Seiten erstrecken sich die Felder und Wälder, *in the afternoon* von Josef Salvat läuft. Nadim singt mit. Ich fühle mich so verdammt richtig am Platz.

Zuhause warten Essays und ellenlange Texte auf mich, aber ich verbanne sie für diesen Abend aus meinen Gedanken. Morgen ist auch noch ein Tag. Jetzt will ich frei sein, an nichts denken als das, was ich sehen und fühlen und hören kann. An Nadim. Den Himmel. Den Fahrtwind auf meiner Haut. Nadims Playlist, die all meine Gefühle widerspiegelt. Das Schlagen meines Herzens, fröhlich und wild.

»Da!«, ruft Nadim irgendwann und grinst breit. Ich folge seinem Blick und entdecke einen schmalen Feldweg, der zu einer großen, hügeligen Wiese führt.

Nadim parkt das Auto am Rand des Schotterweges und wir steigen aus. Ich sehe ihm verwundert dabei zu, wie er den Kofferraum öffnet.

»Tadaa!« Er zaubert eine Picknickdecke hervor.

Ich lache. Ich glaube, ich habe den besten Freund der Welt erwischt. Vielleicht musste ich deshalb so lange auf ihn warten. Damit es den anderen Leuten gegenüber fair ist, dass ausgerechnet ich ihn abbekommen habe. »Oha. Dein Ernst?«

»Es wird richtig romantisch, Wolfie.«

Wir laufen durch die Wiese bis zum höchsten Punkt des Hügels. Das Gras ist schon nass, aber das interessiert mich herzlich wenig. Oben angekommen, sehen wir uns atemlos um.

»Wow«, sage ich. Vielleicht liegt die Welt uns nicht zu Füßen, aber die Umgebung allemal. Kühe grasen auf einer Weide unter uns.

Vor einem Waldrand entdecke ich winzig klein ein paar Rehe.

Nadim zückt sein Handy und macht ein Foto von mir. »Du siehst aus wie die Hauptfigur auf einem Gemälde.«

»Caspar David Friedrich?« Ich werfe mich in Pose. »Sehe ich aus wie ein Wanderer?«

»Eher wie die *Venus* von Botticelli.« Er lacht laut, als ich mir erschrocken eine Hand vor den Schritt halte.

Dann legt er die Picknickdecke ins Gras und lässt sich darauf fallen, und ich setze mich neben ihn, tief Luft holend. Das hier ist ein platonisches Nicht-Date. Nichts anderes. Auch wenn es sich nach mehr anfühlt, ist das hier nur ein ganz normaler Abend mit Nadim. Nadim ist *immer* so drauf.

Die Luft ist frisch, aber nicht kalt, und die Mücken tanzen im Licht der untergehenden Sonne. Es ist einer dieser Maiabende, an denen der Himmel in so wunderschönen Farben leuchtet, dass mein Herz blutet. Schleierwolken schweben über dem Horizont und der sanfte Wind wiegt die tiefgrünen Gerstenfelder um uns herum. Der Raps ist beinahe verblüht und die Bäume sind endlich, endlich voller Blätter.

Wir bleiben eine lange Zeit liegen, stumm und staunend. Meine Gedanken schreiben Gedichte, die ich nicht in Worte fassen könnte.

Der Himmel wird orange, dann glutrot, dann violett.

Niemand sagt ein Wort.

Die Nacht atmet um uns herum.

»Ich lebe«, flüstert Nadim, und in diesen zwei Worten scheint der ganze Nachthimmel zu stecken. Ein Ozean voll Bedeutung.

Ich kann nicht begreifen, dass ich gerade wirklich neben ihm liege. Hier, irgendwo zwischen Sonnenuntergang und Mitternacht, zwischen Frühling und Sommer. Er ist Gold und Wärme und all die Sterne. Vielleicht ist er die beste Person, die mir je begegnet ist. Die ich je in meinem Leben haben durfte.

Er dreht den Kopf zu mir, was ich im letzten Licht gerade so erkennen kann. »Ich denke, du bist ein Engel«, sagt er.

Alle Gedanken verschwinden aus meinem Kopf.

Plötzlich ist da nur noch Leere, nur noch Watte und Wolken und Nichts. »Was?«

»Ich brauchte dich. Und dann warst du da. Und du hast Flügel und du leuchtest.«

»Flügel?«

»Ja, du ziehst mich hoch. Mit dir kann ich schweben. Ich weiß, dass das gerade alles fucking kitschig klingt, du darfst dich gerne gleich übergeben, aber … so bist du für mich.«

Für einen Moment weiß ich nicht, was ich sagen soll. »Okay«, flüstere ich dann. »Aber das mit den Flügeln beruht auf Gegenseitigkeit. Und ich leuchte ganz sicher nicht. Nicht ich.«

»Wieso nicht?«

»Ich bin ganz normal und langweilig.« Ich lache. Mein Gesicht ist heiß geworden. Gut, dass es beinahe dunkel ist. »Ich leuchte nicht, ich bin unsichtbar.«

»Nein. Nicht für mich.« Er sieht mich an. »Ich hab dich in der Schule echt vermisst, okay? Und in den letzten Semestern auch. Oberstufe war nicht so toll. Ich hab mich ständig in irgendwelche armen Jungs verliebt, die ihre Gefühle nicht zeigen konnten und die alle so laut und krampfhaft männlich waren. Aber sie waren trotzdem cute. Keine Ahnung. Natürlich habe ich das nie irgendjemandem erzählt. Und dann kam Uni. Und ich kannte plötzlich zwanzig Menschen, die out und proud waren. Und ich konnte es nicht sein, nicht so. Und abgesehen von dir und Linda sind meine Freunde keine guten Freunde. Ich gehe ihnen seit Wochen aus dem Weg.«

Der Schmerz in seiner Stimme ist leise und versteckt, aber ich kann ihn trotzdem hören. »Wie genau haben deine Freunde dich denn verletzt?«

Er atmet tief aus. »Sie wissen nicht, dass ich schwul bin. Der Typ, mit dem ich in der Schule am besten befreundet war, lästert ständig über Schwule. Abgesehen davon redet er hinter meinem Rücken mit anderen Freunden über mich. So was eben. Mit solchen Leuten will ich nicht befreundet sein.«

»Das tut mir leid, dass sie so sind«, sage ich. Mein Herz tut weh. »Du verdienst alles Gute auf dieser Welt und nicht so was.«

»Jetzt hab ich es ja bekommen.« Er lacht.

Ich lache ebenfalls, unfreiwillig. »Meine Güte, hör auf.«

»Nein, wirklich. Egal, wie normal und langweilig du dich findest, du bist ... echt und du bist lieb. Und ich weiß, dass du dich über gute Dinge in meinem Leben freuen würdest. Du bist gut.« Er berührt meine Hand mit seiner.

»Oh.«

»Ich will dich für immer kennen«, flüstert er.

Seine Worte brechen mir das Herz und setzen es ganz neu zusammen. Mit einem Mal schlägt es in einem anderen Rhythmus.

»Ich dich auch«, sage ich.

Es fühlt sich an, als hätte er *Ich liebe dich* gesagt.

Und vielleicht hat er das auch.

Kapitel 18

Ich bin betrunken. Es ist Freitagnacht und Nadim ist neben mir und die Stadt ist ein Mosaik aus glitzernden Lichtern und lauten Jugendlichen und Scherben und wummerndem Bass.

Wir sind nur zu zweit unterwegs, was viel Spaß und ein bisschen Risiko bedeutet. Nadim hat die Flasche mit der Mische in der Hand und nimmt einen großen Schluck, bevor er gluckst und sie mir reicht. »Los, ey! Du darfst nicht weniger besoffen sein als ich!«

Ich schnaube und nehme ihm die Flasche aus der Hand. »Ich kann viel weniger ab als du.«

Die Welt um mich herum ist angenehm weichgezeichnet, die Ecken abgerundet, die Lichter verschwommen. Nadims Augen funkeln im Schein der Straßenlaterne, die Schrift auf seinem violetten Shirt mit dem Vaporwave-Druck ebenfalls. *make a wish.*

Noch ein bisschen mehr Alkohol und ich werde gleich auf der Tanzfläche das Gleichgewicht verlieren.

Andererseits gefällt es mir, dass die ganze Welt gerade so weich, so verwischt ist. Meine Gedanken sind es auch.

Ich kann sie denken, ohne dass sie zu anderen Gedanken führen.

Sie verlieren sich, sobald ich sie gedacht habe, haben ausgefranste Ränder, sind nicht mehr scharf und schneidend, nicht mehr so greifbar. Sie sind da und dann wieder fort und ich muss mir keine Sorgen um sie machen.

Ich kann denken: *Er sieht aus wie ein Kunstwerk. Aber ich darf ihn anfassen. Zumindest ein bisschen. Nicht überall. Nicht so wie fremde Jungs im Club. Aber ein bisschen. Darf ich seine Haare berühren?*

Ich teste es aus. Er lacht, als ich über seinen Kopf streichele. »Wie weich«, sage ich erstaunt.

»Wollen wir rein?«, fragt er, bevor er den Rest der Flasche austrinkt. Eigentlich war es noch zu viel, um als Rest bezeichnet zu werden. Er stellt die Flasche auf den nächsten Mülleimer und wischt sich über den Mund. »Ugh. Ekelhaft. Ich will jetzt endlich tanzen.«

Diesmal küsse ich keinen Typen, doch jemand küsst Nadim. Und ich – ich mache eine Zeitreise.

Wir befinden uns mitten auf der Tanzfläche, mitten zwischen den Leuten, mitten im Wirrwarr. Ein Remix von *Heart To Break* von Kim Petras spielt und ich kann meine Augen nicht von Nadim lassen. Er lächelt mich an, bevor er den Blick senkt und sich völlig versunken zur Musik bewegt. Die Lyrics hallen in mir wider. Gefühle wirbeln in mir auf, von denen ich nicht wusste, dass sie existieren. Vielleicht liegt es am Song, vielleicht daran, dass es so verdammt eng und heiß hier ist und ich gegen ihn gedrückt werde, ohne dass ich es will. Aber eigentlich will ich es doch.

Ich glaube, er weiß, dass ich ihn anschaue.

Dann sehe ich, dass ich nicht der Einzige bin, der fasziniert von ihm ist.

Der Song wechselt, und in der einen, stillen Sekunde vor dem nächsten Lied trifft mein Blick auf den eines anderen Kerls. Er befindet sich genau hinter Nadim. Ich weiß, was er denkt. Ich weiß, was er will.

Sein Blick wandert von mir zu Nadim, der mich wieder anlächelt. Ich sehe zurück. Mehr nicht. Was ein Fehler ist.

Der Typ legt seine Hände an Nadims Taille.

Nadim sieht mich fragend an, doch ich weiß nicht, wie ich reagieren soll. Der Typ sieht gut aus. Rotbraune Locken, kantiges Kinn, breite Schultern. Er ist größer als Nadim – und ich hasse es, aber er wird Nadim gefallen.

Als ich nicht reagiere, dreht Nadim sich um. Und er dreht sich nicht mehr zurück.

Ich rolle mit den Augen, als der Typ seine Hand Nadims Rücken hinaufwandern lässt und sie in seinen Haaren vergräbt. Die andere liegt gefährlich nahe an Nadims Po. Er drückt Nadim gegen sich, bewegt sich gegen ihn, mit ihm, und dann sieht er mich über Nadims Schulter hinweg an. Sein Blick und seine Bewegungen sagen alles.

Er gehört jetzt mir.

Ich starre zurück.

Er zieht einen Mundwinkel hoch, bevor er Nadim ansieht.

Es dauert nicht lange, bis er ihn küsst.

Oh, perfekt. Ich atme aus und warte Nadims Reaktion ab. Als er seinen Kopf nicht zurückzieht und auch sonst nicht so aussieht, als würde es ihn stören, drehe ich mich um und drängele mich durch die Leute hindurch zum Rand der Tanzfläche. Ich habe keine Lust, noch einmal so von diesem Typen angeschaut zu werden. Er hat gewonnen. Ich bin ganz bestimmt kein Creep und schaue ihnen weiter beim Küssen zu.

Und dann, ganz plötzlich, fühle ich mich wieder wie früher. Es gab Jahre, in denen ich mich nicht real gefühlt habe, und gerade werde ich in genau diese Zeit zurückkatapultiert. Was tust du, wenn du mehr Hologramm als Junge bist? Ich bin wieder fünfzehn und nicht greifbar, kann niemanden berühren, niemanden festhalten. Was tust du, wenn dir alle Leute aus den Händen gleiten? Wohin mit all dieser Einsamkeit?

Eine Weile wandere ich ziellos durch den Club, von einer Tanz-fläche zur anderen. Frank Ocean läuft. Ich wünschte, jemand würde mich ansprechen. Irgendjemand. Die Lichter flackern. Der Beat bringt mein Herz aus dem Takt. Ich wünsche mich ganz weit weg.

Nein, ich wünsche mich nicht weit weg. Ich wünsche mich nur ein paar Straßen weiter, mit Nadim an meiner Seite, ich wünsche mich in den BMW, in den Schein der Straßenlaternen. Ich will einfach nur in Nadims Auto sitzen, allein mit ihm, Indiesongs statt Clubbeats in den Ohren, und den Rest der Welt vergessen.

Ich finde mich auf der Männertoilette wieder. Das Wasser läuft kühl über meine Handgelenke, während ich mich im Spiegel betrachte. Meine Lippen sind rot vom Draufbeißen, meine Wangen rot vom Alkohol. Darf ich vorstellen? Wolf Morgenroth, der Typ, der Angst vorm Alleinsein hat.

Ist schon okay, sage ich mir. *Du kennst das doch.*

»Hey, alles gut?«

Ich zucke beinahe zusammen. Der Typ neben mir mustert mich. Verlegen drehe ich mich zu ihm. »Äh – ja. Alles cool.«

Er grinst. »Okay, gut. Du sahst ein bisschen mitgenommen aus.«

»Geht schon. Hab mich nur ein bisschen selbst bemitleidet.« Ich mustere ihn. Er sieht gut aus. Braune Haare, hellblaue Augen. Und er trägt kein weißes Poloshirt, sondern eins dieser bunten Shirts mit den Längsstreifen.

»Wieso?«, fragt er. »Dein Aussehen kann jedenfalls kein Grund für Selbstmitleid sein.«

»Oh, danke.« Ich lache, lehne mich an die kühle, gefliese Wand. »Es ist nur … mein Kumpel ist auf der Tanzfläche und küsst mit seltsamen Typen rum und ich … nicht.«

Dafür, dass ich mich nicht mehr so betrunken fühle, rede ich noch viel zu offen. Egal. »Nicht, dass ich seltsame Typen will. Aber … 'n normaler Typ wär schon ganz … nice.«

Er lacht und nickt. »Ahh. Und? Sehe ich zufällig normal aus?«

Ich kneife die Augen etwas zusammen und reibe mein Kinn. »Hmmm.«

Die Wahrheit ist: Er sieht aus wie ein 0815-Kek. Aber sexy. Glaube ich.

»Siehst gut aus«, sage ich.

Er grinst wieder. »Ich bin Janne. Und du heißt?«

»Wolf.« Ich ziehe einen Mundwinkel hoch. Wenn ich so heiße, sollte ich mich auch mal wie einer benehmen, statt mich allein auf der Toilette zu bemitleiden. »Okay. Willst du tanzen, was trinken oder den ganzen Shit überspringen und gleich zum besseren Part kommen?«

Sein Grinsen wird noch breiter. »Was wäre der bessere Part?«

Würde ich ihm nicht ansehen, dass er Interesse hat, würde ich es nicht tun. Aber ich sehe es ihm an. Also packe ich ihn am Handgelenk und ziehe ihn in die nächste freie Toilettenkabine.

Ich pralle mit der Schulter gegen die Wand, er wirft die Tür zu, und dann presst er seine Lippen auf meine. Es ist ganz anders als letztes Mal. Er ist nicht wie Felix, der mich um einen halben Kopf überragt hat und die ganze Zeit die Oberhand hatte. Diesmal will ich nicht kleinbeigeben. Ich drücke meinen Oberschenkel zwischen seine Beine und vergrabe meine Hände in seinen Haaren, während er mich an den Schultern festpinnt. Er ist schnell verdammt hart und ich bin es auch. Jetzt kann ich nachvollziehen, warum Leute Sex auf der Toilette haben.

»Alter, fickt woanders!«, ruft jemand und klopft an die Tür, aber Janne juckt das nicht. Er grinst mich an, bevor er mich erneut küsst, über meine Lippen leckt. Ich öffne meinen Mund, vergesse alles um uns herum, als er seine Hand zwischen uns schiebt und über meine Erregung streicht.

»Darf ich?«, fragt er.

Ich nicke, kann mir ein Keuchen nicht verkneifen.

Der Bass wummert durch die Wand, während er meinen Gürtel öffnet, meine Hose aufknöpft und seine Hand in meine Boxershorts schiebt. Dann sieht er mir in die Augen. »Wenn ich dir einen blase, kommst du dann mit zu mir und wir gehen die Sache richtig an?«

Ich starre zurück, völlig außer Atem. Seine Augen sind wirklich verdammt blau.

Er streichelt über meinen Schwanz, direkt über die Spitze, und ich nicke hilflos. »Ja – okay.«

Es klopft wieder jemand gegen unsere Tür. Ich spanne mich an. Eigentlich will ich gar keinen Blowjob bekommen. Nicht jetzt, nicht hier.

»Aber du musst mir keinen blasen«, flüstere ich. »Der Boden ist schmutzig. Ich will nicht, dass du dich hinkniest. Küss mich einfach nur.«

»Oh, okay.« Er lächelt mich an. Mein Herz schlägt schnell und aufgeregt, während er mir wieder ganz nahekommt, während er seine Lippen auf meine presst, während ich mir vorstelle, wie es wäre, mit ihm Sex zu haben. Verdammt. Er will ernsthaft mit mir schlafen. Ich habe keine Ahnung, wie so etwas in der Realität abläuft. Aber ich will es herausfinden.

Ich erlaube es mir, in seinen Küssen und meiner Fantasie zu versinken. Es tut gut, gewollt zu werden, und sein Körper ist warm und perfekt zum Festhalten. Vielleicht überlasse ich ihm doch die Oberhand. Ist ja egal. Es fühlt sich richtig an.

»Lass mich dir aber wenigstens was an der Bar ausgeben«, sagt er, als meine Lippen sich langsam wund anfühlen.

Ich willige ein.

An der Bar angekommen, schaue ich auf mein Handy.

Und dann stelle ich erschrocken fest, dass ich fünf Nachrichten und zwei verpasste Anrufe von Nadim habe.

> **Nadim**
> wp bist du??? wolfff

> **Nadim**
> noo bitte ich will nach hausee

> **Nadim**
> wolf

> **Nadim**
> hallo

> **Nadim**
> biittteee

»Oh, Scheiße«, sage ich.

Janne sieht mich fragend an.

Ich sehe entschuldigend zurück. »Ich muss los.«

»Oh.« Er verzieht das Gesicht. »Im Ernst?«

»Ja. Tut mir leid.« Ich will schon loslaufen, auch wenn ich überhaupt nicht weiß, wohin, aber er hält mich am Handgelenk fest.

»Was ist mit deiner Nummer?«

Ich gebe sie ihm.

Ich finde Nadim nach einigen WhatsApp-Nachrichten draußen vor dem Club auf der Straße.

Er steht neben dem Kiosk, eine leere Flasche Dortmunder Bier in der Hand. Das kalte Licht, das durch die Fensterscheiben fällt, lässt ihn geisterhaft blass aussehen. Jetzt ist nichts mehr weichgezeichnet. Seine Gesichtszüge sind hart und kantig. Ich starre ihn an.

Er sieht stumm zurück, kaut auf einem Kaugummi.

Ich ignoriere den Fakt, dass er wunderschön ist, obwohl er so müde und kaputt aussieht. »Was ist los?«, frage ich. »Warum sollte ich kommen? Warum bist du hier draußen?«

»Warum bist du gegangen?«, fragt er zurück.

»Keine Ahnung.« Ich ziehe die Augenbrauen zusammen. Ein bisschen genervt bin ich doch. »Weil du mit 'nem seltsamen Typen rummachen wolltest und ich mich im Stich gelassen gefühlt habe.«

Er schnaubt – und mir fällt auf, dass etwas mit ihm nicht stimmt. Ich weiß nicht, was es ist. Ich weiß nur, dass irgendetwas an ihm falsch ist.

»Nadim.«

»Ich wollte mit niemandem rummachen«, sagt er.

Dann realisiere ich endlich, dass er wütend ist. Er sieht mich an, fast ausdruckslos, und dann bläst er eine Kaugummiblase. Ich habe noch nie jemanden gesehen, der so wütend ist und gleichzeitig so verdammt gleichgültig aussieht.

»Ich wollte mit niemandem rummachen«, wiederholt er und zieht einen Mundwinkel hoch, zuckt mit den Schultern. »Ich fand den

Kerl irgendwie ekelhaft. Aber ich hab mich nicht gewehrt, weil ich … keine Ahnung. Keine Ahnung, warum ich mich erst nicht gewehrt habe.«

»Erst nicht?«

Er betrachtet die Flasche in seiner Hand, bevor er sie mit so einer Wucht auf den Boden schmettert, dass ich erschrocken zurückspringe. Die Scherben fliegen mehrere Meter weit.

»Jep«, sagt er dann ruhig. »Und dann, als ich mich gewehrt hab, hab ich fast auf die Fresse bekommen.«

Mein Herz schlägt mir bis zum Hals. Ich schlucke. »Was?«

Sein Blick trifft wieder auf meinen. »Hast du den Typen nicht selber seltsam gefunden? Ich war viel besoffener als du. Warum hast du nicht nachgefragt, ob ich das wirklich will, oder warum bist du nicht wenigstens dageblieben? Wolf! Ich gebe dir keine Schuld, mein Gott, aber warum hast du mich allein gelassen?« In seinen Augen glitzern Tränen. Seine Stimme ist so verdammt vorwurfsvoll.

Ich atme aus. »Ich dachte, du hättest deinen Spaß mit dem Typen. Ich hab mich allein gefühlt. Du hast ihn dich küssen lassen! Minutenlang! Was hat er denn genau gemacht?«

Er lacht auf. »Mann, du hättest trotzdem nicht gehen dürfen! Wenn man zu zweit in einem Club ist, lässt man den anderen doch nicht allein! Und du warst Ewigkeiten weg und bist nicht wiedergekommen!«

»Ich musste mal auf Toilette! Und dann war da dieser Typ! Entschuldigung, dass ich dachte, du hättest Spaß, und dass ich auch Spaß haben wollte! Ist ja nicht so, dass wir nach draußen und abgehauen sind —«

»Ich hab dich gesucht!«, faucht er. »Sag mir nicht, dass du in irgendeiner Toilettenkabine mit ihm rumgemacht hast!«

Ich zucke mit den Schultern. »Und wenn schon. Meine Sache, finde ich —«

»Hast du ihm 'nen Blowjob gegeben?«, unterbricht er mich wieder. »Dich für ihn in die Pisse gekniet?«

»Nein«, sage ich und schnaube. »Ich mache keine Dinge, die ich eigentlich nicht will.«

Ich bereue meine Worte, sobald ich sie ausgesprochen habe. Er wird aber nicht wütender, sondern fährt sich lediglich müde durch das Gesicht. »Okay. Können wir – können wir uns darauf einigen, dass wir uns beim nächsten Mal nicht allein lassen? Ich hab jetzt keine Lust, mich auch noch mit dir zu streiten.«

»Okay«, stimme ich zu. Ich kann allerdings nicht verhindern, dass ich genervt klinge.

Und irgendwie streiten wir uns doch.

Wir gehen schweigend zur U-Bahn hinunter.

Ich weiß nicht, was ich sagen soll.

»Was ist denn genau passiert?«, frage ich vorsichtig.

Er starrt in den schwarzen Tunnel hinein, wo sich die Gleise in der Dunkelheit verlieren. »Will jetzt nicht drüber reden.«

»Aber –«

»*Nein.*«

Als die U41 kommt, steigen wir ein. Wir schweigen auch den Rest der Fahrt über.

Sein Ton ist seltsam, als er sich schließlich verabschiedet.

Als Janne schreibt, antworte ich sofort.

Kapitel 19

Ich bekomme keine einzige Nachricht von Nadim. Den ganzen nächsten Tag nicht. Und auch wenn ich wirklich Schuldgefühle bekomme, weil ich ihn im Club allein gelassen habe, will ich ihm nicht zuerst schreiben. Er würde auf eine Nachricht von mir bestimmt nicht reagieren.

Jannes letzte Nachricht geht mir ebenfalls nicht mehr aus dem Kopf.

Janne
Heute treffen?

Was soll ich antworten? Ja? Will er heute auch noch Sex mit mir? Nein, oder?

Eigentlich will ich mich mit ihm treffen. Einen Kater habe ich nicht wirklich, nur leichte Kopfschmerzen, die jetzt am Nachmittag fast verschwunden sind.

Ich frage Flanna.

Wolf
ich hab diesen typen im club getroffen

Wolf
soll ich mich noch mal mit ihm treffen?

Flanna
OMGG ist er sexy??? Sieht er gut aus? War er nicht
zu selbstverliebt und hat dich nicht wie seine beute
angesehen??

Wolf
ähm ... denke

Flanna
THEN GO GET IT BOY

Flanna
BERICHTE MIR ALLES!!!

Flanna
Aber be careful pls

Flanna
Warte, ist es ein date oder ein ons?? Und ... denkst
du, du bist bi oder so?

Ich antworte Janne:

Wolf
warum nicht

Flannas Fragen kann ich hingegen nicht beantworten.
Wahrscheinlich passt bi am besten. Vielleicht auch etwas anderes.
Und was die Art des Treffens mit Janne angeht ... im Club wollte
Janne definitiv einen One-Night-Stand, aber jetzt? Nüchtern?
Wahrscheinlich nicht. Oder?
Ich schätze, das werde ich bald herausfinden.

»Also.« Janne grinst mich an, als ich am frühen Abend bei ihm im Flur stehe. »Springen wir wieder direkt zum guten Part?«

Ich starre ihn an. Ich habe mir gerade erst die Schuhe ausgezogen und ihn zum ersten Mal jemals nüchtern betrachtet. Eventuell war es doch keine gute Idee, herzukommen.

»Also wird das hier …« Mir wird warm. »Sex?«

»Was sonst?« Er zieht die Augenbrauen hoch und lacht. »Hast du ein romantisches Candlelight-Dinner erwartet? Da muss ich dich enttäuschen.«

»Natürlich nicht«, sage ich. Meine Wangen müssen so rot sein. Ich bin mir nicht mehr sicher, ob ich hier richtig bin. Er sieht noch immer gut aus, ja, aber …

Er wirkt irgendwie unsympathisch.

Seine hellblauen Augen mustern mich abwartend.

»Dann lass uns direkt zum guten Part kommen«, sage ich dennoch und mache einen trotzigen Schritt auf ihn zu. Jetzt bin ich hier.

Unkomplizierter Sex klingt gut.

Er greift nach meinem Shirt und zieht mich zu sich, und dann küsst er mich auch schon, hart und drängend und besitzergreifend. Ich keuche überrascht, vergrabe meine Hände in seinen Haaren. Mein Herz klopft nervös, während er mich in sein Zimmer schiebt, und ich bin mir noch immer nicht sicher, ob das hier eine gute Idee ist. Aber ich versuche so sehr, mir sicher zu sein.

Wir landen auf seinem Bett. Er ist über mir, seine Lippen auf meinem Hals, meinem Kiefer, dann wieder auf meinem Mund. So muss es sich anfühlen, verschlungen zu werden.

Ich will so gerne jemanden küssen, der sich nach mir verzehrt, verrückt nach mir ist, aber das hier? Das hier fühlt sich falsch an. Gefährlich.

Gehen andere Kerle auch direkt so ran? Hat Nadim sich so gefühlt, als der Typ im Club ihn angefasst hat?

Ich starre an die Decke, als er seine Hände unter mein Shirt schiebt. Bin so fehl am Platz hier, auf diesem Bett. Unter diesem Typen. Ich gehöre nicht hierher. Verzweifelt versuche ich, mich ihm irgendwie hinzugeben, in seinen Küssen zu versinken, anzukommen, aber meine Gedanken flattern wild hin und her, bis sie erneut bei Nadim landen, immer und immer wieder, weit weg von hier.

»Hey«, sagt Janne.

Ich starre ihn keuchend an. »Das – das hier geht viel zu schnell.«

So will ich ganz bestimmt nicht das erste Mal Sex mit einem Typen haben. Vor allem nicht, wenn ich offensichtlich derjenige sein werde, der –

»Keine Sorge, ich bin gleich schon vorsichtig.«

»Nein, ich – bitte hass mich jetzt mich.«

Er kniet sich neben mich, fährt sich durch die Haare. »Okay? Wir können auch aufhören, wenn du nicht mehr willst.«

»Ich kann das nicht.« Ich setze mich auf. Suche nach Ausreden. »Sorry. Ich – ich mag außerdem jemand anderes.«

»Okay«, sagt er. »Das hättest du aber auch vorher sagen können. Und warum bist du dann hier?«

»Tut mir leid. Ich – ich hatte eigentlich auch noch nie Sex. Mit 'nem Typen.« Mein Gesicht brennt.

»Was? Willst du deshalb gehen?« Er lacht, ein bisschen ungläubig. Legt mir eine Hand auf die Schulter. »Hast du Angst? Willst du deswegen aufhören? Ich wäre ganz vorsichtig.«

»Nein, ich –«

»Viel Gleitgel und viel Fingern, dann ist alles easy. Vertrau mir.«

Ich stehe auf. Denke an die Instagram-Posts, die Flanna manchmal in ihrer Story teilt. *Nein heißt Nein.* »Ich glaube, ich gehe lieber. Sorry.«

Das lässt ihn verstummen. Er sieht mir dabei zu, wie ich aus dem Zimmer gehe. Erst als ich die Schuhe angezogen habe, scheint er seine Stimme wiederzufinden. »Warte!«, ruft er.

Ich halte inne.

Er läuft mir hinterher und bleibt vor mir stehen. »Ich hoffe, es ist alles okay mit dir? Ich glaube, ich klang wie ein Arsch eben. Ich war nur ein bisschen enttäuscht, weil du … weil ich dich echt gerne … du weißt schon. Ich finde dich sehr … gut aussehend.«

Ich lache leise. Meine Knie sind noch ein bisschen wackelig. »Okay. Alles gut. Ich glaube, ich bin einfach nicht der Typ für Sex mit fremden Leuten. Und du … na ja. Warst ein bisschen zu hastig für mich.«

Er nickt. »Okay …«

Ich öffne die Tür. »Ähm. Ich geh dann mal. Tschüss.«

Es dauert eine ganze Weile, bis ich höre, wie er seine Tür schließt.

Während die U-Bahn mich nach Hause bringt, starre ich aus dem Fenster. Die kahlen, grauen Schachtwände fliegen an mir vorbei. Ich wünsche mich in Nadims Auto, will Bäume am Straßenrand sehen und frischen Fahrtwind spüren können.

Sobald ich ausgestiegen und die Treppe hinauf nach draußen gelaufen bin, atme ich tief durch. Weil niemand in der Nähe ist, sinke auf den nächstbesten Bordstein. Die Sonne geht unter, färbt den Himmel lilarot. Wie Herzschmerz, aber auch wie Mut. Ich will noch nicht nach Hause.

Zögerlich ziehe ich mein Handy aus der Tasche.

Nadim hat mir seit unserem Streit nicht geschrieben, aber er antwortet mir innerhalb einer Minute.

»Hey Wolfie«, sagt er, als ich mich müde zu ihm ins Auto fallen lasse. »Wo warst du?«

»Bei Janne.« Ich sehe aus dem Fenster, drehe mich von Nadim weg.

Für einen Augenblick sagt er gar nichts.

Dann packt er mich am Handgelenk. Ich sehe wieder zu ihm.

»Der Typ aus dem Club? Hast du mit ihm geschlafen?«, fragt er. Sein Blick ist besorgt.

Ich schüttele den Kopf.

»Willst du?«

Meine Wangen werden warm. »Nein«, sage ich. »Nicht mit ihm. Ich will ihn auch nicht wiedersehen. Er ist nicht mein Typ.«

Er atmet aus. »Okay. Aber ... wenn du das nächste Mal zu einem Typen gehst, kannst du mir bitte vorher Bescheid sagen? Ist sicherer. Auch, wenn du selbst ein Typ bist. Ja?«

»Ich hab Flanna Bescheid gesagt, weil du nicht geschrieben hast und ich dich nicht nerven wollte.« Ich schaue zur Seite. »Aber ja. Mach ich natürlich.«

»Okay. Tut mir leid, übrigens.«

»Du musst dich nicht entschuldigen. Es tut mir leid.«

Unser Streit hängt noch immer in der Luft. Doch ich schätze, wir sind beide einfach zu froh, uns wiederzusehen, als dass wir jetzt über den Abend im Club reden wollen.

Er stupst mich an. »Lust auf Essen? *Too Good To Go*? Dieser eine Sushiladen hat immer nice Sachen übrig. Hab vergessen, wie er heißt. Aber ich weiß, wo er ist.«

Es gibt wenig Ekelhafteres für mich als Sojasauce und Kaviar, aber die Seetang-Rollen und die Tofutaschen esse ich gerne. »Klingt gut.«

Dann lehne ich mich in meinem Sitz zurück und überlasse meine Gedanken dem offenen Fenster und den nächtlichen Straßen. Es tut so gut, mich nicht mehr mit ihm zu streiten. Das hier ist Frieden, besonders nach dem Treffen mit Janne. Ich habe noch immer ein komisches Gefühl im Magen. Was, wenn ich nicht Nein zu ihm gesagt hätte? Was, wenn Janne nicht einigermaßen okay reagiert hätte?

Doch nach und nach verfliegen diese Fragen.

Bei Nadim im Auto wiegt die Welt weniger.

Nach dem Sushi-Essen fahren wir noch ein bisschen herum. Es gibt Nächte, die alles besser machen. Diese Nacht ist so eine.

Der Westfalendamm hat etwas Magisches an sich und mein Herz erinnert sich wieder daran, dass es Flügel hat.

Ich lache auf und strecke mein Gesicht in den Fahrtwind, der ein bisschen nach Abgasen und Stadt riecht, aber auch nach Sommer und warmem Asphalt und Zuhause.

Nadim hat *portraits* von Greyson Chance zum Soundtrack der Nacht erklärt und singt lauthals mit. Ich will Gedichte schreiben über dieses Gefühl in mir.

Wir werden von zwei Sportwagen überholt, die Richtung Wall abbiegen.

»Wollen wir beim Rennen mitmachen?«, fragt Nadim, während er ihnen folgt. Er grinst breit. »Wir würden safe gewinnen.«

Ich gluckse. »Ja, wenn sie den Wall entlangfahren und du einmal quer durch die Einkaufsstraße abkürzt.«

»Pah!« Er haut auf das Lenkrad. »Komm, Baby, wir zeigen's ihm!«

»Pass auf die Blitzer auf!«, rufe ich lachend, als er Gas gibt. »Wenn du schnell sein willst, fahr Autobahn!«

»War doch nur Spaß«, sagt er, während er wieder abbremst. »Auf Autobahn hab ich gar keine Lust. Eigentlich bin ich müde. Wollen wir nicht lieber nach Hause?« Er sieht mich an, zieht fragend die Augenbrauen hoch. Die Enttäuschung muss mir anzusehen sein, denn er lacht laut. »Oha, ich schätze, das ist ein Nein.«

»Ist mir egal, was wir machen, Hauptsache, wir …« Ich breche ab. Frage leiser: »Kann ich bei dir schlafen?«

Ich weiß nicht, warum ich ihn heute Nacht nicht loslassen kann. Vielleicht bin ich zu erleichtert, dass er da ist, vielleicht will ich nicht allein sein und über Janne und Sex mit anderen nachdenken. Irgendwie tut mein Herz weh. Und vielleicht, vielleicht war es keine Ausrede, als ich Janne gesagt habe, dass ich jemand anderes mag.

»Klar«, antwortet er und lächelt mich schief an. »Kannst du immer.«

»Immer wäre eventuell ein bisschen verdächtig«, sage ich grinsend.

Und dann verfluche ich mich dafür, so etwas gesagt zu haben. Meine Gedanken flattern los, zu Orten, zu denen ich niemals geplant habe zu gehen.

Stell dir vor, jemand denkt, ihr seid zusammen.

Und dann:

Stell dir vor, ihr wärt *zusammen.*

Stell dir vor —

»Schon.« Er zuckt mit den Schultern.

Stell dir vor, du schläfst bei ihm und –

Mein Herz schlägt schneller. Ich strecke meine Hand aus dem Fenster, heiße die Kühle auf meiner Haut willkommen. Sie lenkt mich etwas ab.

Dann versuche ich mit aller Macht, an etwas anderes zu denken.

Wir sind viel zu schnell bei Nadim angekommen und liegen viel zu schnell bei ihm im Bett. Ich will noch nicht schlafen, will nicht aufhören, mit ihm zu reden.

Die Nacht ist warm und das Fenster steht offen. Ich kann die Umrisse des Zimmers ausmachen. Nadim selbst könnte ich wahrscheinlich auch sehen, wenn ich den Kopf drehen würde.

Ich atme tief aus. »Was ist eigentlich passiert, als wir im Club waren? Was genau? Mit diesem Kerl?«

Er seufzt. »Ach. Ich wollte ihn irgendwann nicht mehr küssen, aber das passte ihm gar nicht. Und er hat mich nicht losgelassen, auch nicht, als ich ihm gesagt habe, dass er es tun soll … und dann … habe ich ein bisschen Angst bekommen und ihn weggeschubst. Und er ist gegen den nächsten Typen gestolpert und dann gab es Stress und … keine Ahnung.« Seine Stimme wird leiser. »Und dann waren alle auf seiner Seite, weil ich ihn ja geschubst hab und Stress wollte und ich … sollte dahin zurückgehen, wo ich hergekommen bin. Weil meine … Leute … ja immer so aggro sind.«

»Was?«, sage ich etwas zu laut. »Willst du mich verarschen?!« Wut breitet sich in mir aus. Ich stütze mich auf meinen Ellenbogen. »Solche Missgeburten –«

»Egal.« Er schnaubt. »Bin dann nach draußen gegangen, bevor mir einer auf's Maul geben konnte.

Und ich dachte immer, diese ganze Toxic Masculinity gäb's nicht so bei Typen, die sich eingestehen können, dass sie queer sind. Und Rassismus ist natürlich überall.«

»Tut mir leid, dass ich weggegangen bin. Ich hätte dich nicht alleinlassen sollen.« Ich schlucke. »Du hattest recht. Man lässt seine Freunde nicht einfach stehen.«

»Nein. Ich hätte dir keine Vorwürfe machen sollen.« Er atmet tief aus. »Mir wäre es auch unangenehm gewesen, wenn du mit irgendwem rumgemacht hättest und ich blöd danebengestanden hätte.«

»Trotzdem. Sorry. Du hast so was nicht verdient. Du bist einfach toll und es tut mir leid, dass das nicht jeder sieht.« Ich schließe die Augen.

»Danke«, flüstert er. »Ich bin froh, dass du jetzt hier bist.«

Ich auch.

Viel zu froh.

Ich will ihn umarmen.

Aber ich traue mich nicht.

Ich will ihn umarmen, wie wir uns letztens umarmt haben, doch wie soll ich das *noch mal* anstellen, wenn er nicht den ersten Schritt macht? Wie?

Ich betrachte ihn wieder, im Dämmerlicht, in den Schatten.

Es wäre so einfach, ihn zu berühren. Aber der Weg zu ihm liegt im Dunkeln und ich traue mich nicht, diesen Weg zu gehen. Weiß nicht, was mich am Ende erwarten würde. Würde Nadim mehr in eine Umarmung hineininterpretieren, als da ist?

Natürlich würde er das. Wir tragen nichts außer Boxershorts und T-Shirts.

Wir sind nur Freunde. Und das ist gut so. So soll es bleiben. Ich brauche ihn als Freund, will nichts anderes als Freundschaft.

Ganz vielleicht will ich auch in seinen Armen einschlafen.

Aber das ist wahrscheinlich nichts, was Freunde tun.

Kapitel 20

Ich wache auf, weil Nadim sich bewegt, und öffne die Augen. Es ist viel zu wenig Platz zwischen uns.

Er starrt mich an. Dann verziehen sich seine Lippen zu einem schläfrigen Lächeln. »Oh, hey.«

Seine Stimme ist rau. Mein Gesicht ist viel zu nah an seinem. Ich habe eine fucking Morgenlatte.

Hastig bringe ich etwas Abstand zwischen uns, ziehe meine Decke zu mir. Anscheinend hat er mir in der Nacht einen Teil meiner Decke geklaut.

Morgenlicht fällt durch eine Lücke zwischen den Gardinen und erhellt das Zimmer. Ich setze mich auf, bevor ich mir durch die Haare streiche. »Wie viel Uhr ist es?« Heute ist zum Glück noch Wochenende.

»Äh …«, sagt er und greift nach seinem Handy. »Kurz vor zehn. Hast du gut geschlafen?«

Gott, ich hasse seine Stimme nach dem Aufwachen. Sie klingt nicht gerade jugendfrei.

»Ja. Du?«

Seit wann denke ich überhaupt darüber nach, wie seine Stimme klingt? Er grinst. »Hab von dir geträumt.«

Oh. Ich lache überrascht. »Im Ernst? Was hab ich in deinem Traum gemacht?«

»Wir sind mit dem Auto durch die U-Bahn-Tunnel gefahren. Das war richtig risky business.« Er lacht ebenfalls und steht auf. »Okay. Frühstück? Ich hab Hunger.«

Mein Blick landet für eine Sekunde zu weit unten. Er trägt schwarze Boxershorts. Und er muss sich in der Nacht das T-Shirt ausgezogen haben. Und – fuck. Hastig sehe ich ihm wieder in die Augen. »Hast du Toast?«

Er zieht sich Shirt und Jogginghose an und geht zur Tür. »Ja. Toasties, Marmelade, Müsli, Spiegeleier … was magst du? Oder bist du eher der Rührei-Typ?«

Ich rutsche zögerlich zur Bettkante und stehe auf. Hoffentlich dreht er sich nicht noch einmal um. »Toasties und Marmelade ist gut.«

Er dreht sich um. Shit. »Und willst du Kaffee? Oder Tee?«

»Ähm.« Ich werde rot, während ich nach meiner Hose auf dem Fußboden greife, meine Hand möglichst unauffällig vor meinen Schritt haltend.

Er lacht los. Laut. »Oh, sorry! Wolfie!«

Ich halte mir meine Hose vor den Schritt. »Alter! Guckst du dir gerade meinen Schwanz an?«

»Ich hab nichts gesehen!« Lachend verlässt er das Zimmer.

Ich lasse die Schultern sinken und atme tief aus. »Kaffee!«, rufe ich dann und ziehe endlich meine Jeans und mein Shirt an, bevor ich ins Badezimmer gehe. Das Bild von Nadim in Boxershorts geht mir leider nicht so schnell aus dem Kopf, wie ich es mir gewünscht hätte.

Freunde, ermahne ich mich.

Als ich gerade auf dem Weg vom Bad in die Küche bin, kommt Nadims Bruder aus seinem Zimmer. Ich bleibe stehen. Er mustert mich. »Hey«, sage ich.

»Mir fällt dein Name gleich wieder ein.« Salih kratzt sich am Kopf. Seine Haare sind kürzer als Nadims und nicht gefärbt, also dunkelbraun, fast schwarz. »Ähh … Wilhelm? Wolf? Wolf!«

»Ja.« Ich lache. Dann gehe ich lieber weiter, bevor es noch unangenehmer werden kann. Es fühlt sich ein bisschen so an, als hätte ich etwas Verbotenes getan, indem ich bei Nadim übernachtet habe. In seinem Bett. Ich will nicht weiter darüber nachdenken, aber ... Scheiße. Dass Salih auf die Idee kommen könnte, dass Nadim und ich mehr als nur Freunde sind, macht mir Angst.

Was, wenn er seinen Eltern erzählt, dass ich erneut hier geschlafen habe? Was, wenn sie Nadim Fragen stellen? Wenn er nicht lügen kann? Wenn sie ihm wehtun?

Vielleicht hätte ich nicht hier übernachten sollen. Nadim würde nie Nein zu mir sagen, aber vielleicht hätte ich ihn nicht in diese Situation bringen sollen.

Doch dann betrete ich die Küche und Nadim strahlt mich an. »Hey! Was willst du lieber? Dunkle oder helle Toasties?«

Ich starre ihn an. Schlucke. Seine Haare sind durcheinander und stehen wild von seinem Kopf ab. Das Morgenlicht, das hier direkt ins Fenster scheint, lässt seine braunen Iris warm leuchten.

»Die Dunklen«, sage ich langsam und lasse mich an dem winzigen Tisch nieder.

Er setzt sich zu mir. »Gute Wahl.«

Ich versuche, das kribbelige Gefühl in meinem Magen im Kaffee zu ertränken.

Bevor ich nach Hause gehe, mache ich einen Abstecher in die Stadt. Allein. Zum Nachdenken. Nicht-Nachdenken. Über-unwichtige-Dinge-Nachdenken. Es ist ein verkaufsoffener Sonntag, was mir ziemlich gelegen kommt.

Ich schlendere durch die Einkaufsstraße und kaufe mir ein neues Notizbuch, bevor ich mir einen gefüllten Donut erlaube. An einer Ecke bleibe ich kauend stehen. Unzählige Menschen laufen an mir vorbei, während ich meinen Blick schweifen lasse. Direkt zu meiner Linken ist ein kleines Café. Ein paar Leute sitzen in der Sonne und trinken Kaffee, lachen und reden. Ein Typ mit schwarzen Haaren und schwarzer Schürze bringt zwei Mädchen Schokokuchen.

Abrupt halte ich inne.

Es ist Yuji. Flannas Crush.

»Ohh«, sage ich zu mir selbst, bevor ich grinsend mein Handy aus der Hosentasche ziehe und Flanna schreibe. Ihre Nachrichten von gestern, in denen sie fragt, wie mein *Date* mit Janne war, ignoriere ich.

> **Wolf**
> warst du schon mal in diesem hipster café

> **Wolf**
> kaffee bei paula??

Sie antwortet nicht viel später.

> **Flanna**
> Nee, willst du da hin?

> **Wolf**
> jetzt. hast du zeit?

> **Flanna**
> Lmaoooo i look like a clown!!!!!

> **Flanna**
> Omw

Ich stopfe mir den Rest meines Donuts in den Mund und gehe ins Café hinein, da draußen kein guter Tisch mehr frei ist. Das Café sieht verdammt gemütlich aus: Überall befinden sich Topfpflanzen und Kissen, um die Tische stehen verschiedene Sofas und Sessel, und quer durch den Raum wurden Lichterketten gespannt. Nach kurzem Umsehen entdecke ich den perfekten Platz: hinten in der Ecke, direkt am Fenster. Ich lasse mich in einen Sessel sinken und bestelle einen Kaffee, als Yuji mich fragt, was ich möchte. Dann packe ich mein neues Notizbuch aus und schlage es auf. Ich schulde Nadim ein Gedicht. Seit Ewigkeiten schon.

»Wie war dein Date?«, fragt Flanna mich eine Viertelstunde später, während sie sich in den Sessel mir gegenüber setzt. Sie trägt Bootcut-Jeans und ein enges T-Shirt in Grasgrün. Ihre blonden Haare hat sie zu einem ordentlichen, hohen Zopf gebunden. Neben ihr fühle ich mich wie ein Zottel, ungeduscht und in derselben Kleidung wie gestern.

»Ach«, sage ich. »Geht so. Der Typ war ziemlich … unsympathisch.« Um das Thema zu wechseln, schiebe ich ihr mein Notizbuch hin. Meine Wangen werden unangenehm warm. Ich bete, dass sie nicht rot sind. »Kannst du mir eben sagen, ob das gut ist? Ist relativ wichtig.«

»Ohh, wofür hast du das geschrieben? Und warum war dein Date –«

»Ich schulde Nadim noch ein Gedicht.« Ich sehe zur Seite.

»Was? Ihr schreibt euch gegenseitig Gedichte?«, ruft sie. »O mein Gott! Ich will auch so was! Wo ist mein Boyfriend?«

»Er ist nicht mein *Boyfriend* –«, protestiere ich, bevor ich Yuji entdecke, der neben Flanna stehengeblieben ist.

Sie bemerkt ihn im selben Moment wie ich. »Oh«, sagt sie überrascht. Erschrocken. Ich sehe dabei zu, wie ein dunkles Rot ihre Wangen flutet. Mein eigenes Gesicht kann nicht viel blasser aussehen, denn Yuji muss den letzten Part unserer Unterhaltung mitbekommen haben.

Wenigstens weiß er jetzt, dass Flanna und ich kein Paar sind. Und dass sie single ist.

»Hey, was kann ich dir bringen?«, fragt Yuji sie und lächelt schief. Seine schwarzen Haare sind kürzer als sonst. Die neue Frisur steht ihm verdammt gut, genauso wie das für seine Verhältnisse unauffällige, hellblaue Shirt, das er unter der Schürze trägt.

»Einen … Cappuccino«, quetscht Flanna heraus. »Äh – einen großen.«

»Okay. Kommt sofort.« Er dreht sich um und verschwindet hinter der Theke, während Flanna mich ansieht, als wolle sie mich ermorden. »Bist du bescheuert? Wie kannst du mir das antun?«

Ich presse mir die Hand vor den Mund, um nicht laut loszulachen. »Tut mir leid! Vielleicht willst du ihn ja doch mal nach seiner Nummer fragen. Oder auf Instagram anschreiben.«

»Nein!« Sie lacht und schüttelt den Kopf. »Ich hasse dich.« Dann wendet sie sich wieder meinem Notizbuch zu. »Einfach … nein. Gib die Hoffnung auf. Er nennt mich in seinem Kopf wahrscheinlich immer noch bei meinem Deadname. Reden wir lieber über dich und Nadim.«

»Hm.« Ich betrachte sie, während sie meine Worte liest. Ich kenne Flannas Deadname nicht, aber ich weiß, dass sie ihren Eltern erlaubt hat, einen neuen Namen für sie auszusuchen. Nach gemeinsamen Aufklärungsgesprächen bei einer professionellen Beratungsstelle haben ihre Eltern Flanna bei allem unterstützt. Ich frage mich, ob meine Eltern –

Flannas grüne Augen weiten sich. Sie sieht mich an. »Wolf! Hallo? Wolltest du mir noch von deinen Gefühlen für ihn erzählen? Oder sollte ich das ganz allein herausfinden?«

»Hä?«

Sie räuspert sich, bevor sie beginnt, meinen kleinen Text vorzulesen. »›Der Himmel geht –‹«

»Nein!«, rufe ich beschämt. »Flanna!«

»›Der Himmel geht in Flammen auf,
die Stadt wird leise.
Meine Gefühle übertragen im Radio,
deine Hände am Lenkrad.
Ich strecke meine Hand zum Fenster raus
und pflücke Träume im Vorbeifahren
wie Kirschen.
Probiere sie,
lass sie auf der Zunge zergehen
oder spuck sie wieder aus.

einer lässt meine Lippen
besonders kribbeln‹.«

»Aaahrgh.«

Sie lacht ungläubig. »Soll das kein Liebesgedicht sein?«

»Nein!« Ich schnaube. »Ich habe es nicht *über* ihn geschrieben! Ich brauch einfach nur ein Gedicht, das ich ihm zeigen kann! Ich hab es nicht mal direkt *für* ihn geschrieben —«

»Aha? Und mit wem fährst du sonst Auto? Ich dachte, ihr geht immer auf night drive adventures. Wessen Hände sind es denn dann am Lenkrad?« Ihre Augenbrauen berühren fast ihren Haaransatz.

»Ähm —« Mir wird heiß. »Mann, keine Ahnung!«

Sie runzelt die Stirn. »War dein Date gestern deshalb schlecht? Hast du da realisiert, dass du Gefühle für Nadim hast?«

»Was? Nein!« Ich klinge viel zu defensiv. »Er ist mein bester männlicher Freund geworden, ja, aber ich stehe nicht auf ihn! Das Date war scheiße, weil —«

Ihre Augenbrauen wandern noch weiter in die Höhe.

»Ich bin gegangen, bevor wir irgendwas gemacht haben, weil ich doch nicht mehr wollte.« Lachend verdrehe ich die Augen.

»Nicht wegen Nadim?« Flanna starrt mich an.

»Nein. Whatever.« Ich starre in meine leere Kaffeetasse. Ich hätte auch noch was bestellen sollen. Allerdings würde mein Bargeld dafür nicht reichen.

Ihre Augen verengen sich zu schmalen Schlitzen. »Ich hoffe, dass du auf Nadim stehst. Du hängst nur noch mit ihm rum. Er ist dein neuer BFF. Ich wollte so gern mehr mit dir befreundet sein, aber dann … kam er. Und ich war dann ein bisschen abgemeldet.« Sie zieht die Mundwinkel herunter.

Jetzt starre ich sie an. »Was?«

Yuji unterbricht uns, als er Flannas Cappuccino vor ihr auf den Tisch stellt. Zwei Kekse liegen auf der Untertasse. Er lächelt sie lieb an. Sie lächelt verlegen zurück.

»Danke«, sagt sie.

»Gerne.« Er lächelt noch etwas breiter, bevor er wieder geht.

»Ich hab nur einen Keks bekommen«, beschwere ich mich. »Und … hast du mir gerade ernsthaft gesagt, dass du … dass wir – dass du gerne richtig mit mir befreundet wärst?« Meine Wangen brennen. Ich weiß, wie bescheuert ich gerade klinge. Aber ich hätte nie gedacht, dass sie mich so mögen könnte.

Sie lacht. »Wolf! Natürlich! Ich dachte, das wäre offensichtlich!«

Ich klaue einen ihrer Kekse, um Zeit zu haben, meine Gefühle zu sortieren. Sie protestiert nicht. »Du hast neben mir noch tausend andere Freunde, ich dachte, du wärst damit bedient.« Ich öffne langsam die Verpackung des Kekses. »Und ich dachte immer, du würdest nur mit mir zusammen in der Mensa essen, weil du sonst allein essen müsstest, weil deine Freunde da alle Vorlesungen haben oder zu Hause essen.«

»Ist das dein Ernst?«

Schwitzend sehe ich sie an.

»Wolf. Ich esse mit dir, weil ich dich mag! Weil du gute Gesellschaft bist. Vor zwei, drei Semestern hätte ich wegen meines Stundenplans manchmal nicht mit meinen Freunden essen können, aber mittlerweile sitze ich einfach lieber bei dir!«

Ich schlucke. »Oh.« Dann esse ich endlich den Keks. Sein Geschmack ist leider enttäuschend.

»Und wir sind doch auch zusammen feiern gegangen! Und wir schreiben uns Nachrichten und alles! Warum gehst du denn davon aus, dass ich nicht mit dir befreundet sein will?«

Weil es so selten vorkommt, dass mich wirklich jemand so mag, wie ich bin.

»Keine Ahnung«, sage ich leise. »Weil ich nie was mit dir und deinen anderen Freunden machen wollte.«

»Okay? Es macht mir gar nichts aus, dass du es lieber ruhig magst oder dir die Gruppe nicht passte. Merk dir einfach, dass ich dich mag. Und jetzt sag mir endlich die Wahrheit. Stehst du auf Nadim oder nicht?« Sie grinst.

Ich stöhne auf. »Flanna! Er ist mein bester – einziger – männlicher Freund und ich … ich kann keine Gefühle für ihn haben, weil ich sonst unsere ganze Freundschaft aufs Spiel setze! Und das könnte ich nicht aushalten, weil – weil. Weil ich mich jahrelang nach einem Freund wie ihm gesehnt habe!« Ich sehe sie an. Sie und ich könnten gute Freunde werden, das stimmt. Ich will das. Aber es wäre immer eine andere Freundschaft als zwischen Nadim und mir. Ich fühle mich bei ihm so richtig und gut wie bei keiner anderen Person. Nur ihm zeige ich wirklich gern meine Gedichte. Ich kann es nicht erklären, aber mit ihm hat es sich direkt richtig angefühlt. Flanna und ich sind nicht so schnell warm geworden. Das ist völlig okay, doch Flanna könnte niemals ein Ersatz für Nadim sein, wenn ich ihn verliere. Flanna ist auf eine andere Art und Weise meine Freundin, anscheinend. Das mit Nadim ist tiefgehender. Vertrauter.

Aber wie soll ich Flanna erklären, dass es nicht reicht, nur mit ihr befreundet zu sein? »Er ist halt ein Junge. Ich würde ja sagen, dass es egal ist, was für ein Geschlecht deine Freunde haben, aber – ich bin halt ein Typ und irgendwie ist es cool, mal einen Freund zu haben, der eben auch männlich ist. Hatte ich noch nie in meinem ganzen Leben. Oder vielleicht liegt's auch gar nicht daran, sondern daran, dass er schwul ist und ich erst durch ihn gecheckt habe, dass ich auch auf Typen stehe … schätze ich?«

Sie lacht laut. »Willst du mir gerade sagen, dass das Wichtigste an Nadim sein Schwanz ist und dass er mit diesem Schwanz vielleicht auch noch andere Kerle ficken will?«

»Gott, nein!«, rufe ich.

»Ich mach doch nur Spaß«, sagt sie mit Engelsstimme. Ihr Grinsen hingegen ist ein bisschen diabolisch.

»Ahh!« Ich stöhne genervt. »Können wir nicht über was anderes reden? Yuji zum Beispiel?«

»Nö, ich mag dieses Thema gerade sehr viel lieber.«

»Ich aber nicht.«

Schulterzuckend nimmt sie einen Schluck von ihrem Cappuccino. »Shame on you.«

»Von mir aus.« Ich sehe mit zusammengezogenen Augenbrauen aus dem Fenster, während ich versuche, meine Gedanken nicht zu

Nadim wandern zu lassen. Aber ich denke trotzdem an ihn. Wie ich letzte Nacht neben ihm gelegen habe. So nah. Und doch viel zu weit entfernt.

Hat Flanna recht? Habe ich mich in ihn verliebt? Bin ich gerade dabei, mich in ihn zu verlieben?

»Okay«, sage ich und stecke das Notizbuch wieder in meine Tasche. »Ich muss definitiv ein anderes Gedicht für ihn schreiben.«

»Mach das«, sagt sie. »Und vergiss mich nicht wieder für eine halbe Ewigkeit, klar?«

Kapitel 21

Nadim und ich liegen auf meinem Bett, im Halbdunkel, schwitzend. Es ist fast Juni, einer der ersten richtig heißen Tage des Jahres, und es ist so schwül, dass ich Kopfschmerzen habe. Die Nachmittagssonne scheint durch die kleinen Spalten meiner Jalousie.

Nadim stöhnt leise. »Ich kann nicht mehr.«

»*Ich* kann nicht mehr«, nuschele ich zurück. Ich bin so verdammt müde. Und alles klebt. Meine Beine. Meine Hände. Alles.

Er richtet sich auf und grinst. »Du siehst echt ... heiß aus.«

Ich lache halbherzig und wische mir noch halbherziger den Schweiß von der Nase. »Danke. Du auch.«

Er fällt wieder aufs Bett. »Ugh.«

»Du sagst es.« In meinem Bauch grummelt es. Ich habe drei Eis am Stiel gegessen. Eigentlich wollten wir einen Filmenachmittag veranstalten, aber das hat sich als keine gute Idee herausgestellt.

»Ich halt's hier nicht länger aus«, sagt Nadim dann. »Autofahren? Fenster runter? Fahrtwind?«

»Yes«, bringe ich raus.

Immer.

I Can't Believe von Cyn läuft und Nadim grinst mich an, bevor er mit den Augenbrauen wackelt und die ersten Verse mitspricht.

»Damn«, sage ich und wedele mir Luft zu, tue so, als würde er mich anmachen. Er lacht laut.

Der Fahrtwind tut gut, weht die Trägheit und die Hitze fort. Plötzlich fühle ich mich leichter, erinnere mich daran, wie viel

Glück wir haben, dass es den Sommer gibt. Der Himmel über uns ist tiefblau, eine einzige wolkenlose Perfektion. Über dem Asphalt flimmert die Luft und die hohen Wohnkomplexe vor dem Sommerblau haben ihren ganz eigenen Charme mit den gestreiften Sonnenschirmen und den bunten Geranien auf den Balkonen.

Ich strecke meinen Arm aus dem Fenster. Fühle mich ziemlich cool in diesem Auto. Könnte ewig so weiterfahren.

»Ich will einen Freund«, sagt Nadim dann aber unvermittelt und reißt mich aus meinen Sommergedanken.

Was?

Ich starre ihn an. »Was?«

Er sieht verwirrt zurück. »Ja. Ist das schlimm?«

»Nein.« Ich lache verunsichert. »Natürlich nicht.«

»Aber …?«, fragt er und zieht die Augenbrauen hoch.

Schulterzuckend sehe ich wieder aus dem Fenster. Mir wird warm. »Ich wusste das nur nicht.«

»Deshalb sag ich's dir ja gerade.« Er lacht. »Ich will mal eine richtige Beziehung. Mit Dates und Umarmungen und Küssen und … Sicherheit.«

»Okay?«

»Und Sex natürlich.«

»Okay.« Ich sehe noch immer nach draußen. Die Platanen am Straßenrand bilden ein grünes Dach über uns.

»Ich hatte halt noch nie eine Beziehung. Ich will endlich mal wissen, wie das ist.«

Ich sehe aus dem Augenwinkel, dass er mich ansieht.

»Dann probier es aus«, sage ich. Was anderes fällt mir nicht ein. Ich hole mühsam Luft, bevor ich mich ihm wieder zuwende. Mein Herz klopft ein bisschen zu schnell und mein Magen zieht sich zusammen. Da ist ein Gefühl in mir, das sich immer weiter ausdehnt, mich ausfüllt, größer und größer wird, meinen Lungen den Platz nimmt. »Stehst du denn im Moment auf irgendwen?«

Er zuckt mit den Schultern, bevor er den Kopf schüttelt. »Du?«

»Nee.« Ich schließe kurz die Augen. Will sie eigentlich nie mehr öffnen. Und mir die Ohren gleich mit zuhalten. Wenn Nadim einen festen Freund findet … dann ist das alles hier vorbei. Dann ist alles anders. Wir werden uns nicht mehr so oft sehen und bestimmt nicht mehr beieinander übernachten.

»Willst du denn eigentlich auch schon wieder eine Beziehung?«, fragt er. »Oder erstmal nicht?«

»Keine Ahnung, was ich will«, erwidere ich. Und es stimmt. Ich weiß es nicht. Will ich jemand Neues kennenlernen? Eine neue Freundin finden? Oder … einen Freund? Auf Dates gehen?

Eigentlich will ich für immer in diesem Auto sitzenbleiben.

Mit ihm.

Ich schüttele den Kopf. »Muss jetzt nicht sein.«

»Oh. Okay.« Er lacht. »Wolf will ein lone wolf bleiben.«

»Ha, ha.« Ich schnaube laut. »Das ist es nicht mal. Ich …«

Ich glaube nur nicht, dass ich mit jemandem eine Beziehung führen könnte, die genauso gut ist wie diese Freundschaft.

»Du warst ja auch erst in einer jahrelangen Beziehung.«

»Ja.«

»Vermisst du Mathilda gar nicht?« Er mustert mich.

»Doch«, sage ich. »Total. Aber nicht als meine feste Freundin.«

»Okay.«

»Ich vermisse sie als … eine normale Freundin. Sie kennt mich seit der Schule. Sie weiß Dinge über mich, die kein anderer weiß, und ich konnte sie immer nach ihrer Meinung fragen. Sie wusste immer, was hilft, wenn ich nicht weiterwusste. Und sie kann die besten Geschichten erzählen.« Ich seufze.

Ob wir jemals wieder miteinander reden werden? »Ich glaube, es wird noch eine lange Zeit brauchen, bis ich sie nicht mehr vermisse.«

»Das kann ich verstehen.« Nadim klammert sich ans Lenkrad. »Ich hatte mal einen Beinahe-Freund. Wir waren *so* kurz vorm Zusammensein, wir … haben uns geküsst und sind auf Dates gegangen und er war verdammt cool. Und er konnte echt gut malen. Und zuhören. Und alles.«

»Okay?«, sage ich. Davon hat er noch nie erzählt.

Er beißt sich auf die Unterlippe. »Aber dann hatte ich den Autounfall. Und ich … ich stand vorher schon irgendwie neben mir. Ich bin … in diesem Loch gewesen. Und dann ist das zwischen ihm und mir zerbrochen und ein paar Monate später ist er nach Den Haag gezogen.«

»Oh.«

Ich versuche, ihn mir vorzustellen. Diesen Typen, in den Nadim verliebt gewesen ist. Den er cool fand. *Cool.* Der Kerl muss wahrscheinlich das komplette Gegenteil von mir gewesen sein.

Nadim bremst ab, als die Ampel vor uns auf Rot springt. Der Fahrtwind lässt nach und es wird wieder warm im Auto. »Ich meine … ich vermisse ihn nicht mehr, aber eine lange Zeit lang war das schon so. Ich denke manchmal an ihn und frage mich, was er jetzt macht. Er heißt Nils. Ich hab ihn sogar auf Instagram gefunden.«

Er hat ihn aktiv gesucht? Ich schlucke. »Dann schreib ihm doch mal.«

Im nächsten Moment will ich mir dafür selbst in den Arsch treten.

»Ja«, antwortet er, bevor er seufzt. »Vielleicht.«

Eine Weile schweigen wir. Die Ampel wird grün und Nadim fährt weiter. Ich betrachte einen bunten Eiswagen am Straßenrand, vor dem mehrere Kinder herumspringen.

Dann halte ich es nicht mehr länger aus. »Und wie willst du dir 'nen Freund angeln?«, frage ich. »Clubs? Oder Tinder? Grindr? Oder was?«

Er stöhnt. »Keine Ahnung! Alles? Ist ja nicht so, dass ich jetzt sofort einen brauche. Aber ich bin so was von ready für ein paar Schmetterlinge.«

Ich presse die Lippen aufeinander.

Er grinst mich unschuldig an.

Die Nacht ist warm, die Luft beinahe zu dick zum Atmen. Ich will davonfliegen.

Stattdessen liege ich auf meinem Bett, Arme und Beine ausgestreckt, schwitzend. Das Zimmer füllt sich mit Einsamkeit. Sie ist tief, tief dunkelblau. Autos fahren unter meinem Fenster vorbei.

Nadim.

Bin ich in ihn verliebt? Hat Flanna recht?

Dass er einen Freund will, macht mich fertig. So sehr. Seine Worte schleppe ich schon den ganzen Abend mit mir herum. Sie haben sich um mein Herz gelegt und drücken und quetschen. Lassen mir keine Ruhe.

Finde ich ihn attraktiv? Oder will ich nur nicht, dass er sich nach einem Freund sehnt, weil das bedeutet, dass ihm unsere Freundschaft nicht ausreicht?

Ich schließe die Augen und stelle mir vor, dass er bei mir ist. Dass er hier ist und wir Dinge tun, die dafür bestimmt sind, geheim zu bleiben.

Es ist viel zu leicht, meiner Fantasie freien Lauf zu lassen.

Seine Lippen auf meinen. Lange und verweilend, nicht so kurz wie vor einigen Wochen, als wir Wahrheit oder Pflicht gespielt haben. Zärtlich. Und trotzdem hungrig. Ich will mehr. Und er auch.

Sein Körper an meinem. Er ist unbekleidet. Ich berühre ihn, überall, und es gefällt ihm. Seine Lider fallen zu, während ich mit meinen Händen über seine Seiten streichle, seinen Bauch, seine Schultern. Meine Zunge auf seiner Haut. An seinem Hals.

Sein Puls. Meine Lippen. Wärme.

»Wolf«, sagt er leise, atemlos. Mein Name, eine Frage. Eine Bitte. Alles.

Ich ziehe mich aus und er kniet sich zwischen meine Beine. Ich winkle sie an und er drückt sie gegen meinen Oberkörper. Als er mich küsst, ist mein Herz plötzlich still. Hört auf zu flattern, hört auf, immer und immer wieder gegen meine Rippen zu prallen. Es ist nicht eingesperrt. Es ist da, wo es hingehört.

Ich schlage abrupt die Augen wieder auf.

Bevor ich mir vorstellen kann, wie er mich nimmt, stehe ich auf und wate durch die dunkle Wohnung in die Küche. Durch die Einsamkeit, die mir bis zu den Knien reicht.

Ich nehme eine Flasche Cola aus dem Kühlschrank. Dann stelle ich sie wieder rein. Koffein kann ich jetzt nicht gebrauchen. Stattdessen gieße ich mir ein Glas Wasser ein.

Dann schwimme ich ins Bad.

Als ich zurück in meinem Zimmer bin, ist es Zeit zu ertrinken.

*

»Flanna«, sage ich am nächsten Tag atemlos, während ich mein Tablett auf den Tisch stelle und mich Flanna gegenüber auf einen Stuhl fallen lasse. Die Mensa ist voll, aber sie hat wie so oft den letzten Platz am Fenster erwischt. Auch ein Talent, schätze ich.

»Ja?« Heute sieht sie verdammt gut aus. Sie trägt rosa Lippenstift und ihre Haut ist von der Sonne gebräunt. Ihre blonden Haare sind noch heller geworden. Doch dafür habe ich jetzt keinen Blick.

»Ich bin geliefert.« Ich atme laut aus, vergrabe mein Gesicht in den Händen. »Ahhh!«

»Was hast du verbrochen?«, fragt sie lachend.

Langsam spähe ich durch eine Lücke zwischen meinen Fingern. »Ich hatte einen … Sextraum? Von Nadim?«

Sie zieht belustigt die Augenbrauen hoch. »Oh.«

»Einen *Sextagtraum*«, stelle ich klar.

»*Oh*.« Sie grinst breit. Viel zu breit. »Oha.«

»Also – keine Ahnung?« Ich werde rot. Knallrot. Meine Wangen brennen wie Feuer. »Ich hab mich gefragt, ob ich ihn … heiß finde? Und dann hab ich mir vorgestellt, wie wir rummachen, und dann hatten wir beinahe Sex. Aber dann – keine Ahnung. Wurde es mir vor mir selbst unangenehm?«

Sie lacht erneut. Ich kann ihr ansehen, dass ihr dieses Gespräch sehr viel Spaß bereitet. »Wieso?«

»Keine Ahnung. Weil es Nadim ist. Er ist praktisch ... ein Engel. Und ein Hundewelpe.«

»Ein Welpenengel.«

Ich runzele die Stirn. »Ein Engelwelpe.«

»Aber er mag dich doch auch, oder nicht?«

»Nein, eben nicht!«, sage ich und lache hilflos. »Er will einen Freund! Aber nicht mich! Hat er mir gestern verkündet. Und er will es auf Datingapps versuchen.« In meinen Gedanken wird immer wieder dieselbe Szene abgespielt. Nadim im Auto. Sein Satz.

Ich will einen Freund.

»Scheiße«, sagt Flanna.

»Ja«, sage ich. »Ich kann mich also wirklich nicht in ihn verlieben. Das wäre echt ... schlecht.«

»Wolf.«

»Ich bin so am Arsch, ey.«

»*Wolf.*«

Erst jetzt merke ich, dass sie an mir vorbei starrt. Ihre Augen sind ganz groß geworden.

»Was ist?«, frage ich.

»Yuji.« Sie lacht nervös. »Ich glaube, er kommt auf uns zu.«

Kapitel 22

Yuji trägt ein hellrosa Shirt mit Print, gerade, hellgrüne Jeans und eine Brille mit pinkfarbenen Gläsern. Er bleibt neben unserem Tisch stehen und lächelt uns verlegen an. »Hey.«

Flannas Wangen färben sich innerhalb einiger Sekunden rot. »Hi, Yuji.«

»Hey«, sage ich. Muss ich jetzt aufstehen und gehen? Ich war noch gar nicht fertig mit meinem verzweifelten Rant über Nadim. Sad life.

»Ich wollte fragen, ob ich mich zu euch setzen kann?« Yujis Wangen werden ebenfalls rosa. »Meine Freunde sind heute nicht da und ich fand euch immer ziemlich … cool. Und sympathisch.«

Cool? Damit ist wahrscheinlich nur Flanna gemeint.

»Klar. Setz dich.« Ich ziehe den freien Stuhl etwas vom Tisch weg, damit er sich setzen kann.

Flanna zieht ihre Mundwinkel übertrieben hoch, während ihr Blick auf ihren Teller fällt. Er ist noch halbvoll mit Spaghetti und Soße. Ich kann ihr genau ansehen, was sie denkt: *Shit.*

Yuji stellt sein Tablett auf den Tisch und setzt sich. Er hat es definitiv einfacher mit seinen Pommes und dem Schnitzel. Ich glaube, es ist veggie.

»Wie geht's dir?«, quetscht Flanna heraus.

Er sieht sie an. »Gut. Bisschen warm. Ich bin eher so der Winter-typ.«

»Echt?« Sie grinst. »Ich auch. Ich liebe Schnee und Nebel und Winterstürme und so.«

Lüge. Flanna liebt den Sommer. Sie beschwert sich den ganzen Winter lang darüber, dass sie die Sonne vermisst.

Ich schaufele mein Fischfilet in mich hinein.

»Nice.« Yujis schiefes Lächeln ist genau ihr Geschmack. Er sieht kurz zur Seite, bevor er wieder zu ihr schaut. »Ich habe gehört, du schreibst Slam-Poetry?«

Keine Ahnung, woher Flanna plötzlich das ganze Selbstbewusstsein hat. Sie nickt. »Jep. Wenn du willst, kannst du ja mal zu einem Slam kommen.«

»Gerne. Wann ist der nächste?«

Nächste Woche Mittwoch. Um 18 Uhr. Das weiß sogar ich.

Flanna zieht die Augenbrauen zusammen. »Oh, weiß ich nicht so genau.« Sie lächelt ihn an. »Aber wenn du magst, kann ich nachfragen und es dir dann sagen.«

»Ja, gerne.«

Ich muss mich bemühen, nicht zu amüsiert auszusehen, als Flanna weiterredet: »Ich glaube, dann wäre es am besten, wenn du mir deine Nummer gibst.«

Yuji lacht. »Stimmt.«

Damn. Das ging einfach.

Mein eigenes Handy, das neben mir auf dem Tisch liegt, leuchtet auf. Mein Herz schlägt ein winziges bisschen schneller, als ich erkenne, dass es eine Nachricht von Nadim ist.

Nadim
gehst du mit mir ins freibad

Wolf
klarooo

Nadim
wann hast du zeit

Wolf

bin gerade noch mensa und muss erst nach hause,
so in eineinhalb stunden?

Nadim

ich bin um halb 4 vor deiner tür

*

»Ich liebe Freibad so sehr«, sage ich, als ich mich auf mein
Handtuch sinken lasse. Ich habe irgendeine alte weiß-blau
gestreifte Badehose aus den Tiefen meines Schranks gekramt.
»Wann war ich das letzte Mal hier? Vor drei Jahren oder so.«

»Was?« Nadim sieht mich geschockt an. »Warst du so lange
generell nicht mehr im Freibad?«

Ich zucke mit den Schultern. »Ja.«

»Aber warum denn?«

Schluckend starre ich auf das Becken, das in einiger
Entfernung knallblau in der Sonne glitzert. Kann er sich das
nicht denken?

»Weil ich keine Freunde dafür hatte?«

»Und was ist mit Flanna und Mathilda?«

»Flanna geht nicht gern schwimmen.« Ich sehe wieder zu ihm.
»Außerdem haben wir fast noch nie was außerhalb der Uni
zusammen gemacht. Wir waren höchstens mal auf einer Party.
Und Mathilda hat eine Chlorallergie.«

»Oh. Okay. Das ist mies.«

Ich lächele schief.

Er lächelt zurück, bevor er die vielen Leute im Schwimm-
becken betrachtet. Ich aber kann meinen Blick nicht so schnell
von ihm lösen.

Nadim ist schlanker als ich, aber er sieht nicht so aus, als würde
er trainieren. Er hat sich die Brust rasiert und trägt eine dunkelblaue Badehose. Neben ihm sehe ich verdammt blass aus.

»Ich muss dir noch was erzählen.« Er steht auf. »Aber lass erstmal ins Wasser. Ich schwitze.«

Das Wasser ist angenehm kühl, nicht zu kalt, und nachdem wir ein paar Runden geschwommen sind, setzen wir uns an den Beckenrand und lassen uns von der warmen Sonne trocknen. Ich warte angespannt darauf, was er mir zu sagen hat. Ich will ihn nicht drängen, also lasse ich ihm Zeit, bis er selbst damit herausrückt.

»Also«, beginnt er und lacht nervös. »Was ich sagen wollte.«

Ich mustere ihn. Er sieht an mir vorbei, betrachtet ein paar kleine Kinder beim Fangenspielen. Seine Haare kleben nass an seinem Kopf. Seit er sie gebleicht hat, sind sie schon wieder ein, zwei Zentimeter nachgewachsen. Ich würde ihn gern mal mit komplett dunklen Haaren sehen. Auf seiner Nase sind ein paar Sommersprossen. Mein Herz klopft ein bisschen schneller. Er sieht süß aus.

»Ich hab Nils angeschrieben. Den Typen, von dem ich dir erzählt habe. Mit dem ich vor längerer Zeit was hatte.« Er schaut endlich zu mir.

Ich blinzele. Es dauert ein bisschen, bis seine Worte richtig bei mir ankommen. »Oh … okay?«, sage ich langsam.

»Ja. Wir haben die halbe Nacht nur geschrieben. Und ohne Witz, er ist noch genau wie früher.« Er schüttelt lachend den Kopf. »Ich meine, wirklich. Wir haben einfach über alles geredet, irgendwie. Und ich hab ihm erzählt, was alles so passiert ist, nachdem er gegangen ist, und er hat mir von seinem neuen Leben erzählt und – es war so krass.«

»Aha.« Ich verziehe beinahe das Gesicht. Shit. Er hat Nils wirklich angeschrieben. Hätte ich ihm mal gesagt, dass man die Vergangenheit lieber Vergangenheit bleiben lässt.

Bitte verliebe dich nicht erneut in ihn. Bitte.

»Jedenfalls soll ich unbedingt mal zu ihm nach Den Haag kommen.« Nadim strahlt förmlich. »Am besten mal übers Wochenende.«

Ich schlucke. »Cool. Klingt gut.«

»Findest du? Gut. Du kommst nämlich mit.«

Vor Schreck falle ich beinahe ins Wasser. »Was?«

»Ja, wir könnten nächsten Freitag fahren, schlafen von Freitag auf Samstag bei ihm, und dann könnten wir noch ans Meer und irgendwo anders übernachten und am Sonntag am Strand chillen.« Er grinst mich breit an. »Was sagst du dazu?«

»Okay.« Ich lache verwirrt.

»Ohne Witz, ich bin echt gespannt darauf, ihn wiederzusehen. Das ist jetzt zwei Jahre her.«

»Okay«, sage ich, erneut. »Aber ist er cool damit, wenn ich mitkomme? Warum willst du mich überhaupt mitnehmen?«

»Wieso nicht?«, erwidert er. »Ich will nicht allein fahren.«

Aha. Dazu bin ich also gut.

Er lacht und schlingt einen Arm um meine Schultern. Seine Haut ist kühl und nass. Ich halte die Luft an. »Wolfie! Ich wollte sowieso mal mit dir ans Meer! Wir gehen auf ein kleines Abenteuer zusammen!«

Unfreiwillig muss ich grinsen. »Na gut.«

Doch dann beginnt er wieder, von Nils zu reden, und ich sitze neben ihm und wünsche mich ganz weit weg. Was ist los mit ihm? Ist er doch noch nicht über diesen Typen hinweg? Es sind doch Jahre vergangen, seit sie sich das letzte Mal gesehen haben. Hat Nadim ihn so sehr vermisst? Warum bin ich plötzlich so abgemeldet?

»Ich glaube, du hast einen Sonnenbrand«, unterbricht er irgendwann seinen Nils-Vortrag. »Hast du dich eingecremt?«

»Ja, zu Hause.« Ich verziehe das Gesicht. Meine Wangen brennen wirklich ein bisschen.

»Wollen wir zu den Handtüchern gehen? Ich hab Creme mit. Und wir können was essen.«

»Ja.« Erleichtert stehe ich auf. Das Wasser rinnt meine Beine hinab. »Das … klingt gut.«

Wir laufen über die heißen Pflastersteine, dann die trockene, piksige Wiese hinauf. Bienen summen von Kleeblüte zu Kleeblüte.

Als wir auf unseren Badetüchern sitzen, rutscht Nadim mit seiner Sonnencremeflasche zu mir herüber. »Dein Gesicht und dein Rücken sehen am schlimmsten aus.«

Ich lache auf. »Cool. Das, was ich selber nicht sehen kann.«

Er tropft etwas Creme auf seine Handfläche und verreibt sie zwischen seinen Händen, bevor er mir über das Gesicht streicht. Ich schließe die Augen, während er mich sanft eincremt. Seine Finger berühren meine Wangen, mein Kinn, streichen über meine Nase und meine Stirn. Zum Schluss verteilt er noch etwas Creme auf dem oberen Rand meiner Ohren.

Das ist etwas, das typisch Nadim ist. Es kümmert ihn nicht, dass das kein anderer Typ bei seinem Kumpel machen würde. Er denkt nicht über so etwas nach. Er tut es einfach.

»Danke«, sage ich.

Für eine Sekunde sehen wir uns in die Augen. Seine Wangen sind ebenfalls rot, und sein Anblick bricht mir das Herz. Das Funkeln in seinen Augen, seine Haare, die in der Sommersonne getrocknet sind und sich an den Spitzen kringeln. Die winzigen Tupfen auf seiner Nase.

»Dreh dich um«, sagt er leise.

Ich wende ihm meinen Rücken zu. Es tut gut, die kühle Creme auf meiner Haut zu spüren.

Und seine Hände.

Niemand beachtet uns. Ich könnte mich nach hinten sinken lassen und er würde mich umarmen. Ich weiß es. Ich würde es so gerne tun. Und ich will wieder ins Wasser und ihn dort an mich ziehen, ihn umarmen, ihm nah sein. Mit ihm allein dort sein. Hier auf der Wiese wäre es viel zu warm für eine lange Umarmung, aber im Wasser …

Ich würde ihn nie wieder loslassen.

Ich blinzele zum wolkenlos blauen Himmel hinauf und fühle mich plötzlich leer. Als würde ich verhungern. Verdursten. Aber das ist es nicht.

»So«, sagt Nadim, und ich drehe mich wieder zu ihm um.

Anscheinend schaue ich gequält, denn er zieht die Augenbrauen zusammen und mustert mich eingehend. »Alles okay?«

Ich schlucke und nicke. »Ja.«

»Wolf.«

Ich weiß, was es ist. Es ist dieser beschissene Wunsch nach einer Umarmung. Es ist meine eigene Schuld, dass ich nie welche bekomme. Flanna und ich haben nie damit angefangen. Meine Eltern denken, dass ich keine mehr will, seit ich dreizehn bin. Doch eigentlich geht es nur um Nadim.

Ich sollte ihn einfach fragen, aber ich traue mich nicht.

»Es ist ziemlich warm«, sage ich, mehr zu mir als zu ihm.

»Hab mir schon gedacht, dass du Weichei keine Temperaturen über fünfundzwanzig Grad abkannst.« Er lacht und reicht mir eine Flasche Cola Zero. »Ist wahrscheinlich pisswarm, aber trink mal was.«

Ich sehe ihn an, während ich die Flasche annehme. Er lächelt so lieb zurück, dass mein Herz noch mehr wehtut.

»Wegen Nils«, sage ich. »Bist du … über ihn hinweg? Ich verstehe nicht ganz, warum du ihn so dringend wiedersehen willst.«

Er hört nicht auf zu lächeln. Aber sein Blick wird ein bisschen trauriger. »Ich will nichts von ihm. Ich steh nicht mehr auf Typen wie ihn. Wären wir je zusammengekommen, dann hätten wir uns bis jetzt sowieso wieder getrennt. Aber ich will ihn wiedersehen, als normalen Freund. Bevor wir irgendwelche Gefühle füreinander hatten, waren wir auch erst Freunde.« Er seufzt. »Wir hätten einfach Freunde bleiben sollen.«

Ich atme aus. O Mann.

»Weißt du was? Ich kauf uns Pommes.« Er springt auf. »Was willst du lieber, Mayo oder Ketchup? Oder beides?«

»Beides«, sage ich. Dann muss ich allerdings an die Speckrolle an meinem Bauch denken. »Obwohl. Lieber nur Ketchup.«

»Okay!«

Und damit läuft er die Wiese hinunter Richtung Kiosk. Ich schaue ihm verzweifelt nach.

Ich muss diese Gefühle loswerden.

Bevor sie zu stark werden.

Soll ich mir auch jemand Neues suchen? Vielleicht lieber ein Mädchen? Aber das würde dann wieder so wie mit Mathilda und mir enden. Das weiß ich jetzt schon. Ich mag nur ihn.

Seufzend angele ich mein Handy aus meinem Rucksack. Dann fällt mir ein, dass Flanna bestimmt mit Yuji beschäftigt ist. Mist.

Ich entdecke Nadim weiter unten beim Kiosk, wo er mit einem anderen Typen redet. Eine halbe Ewigkeit lang betrachte ich die beiden. Nadim gestikuliert herum, während der andere Typ lacht.

Flirten sie?

Bitte nicht.

Ich schreibe Flanna doch.

> **Wolf**
> nadim und ich sind im freibad und er redet jetzt
> schon seit 5 min mit einem anderen typen

> **Wolf**
> ich heuleee. antworte mir pls, damit ich was zu
> tippen habe und nicht so aussehe, als wäre ich ein
> loser haha

> **Flanna**
> Ohhhhhh!! Keine Sorge! Er kommt gleich bestimmt
> zu dir zurück!

> **Wolf**
> ich sollte mir auch tinder installieren, alter.
> ablenkung

> **Flanna**
> Du bist so ein kleiner idiot

Er wird sich schon keinen anderen Typen klären,
wenn du dabei bist. Er mag dich auch!!

Wolf

er hat sich da doch schon nen anderen typen geklärt

Flanna

Safe wird er gleich zurück zu dir kommen

Ich blinzele. Verwirrt. Dann suche ich erneut nach Nadim. Mein
Herz schlägt schneller, als ich sehe, dass er auf mich zukommt, zwei
Schalen Pommes in der Hand. Gott. Flanna hat recht.

Und er sieht so beschissen gut aus in seiner Badehose. Er sieht
immer gut aus.

Als Nadim mich erreicht, sehe ich ihn an und weiß absolut nicht,
was ich sagen soll. Mein Herz tut weh, geht unter in den ungesagten
Worten, die in mir herumwirbeln, ertrinkt.

Er ist dein bester Freund, sagt mein Verstand. *Jahrelang warst du
allein und hast dir genau das hier gewünscht.*

Aber er könnte mehr sein, oder?, sagt mein Herz.

*Willst du das wirklich? Und dann zerbricht alles. Das hier ist die
sichere Seite.*

Ich will niemand anderen. Nur ihn.

*Wenn ihr mehr als Freunde seid, werdet ihr euch irgendwann wieder
trennen – und dann hast du ihn für immer verloren.*

Er will mich eh nicht, versuche ich mir einzureden.

Doch dann lächelt er mich an und setzt sich ganz dicht neben
mich und gibt mir meine Pommes – und ehrlich gesagt bin ich mir
da gar nicht so sicher.

Was, wenn er mir etwas sagen wollte, als er verkündet hat, dass er
einen Freund will?

Hat Flanna recht?

»Weißt du, was dir stehen würde«, höre ich mich sagen.

Er sieht mich abwartend an.

»So Piercings.« Ich tippe auf seine Nase.

»Meinst du? Sieht schon geil aus.« Er grinst. »Weißt du, was dir stehen würde? Wenn du deine Haare ein bisschen länger wachsen lassen würdest. Nur so drei, vier Zentimeter. Das wäre bestimmt voll cute.«

»Was? Das heißt, du magst meine Frisur nicht?«, rufe ich gespielt empört. Ich streiche über meine Haare. »Was ist falsch mit ihr?«

Er schlingt einen Arm um mich, schüttelt mich. »Es ist nichts falsch mit ihr, Mann! Dir würden ein bisschen längere Haare stehen, ehrlich, aber ich mag dich auch genau so, wie du jetzt bist.«

Ich bemühe mich, weiter zu atmen. »Jetzt hast du dich aber gerade noch so gerettet.«

Sein Lachen ist so laut und fröhlich, dass es ansteckend ist. »Puh, Glück gehabt.«

Ich schubse ihn grinsend zur Seite.

Kapitel 23

»Ich muss Esma mal wieder zu mir einladen, sonst wird diese ganze Fake-Dating-Geschichte für meinen Bruder zu ersichtlich«, sagt Nadim, als wir in sein Auto steigen, um zurück nach Hause zu fahren. Stickige Hitze schlägt uns entgegen. »Ich hänge zu viel mit dir rum.«

Ich schnalle mich an. Selbst der Gurt ist warm. »Oha, dann mach das mal.«

»Ich glaub, ich geb ihr mal Kino aus oder so. Sie kann die Nachos bezahlen.«

»Also bezahlt ihr 50/50 und du gibst ihr gar nichts aus.« Ich lache.

»Halt die Klappe. Ich bin ein Gentleman!«

»Ich hab nix gesagt.«

Der Heimweg durch die Stadt ist eine Mischung aus Orange und Gold und Sehnsucht. *Traumfarben*, würde Nadim es wahrscheinlich nennen.

Unsere Haut riecht nach Chlor und Sonnencreme, im Radio läuft Dermot Kennedy.

Ich habe mir das hier mein ganzes Leben lang gewünscht, bin fast umgekommen vor Sehnsucht nach einer einzigen Freundschaft. Und gleichzeitig wollte ich das hier niemals. Nicht so.

Der Wind streicht über meine Hand, als ich sie aus dem Fenster strecke, und der Himmel kommt mir erdrückend tief vor. Die Kühle aber, die sich über die Welt legt, tut gut nach diesem heißen Tag. Über uns in den Bäumen zwitschern die Vögel.

Ich bin hier zu Hause. Mit ihm.

Auch wenn alles, alles gerade wehtut: Die Sommerabende mit ihm, der Song im Radio. Sein Lächeln, das mir das Herz bricht, weil es so breit und lieb und sanft und wunderschön ist, weil die vielen Gefühle, die es in mir auslöst, nicht alle in mein Herz passen, weil es zu hell ist und zu perfekt und alles, wonach ich mich jemals gesehnt habe. Aber nicht so. Nicht so.

Ich wende mich ab, als meine Sicht auf die Häuser verschwimmt, und am liebsten würde ich meinen Tränen freien Lauf lassen. Doch ich halte sie mit aller Kraft zurück, damit er nicht sieht, wie weh mir das Leben gerade tut.

Ich bin vollkommen in ihn verliebt, oder?

Mein Hals schmerzt. Ich schlucke verzweifelt.

Was mache ich jetzt?

Mein Herz zerbricht doch jetzt schon daran.

Ich muss ihn im Stillen lieben, im Geheimen. Er ist mein bester Freund. Ich kann ihn nicht verlieren, niemals. Ich werde ewig schweigen.

»Alles okay?«, fragt er.

Ich lache leise. »Ja«, sage ich. »Es ist nur so schön hier heute.«

Irgendwann kann ich mich wieder nach vorn drehen, zu ihm schauen.

»Hey.« Er sieht mich an. Ich liebe das Braun seiner Augen, seine schwarzen, geschwungenen Wimpern, die Sommersprossen auf seiner Nase. Er ist viel zu schön. »Wie früh musst du morgen raus?«, fragt er.

Ich zucke mit den Schultern. »Um halb zehn erst.«

»Oh, perfekt.« Er grinst breit. »Movie night? Ich quartiere mich bei dir ein. Muss auch erst mittags an der Uni sein.«

»Ja.« Ich schließe die Augen. Meine Wangen brennen von der Sonne. In mir drin brennt es ebenfalls. Es überwältigt mich ein bisschen, dass er noch mehr Zeit mit mir verbringen will, obwohl wir schon stundenlang zusammen im Freibad waren.

Ich wollte immer jemanden wie ihn finden. Immer gefunden werden.

Und er hat mich wirklich gesehen.

Ich betrachte mein Spiegelbild im Seitenspiegel, schaue mir selbst in die graublauen Augen. Sie sind etwas gereizt vom Freibadchlor. Der Wind pustet durch meine dunkelblonden Haare.

Dann ziehe ich mein Handy aus meiner Hosentasche. Ich weiß nicht, wohin mit all den Gefühlen in mir, also öffne ich meine Notizapp und schreibe mir die Gefühle von der Seele.

Es tut weh, diese Dinge für Nadim zu fühlen. Aber ich würde es niemals anders haben wollen, wenn das hieße, nicht mehr sein Freund zu sein.

Die Handytastatur ist mein Rettungsring, mein Fallschirm, mein Sicherungsseil.

> i.
> you are a good kind of hurting. dream-wild, a story
> that leaves me breathless with wanting. your hands
> on the steering wheel, the night-long road ahead. my
> heartbeats, june-coloured. the leather of the passenger
> seat sticks to my skin.

> ii.
> you are the story i keep rereading. you break my heart
> and glue it back together into a mosaic of yearning. it is a
> strange, winged thing now.

Zu Hause angekommen, schauen wir *Ant Man*. Erst als wir etwas gegessen und Zähne geputzt haben und im Bett liegen, denke ich wieder an mein Gedicht.

»Nachti«, sagt Nadim und rollt sich unter meiner Bettdecke ein. Ich habe die Ersatzdecke genommen, damit meine vielleicht nach ihm riecht.

»Nacht«, flüstere ich rau.

Innerhalb einer Minute ist er eingeschlafen. Ich liege noch Ewigkeiten wach.

iii.

there's always a smile on your lips. i want to kiss them
until they are cherry-red, swollen. my moth heart crashes
against the prison bars of my ribcage. you are the flame
drawing me in.

Kapitel 24

»Du machst ganz schön oft was mit Nadim«, sagt Papa zwei Tage später zu mir. Wir sitzen auf dem Balkon und essen Tiefkühlkuchen. Mama ist zum Baumarkt gefahren, um sich neue Pflanzen zu kaufen.

Ich verschlucke mich beinahe, so seltsam klingt sein Tonfall.

»Joa«, sage ich vorsichtig, nachdem ich eine ziemlich gummiartige Pflaume heruntergeschluckt habe.

»Ihr übernachtet ganz schön oft beieinander.« Er zieht die Augenbrauen hoch.

»Er ist halt ein guter Freund.« Ich lege meine Gabel auf den kleinen Holztisch. Warum muss er beim Essen mit so etwas um die Ecke kommen?

»Haben seine Eltern da nichts gegen? Ihr seid ja auch oft bei ihm.«

»Er hat eine eigene Wohnung.« Ich atme genervt aus.

»Ach so.«

»Ja.«

»Und ihr seht euch ungefähr jeden Tag und übernachtet trotzdem noch beieinander.«

»Ja, was ist jetzt dein Problem?«, frage ich und verschränke die Arme. Meine Wangen werden heiß. Mir bricht der Schweiß aus. Hier geht es um etwas anderes, oder? »Ich hatte Jahre keinen Kumpel. Nicht einen einzigen. Und dann hab ich endlich mal einen und du denkst – was? Dass wir schwul sind? Nur weil wir ein bisschen mehr Zeit miteinander verbringen? Tust du doch, oder? Wie bescheuert ist das denn?«

Er lacht. »Man kann es doch annehmen, oder nicht? Besonders, wo du gerade mit Mathilda Schluss gemacht hast.«

»Hättest du was dagegen, oder was?« Ich schlucke.

Eine Weile ist er still. »Nein«, sagt er dann.

Ich hole tief Luft. Variationen dieses Gesprächs habe ich mehrmals in Gedanken geführt, seitdem ich Felix im Club geküsst habe. Ich habe mir mein Kontra genauestens überlegt.

»Hat deine Liebe für mich Bedingungen? Wenn Nadim mein fester Freund wäre – was er nicht ist – wäre das doch scheißegal, oder etwa nicht? Wäre das ein Problem für dich? Liebst und akzeptierst du mich nur, wenn ich bestimmte, lächerliche Voraussetzungen erfülle?« Ich starre ihn atemlos an. Ich habe die Sätze tatsächlich rausbekommen. Ohne Versprecher. Halleluja.

»Wolf!« Mein Vater starrt zurück. »Jetzt komm mal wieder runter. Keine Sorge, du kannst lieben, wen du willst. Ich hab doch gar nichts gesagt. Ich hab nur gedacht, dass du dich vielleicht nicht traust, mir und deiner Mutter davon zu erzählen, falls Nadim und du ... mehr als nur Freunde seid.«

»Aha.« Ich stopfe mir ein Stückchen Kuchen in den Mund. »Na dann.«

»Also ... seid ihr jetzt ... wirklich nur Freunde?«

Unwohl sehe ich auf meinen Teller, während ich kaue. Outen werde mich ganz bestimmt nicht. Nicht in nächster Zeit. Dazu bin ich noch gar nicht bereit. Gerade klingt er zwar so, als würde er mich akzeptieren, aber ... er würde mich trotzdem in einem anderen Licht sehen, das weiß ich. Ich kenne ihn. Noch möchte ich, dass alles so bleibt, wie es jetzt ist. Und was soll ich schon sagen?

Dass ich in Nadim verliebt bin? Und dann mag Nadim mich nicht zurück? Nein, danke. »Jaha. Nur Freunde.«

Es ist ja keine Lüge.

*

Flanna
Yuji und ich gehen btw am Wochenende Eis essen

Flanna
AHhhhhHhhHHHhhhh!!!!!

Wolf
omg i told you!! das ist allein mein verdienst!

Wolf
i fucking told you

Wolf
ICH BIN DER BESTE WIMGMAN DES UNIVERSUMS

Wolf
WINFMAN

Wolf
WINGMAN

Flanna
SHUT UP

Flanna
AHHHHHHHH

*

Die Zeit vergeht verdammt schnell. Und plötzlich ist es schon wieder Freitag und der Trip nach Den Haag steht an.

Ich stehe unten an der Straße, viel zu früh, und warte ungeduldig. Diesmal kommt Nadim mit einem anderen Auto. Es ist ein VW Golf, und ich checke erst, dass er es ist, als er die Tür aufmacht und meinen Namen ruft.

»Oh!« Ich lache und ziehe meine Cap zurecht, bevor ich meinen Rucksack schultere und zur Beifahrertür laufe. »Was ist mit deinem Auto?«

»Ach, meine Mum hatte Angst, dass wir in dem alten Auto einen Unfall bauen. Sie hat *Knautschzonen* gegoogelt und darauf bestanden, dass ich dieses hier nehme. Es gehört Salih.« Er sieht mich an, als ich sitze, und lächelt schief. »Und der Spritverbrauch von meinem ist ziemlich hoch. Wir sind zu viel rumgefahren in letzter Zeit. Ich bin fast pleite.«

»Wie bezahlst du den ganzen Sprit überhaupt?«, frage ich. »Du gehst doch nicht arbeiten. Ich schulde dir safe richtig viel Geld.« Für diese Fahrt werde ich ihm die Hälfte geben, das habe ich fest eingeplant.

»Quatsch, ich wäre doch auch ohne dich gefahren. Ich schreibe manchmal Texte für Webseiten und so was, dafür bekommt man ein paar Euro.«

»Und das reicht?« Ich ziehe die Augenbrauen hoch.

Er zuckt mit den Schultern. »Ich habe letztes Jahr gejobbt, aber das wurde mir im Winter zu viel mit der Uni. Und meine Eltern geben mir ja Geld für Miete und Lebensmittel, weil ich kein BAföG bekomme.«

»Wieso fährst du überhaupt die ganze Zeit mit dem alten Auto? Ist doch auch sicherer, in neueren Autos zu fahren. Du hattest doch schon mal einen Unfall.« Ich denke, ich verstehe, warum er so oft Auto fährt – es lenkt ab, bringt ihn auf andere Gedanken. Ich kann mir zumindest vorstellen, dass es nicht leicht ist, vor seiner Familie jemand anderes sein zu müssen, für immer. Aber ich bin mir nicht mal sicher, ob sein Auto Airbags besitzt. Ich will es gar nicht wissen.

»I do it for the aesthetic!«, antwortet er empört. »Ich bin der coolste Typ in ganz Dortmund damit.« Dann lacht er. »Wie gesagt, das Auto gehörte meinem Opa und ich hänge dran.«

»Oh, okay.«

»Ready?«, fragt er und grinst breit, ein bisschen verwegen. »Ich hab die perfekte Spotify-Playlist zusammengestellt. Und da wir jetzt einen AUX-Anschluss haben, können wir sie endlich mal hören und müssen nicht auf meine Raubkopien zurückgreifen.«

»Nice. Solltest du deswegen jemals ins Gefängnis kommen, singe ich jedes Jahr vor den Mauern für dich.« Ich befördere lachend meinen großen Rucksack auf die Rückbank und schnalle mich an. Mit einem Mal sind die Aufregung und die Freude zurück. Ein paar Stunden mit Nadim und seinen Songs verbringen, aus dem Fenster starren, in die Nacht hineinfahren, in eine fremde Stadt, ganz weit weg? Ich bin so was von ready.

Wir fahren los, sind innerhalb weniger Minuten auf dem Westfalendamm unterwegs, Richtung Autobahn, Niederlande, Abenddämmerung.

All to Myself (Soft) von MILKK läuft und ich lasse mich ganz in diesem Gefühl versinken, allein mit Nadim zu sein. Vielleicht gibt es nichts Schöneres. Nur er und ich, nur seine Hände am Lenkrad, mein Blick auf ihnen, nur der Abendhimmel, nur die Lieder, die meine Gefühle in Melodien malen. Ich lasse mich treiben in diesem Gefühl, lasse mich in die Tiefe ziehen und mit der Strömung forttreiben, durch diesen Ozean aus Sound und Dämmerung und Frieden. Bin schwerelos. Das hier ist eines dieser Dinge, für die ich lebe. Das hier ist einfach nur perfekt.

Aber irgendwann möchte ich mit Nadim reden. Ich sehe zu ihm hinüber, betrachte ihn. Mittlerweile ist es dunkel geworden, doch sein Gesicht kann ich noch gut erkennen.

Er lächelt mich an. »Was?«

Und mir fällt nichts ein. Mir fällt nichts ein, was ich sagen könnte, nichts außer *Das hier ist so verdammt gut. Du bist so verdammt gut. Du und ich passen so verdammt gut zusammen.*

»Nichts«, sage ich rau.

»Och, komm schon! Wolf!«

Ich verdrehe die Augen und lache. »Es ist nichts! Ich wollte mit dir reden, aber ich wusste ehrlich nicht, was ich sagen sollte.«

»Ach so.« Er lacht ebenfalls. »Okay. Was ist das Erste, das dir einfällt?«

»Ähm.« Ich verziehe das Gesicht. Brauche schnell eine Antwort. »Keine Ahnung. Ich – wenn wir bei Nils sind. Ich hab ein bisschen Angst, die ganze Zeit das dritte Rad am Wagen zu sein. Oder das fünfte. Wie auch immer das heißt.«

»Ohh! Was?« Bestürzt sieht er mich an. »Bitte nicht! Ich will auf keinen Fall, dass du dich so fühlst!«

Verlegen sehe ich aus dem Fenster. »Okay, aber ich kenne ihn nicht, also werde ich nicht viel mit ihm reden. Das wird bestimmt richtig awkward. Nur so als Vorwarnung.«

»Alles gut.« Er berührt mich an der Schulter. »Wenn du dich irgendwann zu unwohl fühlst, können wir auch gehen. Ich will nicht, dass du da gequält wirst.«

»Okay«, sage ich, auch wenn ich Nadim niemals seine Besuchszeit bei Nils stehlen würde. Selbst wenn ich Nils schon jetzt nicht sonderlich mag.

»Wirklich.«

»Ich kann halt echt nicht so gut mit anderen Leuten, wenn ich sie gar nicht kenne. Besonders, wenn ich bei ihnen zu Besuch bin.« Ich sehe zurück zu ihm. Er wechselt auf die linke Spur, um einen LKW zu überholen. »Es ist auch immer unangenehm gewesen, wenn ich im ersten Semester auf irgendwelche Partys oder Spieleabende eingeladen wurde. Es war schon krass, überhaupt von jemandem gefragt zu werden, aber es ist kein einziges Mal vorgekommen, dass ich mich bei so einem Abend länger mit einer einzelnen Person unterhalten habe. Entweder stand ich alleine herum … oder ich hab es irgendwie in eine Gruppe hineingeschafft und musste mich bemühen, mir nicht anmerken zu lassen, wie anstrengend ich es finde, mit mehreren Leuten gleichzeitig zu reden und Zeit zu verbringen.« Ich betrachte die Autos und LKW, die wir überholen. In der Ferne taucht eine neue Stadt in der Dunkelheit auf. »Anfangs bin ich trotzdem immer hingegangen, weil ich gehofft habe, doch noch einen Freund zu finden. Irgendwann habe ich damit aufgehört. Und jetzt werde ich nicht mehr gefragt.«

Nadim schüttelt den Kopf. »Das tut mir leid. Partyeinsamkeit ist anders mies.«

Ich lache. »Schon.«

Eine lange Zeit sagt er nichts mehr. Er beißt sich auf die Unterlippe und starrt auf die Straße.

Ich lasse ihn denken.

»Du kannst vielleicht nicht so mit anderen Leuten«, sagt er schließlich. Es klingt seltsam abgekämpft. Müde. »Ich weiß nicht, ob du es bemerkt hast, aber ich … kann nicht mit mir selber. Nicht gut. Bevor ich dich kennengelernt habe … ich … es ist –« Er sieht zu mir und lacht. Es ist ganz bestimmt kein fröhliches Lachen. »Es ist manchmal nicht so leicht. Ich will nicht … ich sein, oft.«

Schluckend lehne ich meinen Kopf gegen die Lehne und drehe mich zu ihm, soweit der Gurt es zulässt. »Das tut echt weh zu hören. Weil du der beste Mensch bist, den ich kenne. Und ich meine Zeit am allerliebsten mit dir verbringe.«

Er lacht erneut, und ich kann ihm ansehen, dass er sich anstrengt, nicht zu weinen. »Wolf.«

»Wirklich«, sage ich. Mein Herz tut weh. »Du bist mein bester Freund. Du bist so verdammt gut.«

Wie lang hat er damit gewartet, diesen Satz auszusprechen?

Ich kann nicht mit mir selber.

Gequält verzieht er das Gesicht. »Wirklich?«

»Ja.« Ich lächele ihn an.

»Danke.«

»Erzähl mir mehr. Warum du nicht gut mit dir klarkommst.«

»Ehrlich gesagt weiß ich nicht, warum«, sagt er langsam. »Es ist wieder besser geworden. Von allein. Es wird immer besser, wenn es Sommer wird, und es ist besser geworden, weil ich jetzt dich kenne und weil es in der Uni ganz gut läuft und weil gerade alles in meinem Leben okay ist. Aber sobald es stressig wird, sobald ich allein bin ... steht alles in mir kopf. Sobald mich irgendetwas Winziges belastet, krieg ich nichts mehr hin. Ich hab manchmal Wochen damit zugebracht, nur durch Instagram zu scrollen. Hab wochenlang nur Serien geschaut. Ich konnte nicht schreiben, nichts für die Uni machen, nicht rausgehen, nicht mehr ... leicht sein. Ich war nur allein mit mir und hab es gehasst. Hab mich gehasst. Ich wollte nicht, dass mich jemand so sieht. Ich hatte Angst, dass jemand nachfragt und dann einfach alles ... aus mir rausplatzt. Weißt du, wie oft ich meiner Mutter gerne ins Gesicht geschrien hätte, dass sie nur eine Lüge von mir liebt?«

Ich atme aus. »Oh.«

»Um dann irgendwas zu machen und irgendwie meine Wut zu bekämpfen, bin ich immer Auto gefahren.« Er schluckt. »Immer ein bisschen zu schnell und zu weit. Es hat mich nicht gejuckt, dass ich mein ganzes Geld verprasse. Dass ich krass viel Sprit verbrauche. Ich war ... manchmal stundenlang weg. Bin bis ans Meer und überall hin. Vielleicht hab ich was gesucht. Aber keine Ahnung, was. Manche Tage waren ... so fucking einsam.«

»Und irgendwann hattest du den Unfall?«, frage ich leise. Es tut weh, zu wissen, dass er sich so verlassen gefühlt hat. Weil ich weiß, wie sich das anfühlt.

Ich schwöre mir, ihn niemals allein zu lassen. Nicht, solang wir befreundet sind.

»Ja.«

Und dann sagt er nichts mehr. Und ich weiß nicht, was ich sagen soll. All meine Worte kommen mir unzureichend, oberflächlich, einfach nur lächerlich vor. Ich will ihn trösten, aber ich glaube, dass er nicht getröstet werden kann.

»Wenn du eine Pause machen willst und wir irgendwo halten, kriegst du die fetteste Umarmung deines gesamten Lebens«, sage ich irgendwann.

Er lacht schniefend. »Okay.«

Ich schaue aus dem Fenster, lasse die Welt an uns vorbeiziehen. Keine Ahnung, was die Nacht an sich hat, das einen Dinge erzählen lässt, die man am Tag nie aussprechen würde. Was auch immer es ist, ich bin dankbar dafür. Denn ich will solche Dinge über Nadim wissen. Das Gute und das Schlechte. Wenn ich ehrlich bin, wäre ich gern der Mensch, der am allermeisten über ihn weiß und ihn am besten kennt.

»Weißt du«, sagt er. »Du bist ein guter Zuhörer. Und ein verdammt guter Freund. Und du … hilfst. Mir. Immer, wenn wir zusammen sind. Ich fühl mich besser dann und zweifle nicht so daran, genug zu sein.«

Ich sehe wieder zu ihm. »Du bist genug! Mit dir ist alles schöner. Wirklich.«

Ich will ihm noch so viel mehr sagen. Aber diese Worte sind zu groß, als dass ich sie in den Mund nehmen könnte, und gleichzeitig noch viel zu klein, zu jung, zu unausgereift.

»Weißt du was?« Er lacht. »Ich hab immer etwas gesucht, aber … ich glaube, ich suche jetzt nicht mehr.«

Es ist ein verdammt schönes Gefühl, Nadim auf dem Rastplatz zu umarmen. Die Autos rauschen in einiger Entfernung an uns vorbei. Neben uns steht ein älteres Pärchen. Der Mann und die Frau betrachten uns skeptisch, während sie rauchen. Nadim stört das nicht. Er umarmt mich lachend und drückt mich an sich, drückt seine Wange gegen meine. »Du bist der Beste.«

Ich grinse, ein bisschen stolz. »Heh. Danke.«

Dann aber lässt er mich wieder los, viel zu schnell und viel zu früh, und hüpft über den Parkplatz. »Kommst du mit zur Toilette? Und zum Kiosk? Ich brauch Gummibärchen oder so was.«

Ich hüpfe ihm lachend hinterher. Mein Rücken tut weh vom Sitzen, obwohl wir noch gar nicht so lang gefahren sind. Es sind noch zwei Stunden bis Den Haag. »Ich hab aber eher Lust auf Schoko.«

»Dann kriegst du Schoko.« Er bleibt keuchend stehen. »Puh, mein Blutdruck.«

Ich lache schon wieder. »Ist dir schwindelig? Ich kauf dir Cola.«

Sein Grinsen bringt mich fast um. »Ich liebe dich!«

Diesmal lache ich vor Überraschung. Ich weiß nicht, was ich antworten soll, also sage ich lieber gar nichts. Mein Herz schlägt schneller. Ich muss es ermahnen, sich keine Hoffnungen zu machen. Es war nicht so gemeint.

Nur Freunde. Nicht mehr. So ist es am besten.
So soll es bleiben.

Über uns erstreckt sich der Nachthimmel, schwarz und weit und unendlich. Ich starre in die Dunkelheit und betrachte die schwach funkelnden Sterne. Wir fahren an Flughäfen und großen Städten vorbei, hunderte Autos vor und hinter uns. Es ist Frieden und Geborgenheit und Wunsch und Sehnsucht.

Mit Nadim sind das, was die Nacht ausmacht, nicht mehr die Dunkelheit und das Schwarz. Mit ihm sind es die glitzernden Städte und die roten Rücklichter und die Musik.

Ich fülle mein ganzes Dasein mit Leuchten und Funkeln und dem Geschmack von Weingummi und Schokolade und Cola, mit dem Gefühl, Nadim ganz nah bei mir zu haben. Aber eine gewisse Leere bleibt, und in dieser Leere lebt das Verlangen danach, Nadim noch näher und näher zu kommen. Er ist da und doch vermisse ich ihn, vermisse etwas, das es zwischen uns noch nie wirklich gegeben hat.

Ich starre aus dem Fenster und denke an diesen einen winzig kleinen Kuss, als wir betrunken waren, als wir Wahrheit oder Pflicht gespielt haben. Diese eine Sekunde.

Ich will mehr.

Ich will Stunden aus ihr machen.

Aber das kann ich nicht.

Kapitel 25

Nadim drückt im Schein der Straßenlaternen auf die Klingel des hellgelben Mehrfamilienhauses und grinst mich aufgeregt an. »Ich hab voll Schiss. Aber ich freu mich auch.«

»Kann ich mir vorstellen«, antworte ich und sehe mich um, um mich von meiner Nervosität abzulenken. Es ist dunkel, aber die Straße wirkt durch die vielen Laternen und ordentlichen Vorgärten kein bisschen gruselig. Mein Magen kribbelt aus einem ganz anderen Grund unangenehm. Bei anderen zu übernachten ist gar nicht meins. Zumal es sich bei Nils um Nadims Wir-waren-mal-fast-zusammen-Freund handelt.

Der Türöffner summt und Nadim drückt die Tür auf. Mein Herz klopft ekelhaft schnell, als wir die Treppen hinaufsteigen. Die Luft ist ein bisschen stickig und ich schwitze. Mein Rucksack ist schwer.

»Ahh! Hey!«, ruft Nadim, als wir Nils vor seiner weißen Wohnungstür sehen.

»Hey!« Nils zieht Nadim in eine enge Umarmung. Nadims Füße heben ein paar Zentimeter vom Boden ab, so fest drückt Nils ihn. »O mein Gott, es ist so cool, dass du hier bist!«

»Jaa!« Nadim lacht, als er wieder auf den Boden gesetzt wird. »Mega.«

Dann sieht Nils mich an. Er hat wie ich blonde Haare, doch sie kringeln sich zu kleinen Korkenzieherlocken. Er ist mehr als einen halben Kopf größer als ich. »Wolf, richtig?«

»Ja, hi.« Ich lächele, während mir noch heißer wird.

Wahrscheinlich sehe ich komplett verklemmt aus. Nils ist wirklich riesig – und alles, aber kein Lauch. Klar, dass Nadim in ihn verliebt gewesen ist.

»Kommt rein!«

Die WG ist die reinste Hölle für mich. Alles ist bunt und laut und chaotisch und ich bin nach einer halben Stunde vollkommen genervt von der Reizüberflutung. Das Schlimmste ist, dass Nadim all das nicht zu stören scheint. Wir setzen uns mit Nils und seiner Mitbewohnerin Noreen an den Küchentisch, Teetassen vor uns, und die drei erzählen sich Sachen und lachen wie blöd. Ich lache aus Höflichkeit mit, damit mich niemand fragt, was los ist. Wie sollte ich erklären, dass ich aussehe, als wäre ich am liebsten woanders? *Sorry, bin mega introvertiert und hab keine Nerven für euch?*

Nadim und ich dürfen im Wohnzimmer schlafen, doch als Noreen müde wird und ich mich endlich auch aus der Küche retten kann, bleiben Nadim und Nils noch sitzen. Ich liege eine Weile wach auf der Luftmatratze herum. Durch die Milchglasscheibe der Wohnzimmertür fällt schwaches Licht. Ich kann Nadim lachen hören.

Seufzend taste ich nach meinem Handy, das neben mir auf dem schwarzen IKEA-Couchtisch liegt.

Wolf
wie war dein datr mit yujiii

Wolf
date*

Flanna
Brudi

Flanna
Er ist

Flanna
So witzig und intelligent??? Und cute?!?! Und respektvoll?,?

Flanna
AHHH

Flanna
Ich sitze gerade bei linda am Küchentisch, sie muss mich davon abhalten, nach verlobungsringen zu googeln hahaha

Wolf
oha tell me everything

Flanna
Wir waren Eis essen

Flanna
(Er hat melone und Himbeer eis genommen)

Flanna
Und wir sind durch die stadt spaziert

Flanna
Und er hat mich gefragt, ob wir ÜBERMORGEN INS KINO GEHENNN

Ich grinse wie blöd mein Handy an.

Wolf
WTF yes

Wolf
MELONE

Wolf
keep him!

Wolf
ich bin trauzeuge auf eurer hochzeit okay?

Flanna
Hahaha of courseee

Das Gespräch mit Flanna muntert mich wieder auf. Wir schreiben noch eine halbe Stunde lang, aber ich bin trotzdem eingeschlafen, bevor Nadim sich zu mir legt.

Als ich am nächsten Tag nach dem Duschen aus dem Badezimmer komme, sitzen er und Nils schon wieder zusammen auf dem Sofa und schauen eine Serie. Und sie sitzen verdammt nah beieinander. Ich schätze, es ist wirklich Nadims Art, alle Leute so zu behandeln, wie er mich behandelt. Er ist einfach zu jedem so süß und warm. Diese Erkenntnis sticht ziemlich doll.

Am liebsten würde ich ihn aus der Wohnung zerren und ihm sagen, dass er sich nie wieder mit Nils treffen soll.

Es ist nicht so, dass Nils mir unsympathisch ist. Er ist nur so unglaublich extrovertiert, dass mir schon vom Zuhören die Energie fehlt. Er kann keine Minute der Folge sehen, ohne irgendetwas zu kommentieren. Außerdem nimmt er mir Nadim weg.

Ich setze mich zu ihnen auf das Sofa und scrolle stumm durch Instagram. Wenigstens hat Noreen mir den WLAN-Schlüssel gegeben, bevor sie zur Arbeit gefahren ist.

»Okay, hot«, sagt Nils, als eine neue Figur auf dem Fernseher auftaucht. »Er sieht ein bisschen aus wie du.«

Ich zwinge mich, nicht die Augen zu verdrehen.

»Absolut nicht«, meint Nadim.

»Klar, so um die Augen herum!«

»Nah.«

»Na ja, einer von euch sieht definitiv heißer aus.« Nils grinst breit.

Nadim schubst ihn lachend zur Seite. »Mann, warum bist du so gemein?«

Das hier ist eine ätzende Art von Einsamkeit. Und Einsamkeit ist selten schön, wenn man über die Jahre hinweg so oft einsam gewesen ist, dass es für das ganze restliche Leben reicht.

Sie frisst sich langsam durch meine Gedanken. Färbt alles schwarz. Die Enge in meinem Hals ist unmöglich herunterzuschlucken.

Ich beschließe, einen Spaziergang durch das Wohnviertel zu machen, um Nils und Nadim nicht mehr miteinander reden zu hören. Als ich allerdings vorher auf die Toilette gehe, folgt Nadim mir. Er schließt die Badezimmertür hinter uns ab.

»Was ist?«, frage ich, als wir uns in dem winzigen, gelb gefliesten Badezimmer gegenüberstehen.

Er lehnt sich seufzend gegen die Tür.

Ich verschränke unsicher die Arme. Wird er mir jetzt sagen, dass ich seinen Besuch bei Nils ruiniere?

»Was ist los? Magst du ihn nicht?«, fragt er im Flüsterton und sieht mir in die Augen, verzieht das Gesicht. »Du wirkst wirklich so, als würdest du dich komplett unwohl fühlen, und ich will dir das nicht länger antun.«

Ich schlucke. »Doch, ich mag ihn. Er ist cool.«

»Aber?«

»Nichts.«

Er verengt seine Augen zu schmalen Schlitzen. »Lüg mich nicht an. Du magst ihn nicht. Und ich hab dich ausgeschlossen, oder?«

»Keine Ahnung, ich glaube, du hättest einfach allein hierherfahren sollen«, antworte ich leise. »Ich bin einfach nicht auf einer Wellenlänge mit Nils und Noreen und … ich mag es nicht, so viel Zeit mit anderen zu verbringen, besonders, wenn ich sie nicht kenne. Ich weiß nicht, worüber ich mit Nils reden soll und er ist nur an dir interessiert.«

»Oh. Ich –«

»Tut mir leid, dass ich dir alles ruiniere.«

»Nein, hör auf.« Er presst die Lippen aufeinander, bevor er weiterspricht. »Ich wollte doch mit dir ans Meer. Wenn, dann hab ich dir den Trip kaputtgemacht.«

Ich zucke mit den Schultern. »Es ist doch dein Trip.«

Das bringt ihn zum Lachen. Es fühlt sich an, als gäbe es plötzlich nicht mehr genug Luft im Raum. »Nein, unserer. Okay? Wir frühstücken jetzt und gehen dann in die Stadt, okay? Nur wir beide.«

»Nils will bestimmt mit«, sage ich frustriert.

Nadim zieht die Augenbrauen zusammen. Dann grinst er verschwörerisch. »Dann sagen wir, dass wir jetzt zu unserem Ferienzimmer müssen, weil der Besitzer uns den Schlüssel geben will und er später kurzfristig noch einen Termin hat. Okay?«

Ich liebe ihn für diese Worte. So sehr. Erleichtert atme ich aus. »Tut mir wirklich leid.«

»Nein, alles gut. Ich bin jetzt sowieso an dem Punkt angelangt, wo ich auch meine Ruhe haben will. Meine Batterien sind auch bald leer. Auch wenn es echt schön war, Nils wiederzusehen.« Er lächelt mich schief an, bevor er meine Hand berührt.

Als er mich allein lässt, muss ich für einen Moment die Augen schließen.

Mit einem Mal sieht der Tag viel heller aus.

Kapitel 26

Wir packen unsere Sachen. Ich bringe schon mal meine Tasche und die zusammengefaltete Luftmatratze zum Auto, während Nadim mit Nils redet. Als ich wieder in die Wohnung komme, um ihn abzuholen und mich zu verabschieden, ist die Stimmung merklich gekippt.

»Tschüss«, sagt Nadim kurz angebunden zu Nils.

»Bis bald. Ich komm dann mal zu dir, ja?«

Oh. Nils scheint noch ganz normal drauf zu sein. Vielleicht sieht er Nadim ein bisschen zu sehnsuchtsvoll an.

»Ja«, sagt Nadim und packt mich am Ärmel. »Danke noch mal für alles. Komm.«

Das letzte Wort ging an mich. »Ciao«, rufe ich Nils zu, dann werde ich auch schon die Treppe hinuntergeschoben.

»Alles okay?«, frage ich, als wir draußen auf der gepflasterten Straße stehen. Nadim sieht angepisst aus.

»Ja«, faucht er und stapft los zu unserer Parklücke.

»Wolltest du doch noch nicht gehen?« Ich laufe ihm hinterher.

»Sei einfach leise.«

Ich klappe verwundert – und verletzt – meinen Mund zu. »Okay? Sorry.«

»Nein, tut mir leid.« Er dreht sich zu mir um. »Fuck, ich hab halt … falsche Erwartungen an diesen Trip gehabt.«

Schuldgefühle machen sich in mir breit. Warum habe ich mir anmerken lassen, dass ich es bei Nils nicht mochte? Jetzt ist Nadim enttäuscht. Und traurig, so wie er gerade schaut. Andererseits schien er eben noch okay damit zu sein, ans Meer zu fahren. Ist etwas passiert, während ich beim Auto war?

Gerade scheint nicht der beste Zeitpunkt zu sein, ihn danach zu fragen.

Wir steigen ohne ein weiteres Wort in den BMW und verirren uns in der Stadt. Nadim schaltet nicht einmal das Radio an. Es dauert ewig, bis wir einen öffentlichen Parkplatz finden, aber Den Haag ist eine verdammt coole Stadt. Nicht viel später befinden wir uns in einem gemütlichen Café. Die Wände sind voller Bücher. Eigentlich der perfekte Ort für Nadim.

»Schön hier«, sagt er und atmet tief aus. Er klingt jedoch noch immer müde und genervt. Ich folge ihm schluckend zu einem Tisch an der Fensterseite des Cafés. Das rote Sitzpolster ist weich unter mir und das Licht fällt golden durch die Scheiben. Es duftet nach Kaffee. Genießen kann ich all diese Dinge allerdings nicht.

»Tut mir wirklich leid«, sage ich, als wir vor unseren Kaffeetassen sitzen und ich das Schweigen nicht länger aushalten kann. »Ich wollte wirklich nichts falsch machen.«

»Was?« Er greift nach meinen Händen, so erschrocken, dass er beinahe seine Tasse von der Tischplatte stößt. »Nein! Du hast doch nichts falsch gemacht.«

Ich sehe auf unsere Hände, halte den Atem an, doch er lässt mich schon wieder los.

»Wirklich. Ich … hab nur schlechte Laune gerade. Entschuldigung. Es geht gleich wieder.« In seinen dunklen Augen spiegelt sich Schuldbewusstsein. »Nils war nur blöd eben.«

»Okay?« Die Erleichterung, nicht schuld an seiner schlechten Laune zu sein, wird direkt von der Besorgnis um ihn verdrängt. »Was war denn?« *Was hat Nils gemacht?*

Er schüttelt den Kopf. »Ist doch egal. Ich will einfach nur an was anderes denken.«

»Oh. Okay.« Das klang nicht gut. Ich mustere ihn, doch er sieht zur Seite.

Ein Mädchen, das am Nebentisch sitzt, zieht meine Aufmerksamkeit auf sich. Besser gesagt: Das, was auf ihrem Teller ist, zieht meine Aufmerksamkeit auf sich. Vielleicht ist Essen jetzt gar keine schlechte Idee.

»Wie wär's mit einem Stück Kuchen? Trostessen?«

»Eher Frustessen.« Er seufzt. »Okay, ich geb aus. Für Kuchen reicht's noch.«

Wenigstens hat er noch Appetit.

Wir trinken schweigend unseren Kaffee und essen Carrot Cake – der so gut schmeckt, dass ich kurz mit dem Gedanken spiele, nach der Uni hierher zu ziehen. Nadims Laune scheint sich von Minute zu Minute wieder zu bessern. Als seine Tasse leer ist und nur noch Krümel auf seinem Teller liegen, lächelt er mich an. »So. Das hat geholfen. Sorry, dass ich dir eben das Gefühl gegeben habe, dass du was falsch gemacht hast.«

Schulterzuckend trinke ich den letzten Rest meines Kaffees aus. »Alles gut.«

»Ich bin echt froh, dass du hier bist. Mit mir. Wir machen uns jetzt einen schönen Tag, okay? Wir müssen unbedingt zum Pier. Ich will ein Foto für Insta mit dir und Pommes essen und mit dir über den Strand spazieren.« Er grinst breit.

»Oh, okay.« Ich grinse überrascht zurück. Mit Kuchen kann man ihn also wirklich wieder aufmuntern. »Klingt perfekt.«

*

Nadim hat, seitdem wir den Strand erreicht haben, ansteckend gute Laune. »Wolfie! Ich will ein Bild, genau hier! Mit dem Riesenrad im Hintergrund! Und lass mich sexy genug aussehen, um Jungs im Internet davon zu überzeugen, mit mir auf Dates zu gehen!«

»Zu Befehl!«, rufe ich und gehe etwas in die Knie, damit seine Schultern auf den Fotos über dem Horizont sind. Ich drücke mehrmals auf den Auslöser, auch wenn das erste Bild in meinen Augen schon perfekt war.

»Zeig mal her.« Nadim joggt zu mir zurück und nimmt mir das Handy aus der Hand.

»Ich liebe die Bilder.« Ich lächele ihn an. »Dein Shirt und das Meer im Hintergrund und alles? *Yes.*«

Er trägt ein blau-weiß gestreiftes kurzärmeliges Hemd und er sieht so sommerlich und wieder so fröhlich aus, dass ich mir am liebsten eins der Fotos als Hintergrundbild einrichten würde.

»Oh. Ich mag sie auch!« Er fällt mir lachend um den Hals. »Danke! Du bist der Beste!«

Hitze schießt mir in die Wangen. Mir wird warm. »Ähm. Kein Problem.«

»Willst du auch ein Bild von dir?«

Ich sehe mich um. Um uns herum sind ziemlich viele Leute. »Oh, nicht jetzt. Lieber woanders.«

»Okay, dann lass mal ein bisschen mit den Füßen ins Wasser.«

Wir spazieren eine Weile an der Wasserkante entlang. Ich lasse meinen Blick über das Meer schweifen, das in der Sonne glitzert, während Nadim neben mir hergeht. Ab und zu berühren sich unsere Hände, in denen wir unsere Schuhe halten. Jedes Mal, wenn es passiert, macht mein Herz einen Satz. Eigentlich ist das Meeresrauschen beruhigend, aber das hier ist purer Nervenkitzel für mich.

Ich atme tief die salzige Luft ein.

Warum bringt er nicht mehr Abstand zwischen uns?

Vielleicht merkt er es nicht einmal.

»Ich bin voll froh, dass ich dich nach deiner Nummer gefragt habe, als wir bei diesem Poetry-Slam waren«, sagt Nadim dann und lenkt mich von unseren Händen ab.

Einen Moment lang sehen wir uns in die Augen. Der Wind bewegt sacht sein Haar.

»Ja«, sage ich. Meine Stimme klingt ein bisschen gequetscht. »Bin ich auch.«

Er lächelt.

Ich fühle mich, als hätte ich die Nordsee verschluckt. In mir ist ein ganzer Ozean aus ungesagten Worten. Immer mehr treiben an die Oberfläche.

Ich will nie wieder ohne dich auskommen müssen.

Weißt du eigentlich, wie hübsch du bist?

Danke, dass du mir gezeigt hast, dass ich ein Freund sein kann.

Dass man mich auf diese Weise lieben kann.

»Komm, wir holen uns Pommes.« Er zieht an meinem Shirt. »Und ich mach noch ein paar Fotos von dir. Du siehst cool aus heute.«

Ich sehe an mir herunter, während sich ein Grinsen auf meinem Gesicht ausbreitet. Ich habe gehofft, dass er es bemerken würde. Ich habe absichtlich die Shirts auf den Trip mitgenommen, die er am liebsten hat. »Oh. Danke.«

Er lacht. »Nur die Wahrheit.«

Kapitel 27

Spät abends beschließen wir, von unserem Ferienzimmer zum Strand zu laufen. Es liegt etwa dreißig Kilometer von Den Haag entfernt und nicht direkt am Wasser. Es ist viel ruhiger hier. Einsamer. Besonders jetzt, wo es dunkel ist.

Ich trage dasselbe Outfit wie nachmittags und bereue es schon nach wenigen Minuten, keine Jacke mitgenommen zu haben. Die kühle Juninachtluft streicht über meine nackten Arme und kriecht unter mein Shirt. Nadim ist ebenfalls nur in Shorts und T-Shirt unterwegs.

Wir gehen eine Weile durch das Dorf Richtung Strand, doch statt auf Dünen treffen wir auf einen Nadelwald.

»Okay …«, sagt Nadim zögerlich. »Ich würde vorschlagen, wir gehen direkt durch den Wald hindurch. Auf der anderen Seite ist der Strand.« Er deutet auf einen kleinen Pfad, der in den dunklen Wald hineinführt.

»Ich bin dafür, dass wir um den Wald herumgehen.« Ich starre skeptisch zwischen die Bäume. Fucking creepy.

»Hast du Angst?« Nadim lacht. »Du wärst doch der Wolf im Wald.«

»Ha, ha«, erwidere ich und verdrehe die Augen. »Jetzt im Ernst. Es ist dunkel, du hast dein Handy nicht mit und ich will meinen Akku nicht für die Taschenlampe verschwenden.«

»Ich will aber keine unnötigen Kilometer um den Wald herumlaufen.«

Ich seufze tief. »Komm schon. Wir haben doch Zeit.«

»Es ist schon elf Uhr«, erwidert er. »Ich will morgen auch noch was unternehmen und nicht bis mittags schlafen.« Und damit stapft er auf den Wald zu.

Ich folge ihm genervt.

Die Waldroute ist ein Fehler. Nach einer Viertelstunde ist das auch Nadim bewusst geworden.

»Shit«, sagt er, als wir nach einigem Stolpern und Fluchen an einer Weggabelung ankommen. Der Waldboden ist weich und federnd, aber voller Wurzeln. Es ist so dunkel hier, dass ich links und rechts zwischen den Bäumen nichts erkennen kann. Mir schlägt das Herz bis zum Hals. Wenigstens steht oben am Himmel der Mond und spendet ein bisschen Licht, sodass der Weg halbwegs sichtbar ist.

Der eine Pfad führt nach links, der andere nach rechts. Wenn ich mich nicht irre, liegt der Strand noch immer genau geradeaus. Doch geradeaus ist nur dunkles Dickicht zu sehen.

Neben uns in der Schwärze knackt etwas. Nadim zuckt zusammen.

»Warum konntest du nicht auf mich hören?«, zische ich. »Dann wären wir jetzt nicht hier. Lass uns umkehren.«

»Was ist, wenn es hier echte Wölfe gibt?«, flüstert Nadim zurück.

»Die fressen keine Menschen. Die haben Angst vor uns.«

»Sicher? Ich glaube, wir wirken ziemlich hilflos.« Er bückt sich, um einen langen Stock aufzuheben, was ich gerade noch so erkennen kann.

»Es wäre schon ironisch, wenn ich von einem Wolf getötet werde.« Ich drehe mich einmal im Kreis. Ich hasse diese Dunkelheit. »Ich kann schon die Schlagzeilen vor mir sehen. Wahrscheinlich ist es seit meiner Geburt vorherbestimmt gewesen, dass ich mal so sterben werde.«

»Mach doch mal die Taschenlampe an.« Nadim rückt näher an mich heran. Vor uns raschelt etwas.

»Ganz sicher nicht. Willst du, dass wir gesehen werden?«

»Ich will was sehen!«

»Ganz im Ernst, wenn wir irgendwas in diesem winzigen Lichtkegel der Taschenlampe entdecken, sind wir eh geliefert.« Ich knurre, bevor ich an seinem Arm ziehe. »Jetzt lass uns umkehren!«

»Ich glaube, wenn wir nach rechts gehen, gelangen wir zum Strand. Es muss ja zum Strand gehen. Er ist ja direkt hinter diesem Wald. Außerdem: Willst du dich wirklich von diesem kleinen Pisswald einschüchtern lassen?«

»Okay«, gebe ich nach. Hauptsache, wir stehen nicht mehr auf der Stelle. »Komm.«

»Warte.« Er läuft um mich herum und hakt sich an meinem rechten Arm ein. »Ich muss den rechten Arm frei haben, um uns zu verteidigen.«

»Was? Und ich hab dann nur meinen linken Arm zum Kämpfen?« Ich mache mich von ihm los. »Niemals.«

»Ich kämpfe doch für uns beide!«, flüstert er, während er mich weiterzieht. »Ich bin der mit dem Stock.«

»Der wird dir gar nichts bringen.« Meine linke Seite fühlt sich vollkommen ungeschützt an. Mir läuft ein Schauer den Rücken herunter. Als ich gegen einen herunterhängenden Ast renne, entweicht mir ein ziemlich peinliches Geräusch. »Was, wenn es hier *Wer*wölfe gibt?«

»Oder diese Riesenspinnen aus *Der Hobbit*. Warum hab ich kein Schwert?«

Wir stolpern weiter. Mir kommt es so vor, als würden wir immer tiefer in den Wald hineingehen.

Doch ich habe mich geirrt: Nach einer weiteren gruseligen Viertelstunde kommen wir in den Dünen raus.

»Yes!«, ruft Nadim, lässt den Stock fallen und rennt los. »Komm! Nur noch über diese Düne und wir sind da!«

»Der Weg führt aber nach links. Man soll doch nicht durch die Dünen gehen.« Ich atme aus. »Küstenschutz.«

»Es sieht uns doch keiner! Außerdem wächst hier so viel Zeugs drauf, wir treten schon nichts los.« Er läuft einfach weiter.

Ich stöhne genervt, folge ihm aber, weil ich nicht allein vor dem Wald stehenbleiben will. In meiner Fantasie werde ich von Monstern gepackt und zurück in die Dunkelheit der Bäume gezerrt. Gut möglich, dass ich zu viel Fantasy gelesen habe.

»Ich hasse dich.« Hierfür werde ich wahrscheinlich in der Hölle schmoren.

Oben auf der Düne bleiben wir atemlos stehen. Und erstarren.

»*Wow*«, sage ich. »Toll, Nadim. Du solltest Wandertouren anbieten. Immer ein Gespür für den richtigen Weg.«

»Oh.« Er starrt zum dunklen Meer in der Ferne. Zwischen uns und dem Strand liegen unzählige Dünen, die über und über mit Gestrüpp und Dornen bewachsen sind. »Lass mal nach links weitergehen«, sagt er kleinlaut.

Es dauert Ewigkeiten, bis uns der sandige Pfad auf einen breiteren Weg führt. Wir sind dem Strand kein einziges Stückchen nähergekommen, sondern immer nur parallel zu ihm gelaufen.

Ich bleibe stehen. Ich friere und meine Beine tun weh. »Lass uns umkehren. Es ist viel zu spät und mir tut alles weh. Und mir ist arschkalt.«

»Umkehren?« Er lacht. Hier ist die Nacht wenigstens so hell, dass ich seine Gesichtsausdrücke erkennen kann. »Wir sind doch fast am Strand.«

Bis jetzt war ich nur moderat genervt, doch sein erneutes Widersprechen kotzt mich maßlos an.

»Nein, sind wir nicht! Du hast doch gar keine Ahnung! Ich gehe nie wieder daher, wo du hergehen willst!«, fauche ich.

»Wir müssen alles wieder zurücklaufen! Durch den Wald zu gehen war so ein dummer Fehler!«

»Selbst schuld!«, ruft er. »Du bist mir doch gefolgt!«

»Du hast mir doch gar keine andere Wahl gelassen!« Ich könnte schreien. »Und jetzt sind wir hier, mitten im Nirgendwo, und du willst noch weiter in irgendeine unbekannte Richtung laufen! Wie gehirnamputiert bist du denn?!«

»Hast du sie noch alle?«, erwidert er. »Ich geh doch nicht noch mal durch diesen gruseligen Wald zurück! Und du hattest doch am meisten Angst von uns beiden da!«

»Wir hätten jetzt so schön am Strand sein können.« Ich drängele mich an ihm vorbei und gehe wieder Richtung Wald zurück. Mir doch egal, wenn die Monster mich fressen.

Er läuft mir nach. »Jetzt lass uns doch nicht umkehren! Wir kommen schon noch zum Strand! Der Weg geht doch weiter!«

»Aber es ist nur so ein beschissener unausgeschilderter Scheißweg! Woher willst du wissen, dass er wirklich zum Strand führt?!«

Er bleibt stehen. »Ich gehe nicht noch mal durch den Wald. Ich gehe hier lang.«

Ich starre ihn an. »Weißt du was?«, sage ich dann leise. »Mach doch, was du willst. Du willst weiter hier herumirren? Bitte schön! Ich gehe zurück.«

»Wolf! Jetzt komm schon! Wir wollten doch zum Strand und die Sterne anschauen und … zusammen da sein.« Er lässt die Schultern sinken. »Bitte. Komm mit.«

Genervt stöhne ich auf. »Nein.«

»*Bitte*.«

Ich folge ihm.

Wir finden den Strand nicht. Nach weiteren Kilometern – es müssen mindestens zwei gewesen sein – irren wir noch immer auf dunklen Dünenwegen umher.

»Hätte man nicht mal vorher auf Maps schauen können?«

»Selber.« Er schnaubt. Mittlerweile sind Wolken aufgezogen und die Nacht ist wieder dunkler. Sterne anschauen? Von wegen. »Mir ist echt kalt.«

»Mir erst.« Ich zittere. Dann erstarre ich. »Nein. Ich hab gerade einen Regentropfen abbekommen.« Wir schauen beide zum Himmel hinauf. Die Wolkendecke ist löchrig und man sieht den Mond durch die Schleier schimmern. Kurzzeitig vergesse ich, wie sehr ich friere. Dann aber landet der nächste Tropfen auf meiner Wange – und ich auf dem Boden der Tatsachen. Wir haben uns heillos verirrt. Es ist mitten in der Nacht. Wir haben kein Internet und keinen Handyempfang und keine Jacken. Es ist unglaublich kalt. Und es beginnt zu regnen.

Wir brauchen beinahe zwei Stunden, um den gruseligen Wald zu umgehen und zu unserer Unterkunft zurückzufinden.

Ich glaube, ich bin unterkühlt.

Selbst, als ich wütend und vollkommen erschöpft im Bett liege, zittere ich noch. Mir tut alles weh, besonders meine Beine. Eine heiße Dusche wäre jetzt toll, aber ich *kann nicht mehr.*

»Hey«, flüstert Nadim. »Frierst du so?«

Ich atme zittrig ein. Meine Zähne klappern und ich kann nichts dagegen tun. Ich glaube, ich sterbe.

»Wolfie.« Er legt mir eine warme Hand auf den Arm. »Wirst du krank?«

»Keine Ahnung.« Ich beiße die Zähne zusammen. Ich bin noch immer so *wütend* auf ihn.

»Shit«, sagt er.

Mein Herz bleibt beinahe stehen, als er zu mir unter die Decke rutscht und mich an sich zieht, so eng es geht. »Ich wärm dich.« Sein Atem kitzelt mich im Nacken.

»Nein«, bringe ich raus. »Ich hasse dich.« Meine Füße fühlen sich an, als wären sie aus Eis. Er legt einen Arm über meine Seite und drückt seine warme Brust gegen meinen Rücken, schiebt ein Bein zwischen meine Beine.

»Tut mir leid. Wir hätten gar nicht erst durch den Wald gehen sollen. Du hattest recht.«

»Hmhm.«

»Ich hasse es, wenn wir streiten«, murmelt er.

Ich kann nicht mehr antworten. Nicht widersprechen.

Mein Herz klopft verzweifelt. Ich kneife die Augen zu und bete, dass er meinen Puls nicht fühlt. Dass er nicht gemerkt hat, dass ich viel zu lange den Atem angehalten habe, als er sich zu mir gelegt hat.

»Ist das hier okay?« Er drückt sein Gesicht in meinen Nacken.

»Ja«, krächze ich. Ich schlage die Augen wieder auf. Starre in das dunkle Zimmer.

»Tut mir wirklich leid, okay? Ich wollte nicht, dass du so frierst.«

»Tja.«

»Wolfie.«

Das hier ist nichts, das Freunde tun.

Niemals.

Aber das hier sind auch Nadim und ich. Bei uns ist alles Grauzone, nur bunter. Er schafft es schon mit einem Lächeln, dass ich nicht mehr weiß, ob wir flirten oder nicht. Vielleicht verschwimmen bei Nadim einfach die Grenzen zwischen Freundschaft und … Beziehung.

Vielleicht will er ja auch weitergehen und weiß nicht, wie viel er wagen kann?

Nein. Er war schon immer so. Das hier ist seine Art. Seine Interpretation von Freundschaft. Er scheißt auf alle ungeschriebenen Gesetze, die es zum Thema Freundschaft unter Männern gibt.

Warum sollte ich mir Hoffnungen machen? Ich will keine Beziehung mit ihm. Ich will ihn nicht wirklich küssen. Wir würden uns nur wieder trennen, irgendwann. Ich will lieber auf der sicheren Seite bleiben und für immer mit ihm befreundet sein. Rational bleiben.

»Was sind wir?«, frage ich dennoch leise in die Dunkelheit hinein. Ich zittere noch immer.

Er atmet aus. Sein Atem streicht über meinen Nacken. »Was willst du sein?«, flüstert er zurück.

»Für immer.«

Er zieht mich noch enger an sich. »Ich kenn dich noch gar nicht lange, aber du bist schon jetzt der beste Freund, den ich jemals hatte.« Seine Hand streicht über meine Brust. Dann tastet er nach meiner Hand und drückt sie fest.

Am liebsten würde ich mich umdrehen. Ihn küssen. Oder wenigstens meine Arme um ihn schlingen. Aber ich bewege mich kein bisschen, denn ich weiß, dass ich ihn durch einen Kuss früher oder später ganz sicher verlieren würde.

Wie wäre es wohl, Nadims fester Freund zu sein? Mit ihm zusammen zu sein?

Wir würden auf die schönsten Dates gehen. Ich würde ihm Playlists aus den Songs basteln, die mich an ihn erinnern, und ich könnte ihn berühren, ohne mir Sorgen machen zu müssen, dass er meine Gefühle errät. Ich müsste nichts verstecken.

Und wir würden miteinander schlafen.

Ich schlucke, versuche, es mir nicht vorzustellen, doch ich kann meine Fantasie nicht aufhalten.

Erst seine Stimme reißt mich aus meinen Gedanken. »Gute Nacht, Wolfie.« Er streicht über meinen Arm.

»Schlaf gut«, antworte ich rau.

Ein paar Minuten später ist er eingeschlafen. Ich versuche, wach zu bleiben, das Gefühl zu genießen, so eng von ihm umarmt zu werden, praktisch seinen ganzen Körper an meinem zu spüren. Doch ich bin so verdammt fertig, dass ich viel zu schnell ebenfalls wegdrifte.

Meine Wut auf ihn ist längst verflogen.

Hätten wir uns nicht gestritten und verlaufen, hätte ich nicht so gefroren, wäre er nicht so stur gewesen … dann hätte er mich niemals so umarmt wie jetzt. Und ich hätte nie erfahren, wie es sich anfühlt, in seinen Armen einzuschlafen.

Wir berühren uns noch immer, als am nächsten Morgen der Wecker klingelt.

»Hey«, flüstert Nadim, als ich die Augen aufschlage. In der Nacht muss ich mich zu ihm gedreht haben.

Ich starre ihn für eine Sekunde schlaftrunken an, bevor ich nach meinem Handy auf dem Nachttisch taste. Sobald ich den Schlummermodus aktiviert habe, lasse ich mich wieder mit dem

Gesicht zuerst in mein Kopfkissen fallen. Meine Nase ist zu. »Ich bin so tot.«

»Fühlst du dich krank? Gestern Abend hast du so heftig gefroren ...« Nadim legt mir eine Hand auf die Schulter.

Ich drehe mich wieder zu ihm. »Ich glaube, ich bin erkältet.«

Er mustert mich besorgt. Ich hoffe inständig, dass ich keine verklebten Augen habe. Oder getrockneten Sabber am Kinn.

»Hast du Fieber?« Er rutscht zu mir, legt mir eine Hand auf die Stirn.

»Bestimmt nicht«, bringe ich raus. Mit einem Mal schlägt mein Herz wieder viel zu schnell. Warum muss er mir so nah sein? Warum muss seine Nähe mich so verdammt nervös machen?

Seine Beine berühren meine.

»Ich glaube schon«, antwortet er und zieht seine Hand zurück. Ich bemühe mich, ihm in die Augen zu schauen. »Shit. Das tut mir so leid, dass es dir schlecht geht.«

»Keine Sorge, mir geht's gut.« Ich lächele ihn an. Falls ich jetzt ein bisschen zu verliebt aussehe, kann ich es nicht ändern.

Er lächelt schief zurück.

Mein Blick flackert zu seinen Lippen, dann zurück zu seinen Augen.

Und ich werde rot.

Ich spüre es ganz genau.

Fuck.

»Ähm –« Panik macht sich in meinem Magen breit. Ich setze mich auf. »Sorry noch mal wegen gestern. Dass du wegen mir eher von Nils weg bist. Willst du ihn jetzt öfters besuchen?«

»Was? Das hatten wir doch schon geklärt. Ich wollte doch auch gehen.« Er verdreht die Augen. »Mensch, Wolf. Warum kannst du mir nicht einmal glauben, wenn dir ich etwas sage?«

»Was? Wieso ›nicht einmal‹?«

Seufzend steht er auf. »Egal. Komm, wir gehen frühstücken.«

Die Fahrt zurück ist ein Gedicht. Ein Song eigentlich. Zumindest würde ich gerne einen Song darüber schreiben. Nadim ist so besorgt um mich, als ich mich über meine Kopfschmerzen beklage, und er kauft mir Vla und Kaffee und Sandwiches, rennt im Regen über Supermarktparkplätze und singt nur ganz, ganz leise bei seiner Playlist mit, obwohl ich ihn so gerne singen höre.

»Was wünscht du dir eigentlich zum Geburtstag?«, fragt er, als wir gerade über eine riesige Staudammbrücke fahren. Dicke, schwere Tropfen prasseln auf die Windschutzscheibe. Mein Geburtstag ist nächsten Samstag, zum Glück. Ich liebe es, am Wochenende Geburtstag zu haben und den ganzen Tag nichts für die Uni machen zu müssen.

Ich reiße meinen Blick vom grauen Wasser los, sehe zu Nadim und zucke mit den Schultern. »Nichts.« *Dich. Oder dass diese Gefühle wieder verschwinden.*

»O nein! Bitte sag mir irgendwas! Ich bin so schlecht im Geschenke aussuchen!« Er schluchzt gespielt auf. »Wolfie!«

»Ein Buch oder so?« Ich schnaube. »Keine Ahnung. Dein Lieblingsbuch, vielleicht?«

»Hmm. Okay. Gute Idee.« Sein Gesicht hellt sich auf. »Wie geht's deinem Kopf jetzt?«

»Besser«, lüge ich.

»Yas!« Er überspringt ein paar Songs, bis *Val!um* von MASN erklingt. Mein Plan funktioniert und er singt wieder lauter mit. Die Lyrics lassen meinen Bauch kribbeln, als ich mir erlaube, mir auszumalen, dass er mich im Kopf hat, während er singt.

»Ich mag deine Stimme«, gestehe ich. Es ist eine Liebeserklärung, aber das versteht er nicht.

Seine Wangen werden trotzdem rot. »Danke.«

Ich nehme mein Handy in die Hand.

you pull up in your car and kill me with a smile. i'm in
pieces by the time i reach the passenger side.
while you're driving, i watch the world fly by. it's a tender
kind of morning. the rain, your singing voice, the blurry
lights.
can we please stop time?
i want to drown in this feeling for a while, stay in this car
a little longer, leave the truth outside.
i wish i had the guts to take a drive on the wild side. only
for a mile, i want to be the song you sing, your secret
destination, the story you want to write.
i still think about the way you held me last night.

Ich lösche die Notiz wieder. Sehe zu Nadim.
Er sieht lächelnd zurück.

Kapitel 28

Nadim kommt zusammen mit Linda zu meiner Geburtstagsfeier. Ich wollte nicht mal eine Party schmeißen (oder ein kleines, langweiliges Treffen), aber Flanna und Nadim haben nicht mit sich reden lassen. Yuji kommt ebenfalls.

Ich habe nicht verraten, dass meine letzte Geburtstagsfeier, die nicht aus meinen Eltern und Großeltern – und in den letzten Jahren auch Mathilda – bestand, in der ersten Klasse war. Vielleicht haben Flanna und Nadim es trotzdem geahnt. Meine Eltern waren völlig überrascht, als ich ihnen vorgeschlagen habe, mal mit Jens in einem nahegelegenen Urlaubsort zu übernachten und sich ein schönes Wochenende machen, damit ich mit meinen Freunden feiern kann. Mama hat sich heute Morgen mit einem breiten Grinsen verabschiedet.

Nadim trägt Eyeliner, ein schwarz-weißes, kurzärmeliges Hemd, das er sich in seine Cargos gesteckt hat, und Docs.

Ich starre ihn an, als ich ihm die Tür öffne.

Oh, *fuck*.

»Hey, Geburtstagskind.« Er stützt sich am Türrahmen ab und grinst mich an. Seine Wangen sind gerötet und sein Atem riecht nach Pfefferminz. Alkohol. »Alles Gute zum Geburtstag.«

»Happy Birthday!« Linda drängelt sich an ihm vorbei, um mich in eine Umarmung zu ziehen. Ihr Duft hüllt mich ein, angenehm frisch. »Ich hab Alkohol mitgebracht, ich hoffe, das passt! Oh, und das hier! Flanna und ihr Loverboy sind schon hier, oder?«

»Ähm, ja.« Ich starre das rechteckige Geschenk an, das Linda mir in die Hände gedrückt hat. Es ist eingeschlagen in blaues Geschenkpapier, auf dem viele kleine Baustellenfahrzeuge abgebildet sind. Wir lachen beide gleichzeitig los.

»Sorry, ich hatte nichts anderes zur Verfügung«, erklärt sie. »Das hab ich immer benutzt, als mein kleiner Bruder noch im Kindergarten war.«

»Sehr männlich. Was ist drin? Ein Modellbagger?« Es ist offensichtlich ein Hardcover-Buch.

»Mach's auf!«, ruft Nadim.

Linda streicht sich eine dunkle Haarsträhne hinters Ohr. »Ich hoffe, es gefällt dir. Wir beide haben uns ja noch nicht viel unterhalten, aber das müssen wir ändern.«

Ich öffne vorsichtig das Papier. Zum Vorschein kommt der letzte Band einer Fantasyreihe, die bis jetzt unvollständig in meinem Regal stand.

Ich starre das Buch an, dann Linda. »Oha. Danke.« Mein Hals wird eng.

Sie grinst breit. »Ich hab gesehen, dass es dir noch fehlt, als wir hier vorgetrunken haben. Ich hatte echt Angst, dass du es dir mittlerweile gekauft hast.«

»Nee.« Ich wende das dunkelgrüne Buch, noch immer etwas ungläubig. »Voll cool. Wirklich, danke schön.« Meine Worte zeigen nicht ansatzweise, wie viel ich gerade fühle. Es tut ein bisschen weh in mir drin, aber es ist ein helles, sonnenblumengelbes Gefühl.

»Ich hab's doch gesagt«, sagt Nadim zu Linda. »Er freut sich wirklich über Bücher.«

»Wolf, hast du zufällig Lust, mein neuer, bester Freund zu sein?«

Ich lache. »Na ja, ich hätte da noch ein paar Stellen frei –«

»Nein, hat er nicht.« Nadim schubst Linda Richtung Wohnzimmer. »Jetzt geh mal zu Flanna. Wolfie gehört mir.«

»Pah!« Sie verschwindet durch die Wohnzimmertür.

Und dann sind wir plötzlich allein.

Nadim mustert mich. »Du siehst cute aus.«

Ich werde auf der Stelle rot. »Oh. Danke? Und gleichfalls? Du siehst … gut aus.« Es ist die Untertreibung des Jahrhunderts. Am liebsten würde ich meine Mutter anrufen und sie bitten, ein professionelles Fotoshooting mit ihm zu machen. Dann würde ich mir eins der Bilder als Poster drucken lassen und es an die Innenseite meiner Kleiderschranktür kleben.

Er zieht mich in eine Umarmung. Noch immer riecht er nach diesem Deo, das einen leichten Hustenreiz in meinem Hals auslöst, doch mittlerweile ist dieser Geruch vertraut. »Ich hab dir jetzt mein Lieblingsbuch mitgebracht, ich hoffe, das ist okay.«

Ich schlinge die Arme um seinen Hals, schließe die Augen. »Natürlich! Hab ich doch gesagt. Ich freu mich.«

»Okay«, flüstert er.

Er lässt mich eine lange Zeit nicht mehr los.

Flanna verwandelt den Abend in ein einziges Klischee, indem sie alle dazu überredet, Trinkspiele zu spielen. Nadim und ich sitzen leider nicht nebeneinander, weil Flanna wollte, dass ich zwischen ihr und Linda sitze. Mir bleibt nichts anderes übrig, als Nadim über den Tisch hinweg anzuschauen. Er wackelt mit den Augenbrauen, als ich die letzten drei Personen nennen muss, die ich geküsst habe.

Ich grinse breit. »Der Letzte hieß Janne, der davor Felix und davor war es … Nadim. Aber das war ja nur bei Wahrheit oder Pflicht.«

Lindas »Whoop, whoop!« ist so laut, dass ich sie ermahnen muss, leiser zu sein, damit die Nachbarn sich nicht beschweren.

Ich frage Yuji etwas, dann wählt Yuji Flanna, und Flanna wendet sich an Nadim.

Er wählt ebenfalls Wahrheit, was definitiv ein Fehler ist.

Flanna grinst engelsgleich. »Okay, Nadim. Würdest du den Kuss mit Wolf wiederholen?«

Mir schießt das Blut in die Wangen, obwohl mein Gesicht sowieso schon heiß vom Alkohol ist. Nadims Blick huscht zu mir und wieder zurück zu Flanna. Dann sieht er lachend nach oben. Verlegen. »Ähhm. Na ja.«

»So langsam müssen wir die beiden dazu kriegen, sich noch mal zu küssen!«, ruft Linda.

Ja, denke ich, während ich mich tiefer die Sitzfläche meines Stuhls herunterrutschen lasse. *Aber bitte mit Privatsphäre.*

»Linda!« Nadim verdreht die Augen. »Ehrlich, das hätten wir schon allein hingekriegt, wenn wir gewollt hätten.«

»Aw. Schade.« Linda zieht die Mundwinkel herunter.

Für einen Moment habe ich meine Gefühle nicht unter Kontrolle. Ich starre Nadim an. Er sieht zurück, und ich weiß, dass mein Blick alles sagt. Ich kann sehen, wie er langsam realisiert, was er mir gerade mitgeteilt hat – und dass es mich getroffen hat. Seine Augen weiten sich. Er öffnet seinen Mund, klappt ihn wieder zu. Was soll er auch sagen?

Meine Wangen brennen. Mein Herz schlägt mir bis zum Hals. Aus dem Augenwinkel sehe ich, wie Flanna schuldbewusst das Gesicht verzieht.

Am liebsten würde ich wegrennen. Stattdessen drehe ich mein Glas Wodka-Sprite in der Hand und trinke einen Schluck.

Linda, die überhaupt nicht mitbekommen hat, was los ist, fordert Nadim zum Weiterspielen auf. Sein Blick aber huscht immer wieder zu mir.

Fuck. Mir sind praktisch alle Gesichtszüge entglitten. Ich war ein offenes Buch. Er *muss* gesehen haben, wie seine Worte mich eiskalt erwischt haben.

Mir wird schlecht.

Wir spielen weiter und ich schlage ein anderes Spiel vor, bei dem man mehr trinken muss. Meine Hände zittern ein bisschen.

Vielleicht will ich einfach verdrängen, was er gerade gesagt hat. Vielleicht ist es ein verzweifelter Versuch, den Abend für mich noch zu retten. Als wir um etwa Mitternacht das Spiel beendet und etwas gegessen haben, habe ich mir so viel Mut angetrunken, dass ich Nadim wieder in die Augen sehen kann.

Während Flanna, Linda und Yuji auf dem Sofa chillen und auf dem Fernseher durch meine Spotify-Playlists schauen, lehnt Nadim am Fenster und sieht auf die Straße hinaus.

Alles ist verschwommen und dreht sich ein bisschen, die ganze Welt ist verwischt. Aber da ist er, und er ist klarer, das Zentrum, um das alles kreist. Ich werde von ihm angezogen, taumele auf ihn zu, bevor ich es merke. Der Raum kippt ein bisschen, doch dann bin ich bei ihm, lehne mich neben ihm an die kühle Wand.

»Hi«, sage ich. *Lass dir nichts anmerken.*

»Hey.« Er mustert mich. »Geht's dir gut?«

»Ja.« Ich lächele. »Dir auch?« Sprechen geht noch leicht. Anscheinend bin ich nicht komplett betrunken.

Er lacht ebenfalls. »Ja.«

Ich nicke. »Gut. Das ist gut.«

»Jaa.«

»Nur ein bisschen laut hier. Und voll.« Ich deute auf Linda, Flanna und Yuji. Für meine Verhältnisse sind das ziemlich viele Leute. Dann deute ich auf mich. Auch voll. »Kommst du mit in mein Zimmer?« Ich will kurz allein sein. Mit ihm.

»Okay.« Er folgt mir.

In meinem Zimmer angekommen, drehe ich den Schlüssel herum, damit niemand anderes reinkommt. Ich will nicht den ganzen Abend Angst davor haben, dass Nadim anspricht, was am Tisch passiert ist. Lieber bringe ich es direkt hinter mich.

Ich lasse mich auf das Bett fallen, knipse die Nachttischlampe an und schließe die Augen. Mir ist warm. Mein Gesicht glüht. »Gott. Geburtstagspartys sind so anstrengend.«

Nadim landet neben mir, aber ich mache die Augen nicht auf.

»Wolfie, können wir reden?«, fragt er leise, nuschelnd. »Ich meinte das nicht so. Was ich gesagt habe.«

Ich gluckse. Da ist es also schon. Mein Herz will wegrennen. »Ist schon okay.« Es ist besser so, dass er mich nicht auf diese Weise mag. Auch wenn es wehtut.

»Nein. Es war wirklich eine Lüge. Ich hab Panik bekommen und wusste nicht, was ich sagen sollte, und dann … hab ich diesen Scheiß gesagt.«

Er rutscht ein bisschen näher zu mir.

Ich kann seine Wärme spüren.

Scheiße. Meint er –

Sein Atem geistert über meine Schulter, meine Schlüsselbeine. Bringt mein Herz aus dem Takt.

Als ich die Augen aufschlage, sieht er mich längst an. Sein Blick ist offen, weich. Sein Eyeliner ist verwischt und der Glitzer auf seinen Wangen funkelt im Licht der Lampe.

»Du bist mein bester Freund«, sage ich leise.

Er lächelt, ein bisschen gequält. »Aber ich würde dich so gern küssen.«

Mein Herz tut weh. Er ist so nah. So nah.

»Wirklich? Ich will dich nicht verlieren.« Ich schlucke nervös.

Mein Herz stolpert in meiner Brust herum, hin- und hergerissen zwischen Wunsch und Verstand, Sehnsucht und Angst.

Ich würde dich so gern küssen.

»Warum solltest du mich verlieren?«, fragt er.

Ich atme zittrig aus und rutsche zu ihm, vergrabe mein Gesicht an seinem Hemd. Er streicht über meinen Rücken, drückt mich an sich. Er riecht nach Zuhause, trotz dieses Deos. Ist alles, was ich will.

Ich höre die Musik aus dem Wohnzimmer. Kann seinen Puls fühlen. Langsam schlinge ich meinen Arm um seinen Oberkörper, streichele über seinen Rücken, die warme Haut seines Nackens. Sein Herz klopft schneller.

Vielleicht mache ich jetzt alles kaputt. Vielleicht beginne ich in diesem Moment, ihn zu verlieren. Er sollte für immer nur ein Freund bleiben. Er sollte niemals mehr sein.

Ich drücke meine Lippen gegen den Stoff seines Hemdes. Unter ihnen schlägt sein Herz so aufgeregt.

Ich will ihn auch küssen, so gern. Nichts würde ich lieber tun.

Alles in mir tut weh.

Langsam lasse ich meinen Mund höher wandern, bis zur warmen Haut seines Halses. »Nadim.«

»Küss mich«, flüstert er.

Ich kann ihn nicht loslassen. Habe jahrelang auf ihn gewartet. Er ist schon jetzt das Beste, was mir je passiert ist. Er bedeutet mir so viel.

Ich drücke ihn an mich, drücke mich an ihn, schmiege mein Gesicht in seine Halsbeuge.

All die Gedichte. All die nächtlichen Autofahrten. All das Lachen und Fliegen und Träumen. Ich will das niemals, niemals verlieren.

Sein Körper ist warm an meinem. Seine Haut riecht süßlich. Wenn wir uns jetzt küssen, wenn wir mehr als nur Freunde sind, wenn wir beide Gefühle füreinander haben – dann wird alles kompliziert. Dann gehen wir ein Risiko ein, für das ich nicht bereit bin. Ich kann ihn nicht verlieren, weil sich irgendwann einer von uns in eine andere Person verliebt oder wir uns aus einem anderen Grund trennen. Ich *kann* ihn nicht verlieren. Freundschaft ist so viel sicherer.

Vorsichtig richte ich mich auf, sehe ihn an. Mein Herz zerspringt beinahe, als ich sein Gesicht in meine Hände nehme. »Ich hab Angst.«

»Wolf«, flüstert er. Er atmet schnell. Sieht mich bittend an, sieht so wunderschön aus.

Ich kann es nicht länger ertragen.

Seine Lippen sind ganz weich. Es bringt mich beinahe um. Ein paar Momente lang drücke ich meinen Mund auf seinen, spüre mein Herz hämmern. Alles in mir zieht sich zusammen, kribbelt, vor Angst, vor Aufregung.

Dann spüre ich, wie seine Erregung gegen meinen Oberschenkel drückt, und ich keuche leise.

»Ich wünschte, wir wären allein«, flüstert er an meinen Lippen. Er klingt ein bisschen atemlos.

Ich glaube, ich sterbe. Ich glaube, ich bin mehr als nur verliebt.

»Ja.«

Sanft beißt er mir in die Unterlippe – und ich kann mich nicht länger beherrschen. Ich presse mein Becken gegen seins, mache ein verzweifeltes Geräusch, irgendwo zwischen Qual und Lust.

Er schlingt seine Arme um mich und zieht mich auf sich, sodass meine Knie links und rechts von ihm sind, küsst mich wild und ungestüm.

Ich vergrabe meine Hände in seinen Haaren, vergesse zu atmen, als er stöhnt. Ich will ihn. Mehr als alles andere. Ich kann es nicht mehr aushalten, das zu verheimlichen.

»Zieh dein Shirt aus«, sagt er keuchend, bevor er am Saum meines Oberteils zieht. Ich ziehe es mir über den Kopf, bevor ich mit zitternden Fingern versuche, sein Hemd aufzuknöpfen. Ich bin ein bisschen betrunken und die Aufregung hilft nicht. Es dauert ewig, bis ich alle Knöpfe geöffnet habe. Bewundernd und atemlos streiche ich über seine Brust, fühle seinen Puls unter meiner Hand, presse meine Lippen wieder auf seine. So viel Promille kann ich allerdings nicht im Blut haben, denn meine Jeanshose ist verdammt unbequem geworden.

Er schiebt mich zurück, um das Hemd auszuziehen, und schlingt die Arme erneut um mich. Ich komme nicht damit klar, so viel Haut von ihm zu spüren. Wir fallen zurück auf die Matratze, lachen. Unsere Zähne stoßen gegeneinander, aber dann küssen und küssen und küssen wir uns erneut. Ich habe noch nie jemanden so wild geküsst. Die Hitze fließt durch meinen Körper. Ich kann keinen klaren Gedanken formulieren, als er mich auf das Bett drückt, sodass ich unter ihm liege. In meinem Kopf existiert nur noch ein Wort: *Endlich.*

Ich streiche über seinen Rücken, spüre seine warme Haut. Mein Körper ist hin- und hergerissen zwischen Gänsehaut und Verbrennen.

Dann beginnt Nadim, meinen Hals zu küssen, und ich atme überrascht aus. »Oh –«

Er hält inne, sieht mir in die Augen. Seine Wangen sind gerötet, seine Haare sind unordentlich. Vielleicht habe ich noch nie so sehr mit jemandem schlafen wollen.

»Was ist?«, frage ich leise. »Warum hast du aufgehört?«

»Willst du das hier wirklich?«, fragt er zurück.

Ich lächele gequält. »Ich hoffe, *du* bereust das morgen nicht.«

Er küsst mich weiter, meinen Mund, mein Kinn, meinen Hals. Seine Lippen fühlen sich an wie Poesie auf meiner Haut, wie Fallen und Schweben gleichzeitig. Es kitzelt, auf eine gute Art und Weise. Ich stöhne leise, lasse meinen Kopf zur Seite fallen. »Nadim.«

»Ich will dich«, flüstert er.

Ich dich auch.

»Wenn wir allein wären, würde ich dich jetzt weiter ausziehen.« Er küsst mich unter meinem Ohr, leckt die Seite meines Halses hinauf. »Aber vielleicht sollten wir gleich mal zurück zu den anderen. Ich schätze, sie fragen sich so langsam, wo wir sind.«

»Okay.« Er hat recht, leider.

Ich sehe zu ihm hoch. Seine Lippen sind rot und ein bisschen geschwollen. Unweigerlich stelle ich mir vor, wie es wäre, jetzt mit ihm zu schlafen. Ich denke, es wäre eine Mischung aus langsam und sanft, Atemlosigkeit und Hitze und *Sieh mich an, sieh mich an.*

Am liebsten würde ich ihn nie wieder loslassen. Und ihn fragen, was jetzt aus uns wird.

Aber beides erscheint mir gleich unmöglich.

Kapitel 29

Ich gehe ins Badezimmer, während Nadim in der Küche verschwindet.

Vor dem Waschbecken bleibe ich stehen. Ich starre den Jungen im Spiegel an, sehe ihm in die glasigen, blaugrauen Augen. Die Pupillen sind geweitet. »Okay«, flüstere ich. »Okay.«

Aber es ist nicht okay. Mir ist ein bisschen schwindelig. Meine Haut klebt vom kalten Schweiß und mein Herz und meine Gedanken rasen. Ich habe absolut keine Ahnung, was noch passieren wird zwischen Nadim und mir. Alles in meinem Kopf ist Chaos. Ich muss mich daran erinnern, zu atmen.

»Du wirst ihn nicht verlieren«, sage ich zu dem Jungen im Spiegel. Mein Blick wandert über sein müdes Gesicht, seine geröteten Wangen und seine breite Nase, deren Seitenprofil ich noch nie mochte.

Er seufzt.

Wir schließen die Augen.

Ich habe so verdammt große Angst, einen Fehler begangen zu haben.

Ich habe auch Angst davor, mir etwas anmerken zu lassen, als Nadim und ich wieder bei den anderen sitzen. Zum Glück wird Flanna so sehr von Yuji abgelenkt, dass nicht mehr viel Aufmerksamkeit für mich übrigbleibt. Sie wirkt lediglich erleichtert, als sie Nadim und mich nach dem kleinen Drama am Tisch zusammen lachen sieht.

Ich trinke zu viel, weil Nadims Lächeln mir weiche Knie beschert, weil ich will, dass diese Nervosität *aufhört*. Ich habe Angst vor morgen, Angst davor, was passiert, wenn wir wieder nüchtern sind. Irgendwann ist mir so schlecht, dass ich mich auf die Couch lege und die anderen allein weiterspielen lasse. Ich schlafe ein – und als ich wieder aufwache, sind Nadim, Linda, Flanna und Yuji gerade dabei, *Cards Against Humanity* zu spielen.

»Nein!«, schreit Nadim. »Ich hab diese eine Karte gezogen, die mir Albträume bereitet!« Er zeigt sie allen, was Linda zum Stöhnen bringt. Flanna und Yuji verziehen das Gesicht.

»O mein Gott«, sagt Yuji angeekelt.

»E-kel-haft, oder?« Nadim hat einen Lachkrampf. »Ich glaub, ich muss kotzen, wenn ich mir das noch länger vorstelle.« Er lallt definitiv. »Überleg ma!«

»Okay … vielleicht sollten wir nach Hause gehen.« Linda seufzt tief. »Warum bist du so hardcore besoffen?«

»Ich doch nich.« Er greift nach einem Glas, aber Linda nimmt es ihm weg. »Ey! Das war doch nur Cola!«

»War es nicht. Gott. Wir gehen jetzt. Wolf hat auch keine Lust mehr auf uns und dein Rumgeschreie.« Sie grinst mich an.

Nadim dürfte gern hierbleiben und heute Nacht neben mir schlafen. Aber das behalte ich lieber für mich. »Definitiv.«

Nadim schmollt.

Als ich ihn und Linda verabschiede, lächelt er mir allerdings zu. Er sieht echt fertig aus. »Tschüss, Wolfie.«

Ich schaffe es, zurückzulächeln. »Schreibt, wenn ihr zu Hause seid.«

Nachdem auch Yuji und Flanna gegangen sind und ich ein bisschen Ordnung in die Wohnung gebracht habe, lege ich mich ins Bett. Vor ein paar Stunden habe ich hier mit Nadim gelegen.

Ich versuche, mir gut zuzureden. In mir ist ein einziges Chaos aus Angst und Sorgen und Erleichterung. Ich habe ihn geküsst. Er hat mich geküsst. Unsere Freundschaft hätte so schnell nichts zerstören können, aber jetzt?

Das, was wir jetzt sind, ist ein Drahtseilakt.

Was, wenn er mich nur geküsst hat, weil er gemerkt hat, dass seine Worte mich verletzt haben? Weil er es wieder gutmachen wollte?

Weil er betrunken war? Was, wenn er in ein paar Wochen merkt, dass seine Gefühle für mich nicht anhalten? Was, wenn Nils ihn besuchen kommt und er merkt, dass er Nils lieber mag? Was, wenn er mich nur geküsst hat, weil er sich nach Nähe und einer Beziehung sehnt, aber nicht, weil er wirklich in mich verliebt ist?

Wenigstens muss ich dieses Geheimnis nicht länger mit mir herumschleppen. Wenigstens weiß er jetzt, was ich fühle.

Wenigstens das.

*

Er schreibt mir am nächsten Mittag.

> **Nadim**
> hey wolfie

> **Nadim**
> u awake?

> **Wolf**
> yes

> **Nadim**
> let's go for a drive tomorrow

> **Nadim**
> muss leider heute erstmal nüchtern
> werden lol

Es ist längst dunkel, aber die Nacht ist sommerlich warm, als Nadim mich am nächsten Tag abholt. Mein Herz trommelt gegen meine Rippen, schlägt mir bis zum Hals, als ich zu ihm ins Auto steige. Den ganzen letzten Tag stand ich unter Strom, komplett angespannt. In meinem Kopf sitzt eine riesige Sorgenwolke, die alles vernebelt.

Allerdings weiß Nadim jetzt endlich, endlich von meinen Gefühlen für ihn. Trotz der Angst, die sich in mir eingenistet hat, fühlt es sich mittlerweile auch so an, als wäre mir ein schweres Gewicht von den Schultern genommen worden. Er weiß es jetzt. Kein Verstecken mehr. Nur noch die Wahrheit, egal, wie weh sie noch tun wird.

»Hey«, begrüße ich ihn.

Er trägt ein schwarzes Shirt und ein viel zu süßes Lächeln. Meine Handflächen sind schweißnass. Ich glaube, ich war noch nie in meinem Leben so nervös.

»Hey«, sagt er. »Alles gut?«

»Ja, bei dir?«

Er nickt und fährt los, sobald ich mich angeschnallt habe, Richtung Westfalendamm. Ich weiß nicht, wo er hinwill, und es ist mir egal. Mit ihm im Auto zu sitzen ist genug, solange er endlich etwas sagt. Zu vorletzter Nacht. Zu uns.

Die Zeit vergeht. Eine seiner CDs spielt. Ich kenne den Song. *Ride*. MILKK.

Jede Minute, die abläuft, fühlt sich mehr wie Fallen an. Wie gefangen zu sein in einer Abwärtsspirale. *Sag was. Sag was, sag was, sag was. Rede mit mir.*

Doch er bleibt stumm. Und so langsam bekomme ich Angst. Noch mehr Angst. Ich habe unsere Freundschaft ruiniert, oder? Es wird nie wieder so sein, wie es vor dem Kuss war.

Ich bin hunderte Male durchgegangen, was er zu mir gesagt hat, während wir uns geküsst haben. Ich kann mich nicht an alles erinnern, aber ich bin mir sicher, dass er kein einziges Mal gesagt hat, dass er Gefühle für mich hat. Er war wahrscheinlich nur horny und betrunken, und ich … ich der Einzige, der wirklich verliebt ist.

Und jetzt ist alles seltsam zwischen uns. Ich habe das Schönste, was ich je besessen habe, einfach aus dem Fenster geschmissen.

Wir fahren auf die Autobahn. Nehmen die erste Ausfahrt. Biegen noch einmal ab.

Er sagt noch immer nichts, sucht ganz sicher nach den richtigen Worten, um mir zu sagen, dass er mich nicht will. Ich kann nicht stillsitzen. Mein Magen dreht sich um.

Doch dann parkt er den Wagen am Straßenrand und lächelt mich schief an. Wir sind in der Nähe der Wiese, auf der wir vor einer gefühlten Ewigkeit morgens Fotos gemacht haben. »Ich dachte, wir gehen ein bisschen spazieren. Die Stadt funkeln sehen und so.«

»Okay«, sage ich zögerlich.

Niemand macht Anstalten, auszusteigen.

Ich sehe in seine dunklen Augen. Er sieht wortlos zurück.

Nein. Er sieht stumm zurück, nicht wirklich wortlos. Sein Blick sagt so viel. Er ist weich. Liebevoll. Und voller Unsicherheit.

Vielleicht bilde ich mir das aber auch nur ein. Wunschdenken kann die Realität ganz schön verzerren.

Ich presse die Lippen aufeinander und lehne den Kopf an den Sitz hinter mir, schaue nicht weg. Sterbe ein wenig. Denke: *Wie kann man so schön sein?* Denke: *Ich liebe ihn.* Denke: *Mottenherz.*

Er zieht die Augenbrauen zusammen. »Wolf.«

Frag, was mir vorletzte Nacht bedeutet hat. Frag, ob ich dich liebe. Sag, dass du mich liebst. Küss mich. Bitte. Mach einfach irgendetwas.

Ich warte. Lasse ihn entscheiden, was er als Nächstes tun wird. Mein Herz klopft mir bis zum Hals. Ich verfluche mich dafür, solche Angst zu haben. Sie lähmt mich. Ich kann es nicht über mich bringen, ihn selbst zu küssen.

Er bewegt sich ebenfalls nicht.

Schließlich sieht er weg, schaut auf seine Hände. Er hat sie wieder auf das Lenkrad gelegt und wirkt, als würde er am liebsten davonfahren. Ohne mich.

Ich halte es nicht länger im Auto aus. Abrupt öffne ich die Tür und flüchte nach draußen in die Dunkelheit. Das reißt ihn aus seiner Trance, denn er folgt mir einen Augenblick später.

»Okay«, sagt er und kratzt sich am Kopf. »Sollen wir auf die Autobahnbrücke?«

Ich gehe schulterzuckend los.

Auf der Brücke angekommen, lehne ich mich ans Geländer und betrachte die leuchtende Stadt in der Ferne. Unter uns rauschen die Autos, der Nachtwind weht durch unser Haar.

»Ist alles okay mit dir?«, fragt Nadim leise. »Du bist so still.«

»Selber«, erwidere ich. Ich atme tief aus. »Es ist nichts. Ich hab nur Kopfschmerzen.«

»Okay.« Er lehnt sich neben mir ans Geländer. »Aber nicht immer noch vom Alkohol, oder? Ich hatte aber auch übel den Kater gestern. Hab sechs Tassen Kaffee getrunken.«

Ich lache auf. »Heftig. Ich hätte einen Herzinfarkt bekommen.«

»Musste sein. Ich hab so einen Filmriss. Ich hab keine Ahnung, wie ich nach Hause gekommen bin, ich weiß nur noch, dass ich mich übergeben musste.«

»*Was?*« Ich sehe ihn erschrocken an. »Was hast du denn alles vergessen?«

Er sieht lachend nach unten zur Straße. »Keine Ahnung. Woher soll ich wissen, was ich vergessen habe?«

Mein Herz schlägt schneller. Ich schlucke, aber mein Mund ist mit einem Mal unangenehm trocken. »True.«

»Ich glaube, es ist nicht wenig.«

Mir wird heiß. Und dann ganz kalt.

Bitte, bitte hab nicht vergessen, dass du mich geküsst hast.

»Hab auch nicht mehr alles in Erinnerung«, sage ich langsam, während die Panik sich in mir ausbreitet.

Ich kann ja immer noch zurücklenken, falls er sagt, dass er sich noch an unsere Küsse erinnert. »Kann mich nicht wirklich an das Ende erinnern.«

Nadim schluckt. »Ja. Ich hab so alles ab Mitternacht vergessen, schätze ich.«

Nein. Ich lache erneut. Ich kann nicht anders. »Könnte passen.«

Er hat es vergessen.

Ich habe die ganze Zeit darauf gewartet, dass mir der Boden unter den Füßen weggerissen wird. Und jetzt ist es passiert, und obwohl ich es erwartet habe, komme ich nicht klar.

Denn er hat mir nicht gesagt, dass es vorbei ist. Dass er keine Gefühle für mich hat. Er hat mir nicht gesagt, dass ich mir keine Hoffnungen machen soll. Dass ich ihn in Ruhe lassen soll. Dass wir keine Freunde mehr sind.

Er hat die ganze fucking Nacht vergessen.

Es ist alles umsonst gewesen. Die Angst und das Aufbringen dieser unglaublichen, gigantischen Menge an Mut. Ich habe alles aufs Spiel gesetzt und ihm gezeigt, wie viel er mir bedeutet – dass er mir alles bedeutet. Und er hat es vergessen?

Ich bin wieder ganz am Anfang? Fange wieder bei null an?

Ich kann nicht mehr.

»Ich trinke nie wieder so viel, Alter«, sagt Nadim.

Vielleicht sollte ich es auch als zweite Chance betrachten. Ich betrachte den Fernsehturm in der Ferne, der heute pinkfarben beleuchtet wird. Mein Hals ist wie zugeschnürt.

Der Kuss hätte sicher alles ruiniert. Und jetzt ist es so, als wäre nie etwas passiert, oder? Für ihn zumindest. Ich muss damit leben, niemals wieder jemand anderes küssen zu wollen, nachdem ich weiß, wie es ist, von ihm geküsst zu werden. Es tut so weh, aber vielleicht ist es besser so.

Und dennoch. Ich dachte, es gäbe jetzt keine Geheimnisse mehr zwischen uns.

Nadim stupst mich an. »Gehen wir weiter?«

Mit seiner kleinen Berührung kommen die Erinnerungen von der Party in einer neuen Welle über mich. Wie er mich an sich gedrückt hat. Seine Lippen auf meinen, die Umarmungen ohne Shirts, seine Haut auf meiner.

Und er hat es vergessen.

Ich bemühe mich, nicht zu ertrinken.

»Oha, Wolf! Schau dir den Mond an.«

Mein Blick folgt seinem ausgestreckten Arm. Der abnehmende Mond hängt am dunklen Himmel.

Ich hasse es, dass ich mich gerade genauso fühle, wie dieser Mond aussieht. Als wäre ein Loch in mich gerissen worden.

Als wäre ich nicht mehr ganz.

Kapitel 30

Als ich endlich wieder zu Hause bin und mich unter meiner Bettdecke verkrochen habe, breche ich beinahe in Tränen aus. All die Wochen, in denen ich meine Gefühle verstecken musste. Das Luftanhalten und die Was-mache-ich-jetzt-Momente. Ich dachte, es wäre endlich vorbei.

Ich kann es nicht noch einmal machen. Ich kann Nadim nicht noch einmal meine Gefühle gestehen.

Die nächsten Tage verschwimmen zu einem Meer aus Müdigkeit und Mutlosigkeit. Als Nadim mir das nächste Mal schreibt, will ich gar nicht antworten. Aber wie sollte ich das erklären? Ich kann ihn nicht ghosten. Nicht mal für ein paar Tage.

Er verdient das nicht.

> **Nadim**
> es ist sooooo warm, ich kann nicht schlafen

> **Nadim**
> hast du lust auf ein abenteuer?

Außerdem vermisse ich ihn viel zu sehr.

Wolf

okay

*

»Jemals im Dunkeln geschwommen?«, fragt er, als wir mitten im Nirgendwo geparkt haben.

Wir stehen zwischen ein paar Bäumen herum. Hinter ihnen sehe ich den Fluss träge glitzern. Der Halbmond scheint blass und silbern.

»Nein«, antworte ich leise.

»Ich auch nicht.« Ich kann hören, dass er grinst. »Aber es gibt für alles ein erstes Mal, oder?«

Schulterzuckend folge ich ihm den kleinen, ausgetretenen Pfad, der sacht im dunklen Gras leuchtet, zum Ufer hinab. Die Nachtluft ist schwül und warm.

»Frierst du schnell?«

Ich ziehe die Nase hoch. »Keine Ahnung.«

Er lacht und zieht sich das Shirt über den Kopf. Im Dunkeln kann ich ihn nur schemenhaft erkennen, aber ich drehe mich trotzdem zur Seite.

»Wie tief ist das Wasser?«, frage ich, den Blick auf den Fluss gerichtet.

»Keine Ahnung, ich war hier nur mal picknicken, vor Jahren.« Er kickt seine Sneakers ins Gras.

Ich werfe ihm einen Blick zu, sehe sofort wieder weg. Er öffnet seinen Gürtel.

»Was wird das hier? Nacktbaden?«, frage ich.

Er sieht mich an. »Joa.«

»Ja, das will ich nicht wirklich.« Ich verschränke die Arme.

Lachend knöpft er seine Hose auf. »Du kannst ja auch in Klamotten ins Wasser springen.«

»Warum müssen wir ins Wasser?«

»Ist dir nicht auch warm?«

»Nee.«

»Vertrau mir.«

Ich schnaube, belustigt und genervt zugleich. »Ich vertraue Leuten schon nicht gerne blind, aber blind *und* nackt?«

»In Boxershorts. Und warum blind?« Er lacht und watet ins Wasser. Seinen Körper kann ich hier ohne viel Licht zwar noch ausmachen, aber der Himmel beginnt, sich zuzuziehen. In den Büschen hinter mir raschelt es. Ich beeile mich, Nadim zu folgen.

»Aber dann sind meine Boxershorts nass! Und ich muss meine Hose doch gleich wieder anziehen!«

»Ja und? Leb doch mal ein bisschen!«

Na toll.

Das Wasser ist kalt. Eisig kalt.

»Ah! Shit! Nadim!« Ich lache gequält, als ich bis zu den Oberschenkeln im Fluss stehe und meine Zähne zu klappern beginnen. Der Untergrund ist glitschig und ich will nicht wissen, was meine Füße alles berühren.

Er rutscht aus und fällt mit einem Schrei ins Wasser. Ich lache erneut, schadenfroh, doch dann schubst er mich und ich verliere ebenfalls das Gleichgewicht.

Alles in mir zieht sich zusammen, als ich vollständig unter der Wasseroberfläche verschwinde. Für einen Moment umgibt mich die Kälte, allumfassend, bevor ich wieder auftauche und nach Luft ringe.

Er lacht laut. Ich knurre.

Aber als er aufhört zu lachen und ich zitternd hin- und herschwimme, fällt mir auf, wie ruhig es hier ist. Rabenschwarz und ruhig.

Die einzigen Geräusche sind die des Wassers und unserer Bewegungen, leiser die unserer Atemzüge. Im hohen Gras am Ufer zirpen die Grillen.

Die Dunkelheit um uns herum ist friedlich und sanft, die Stille nach der lauten Stadt ungewohnt.

Das hier ist die Art Dunkelheit, die wiederbelebt, nicht die, die einschläfert.

Niemand sagt ein Wort. Ich lausche dem Murmeln des Flusses und dem Wispern der trockenen Blätter um uns herum. Da ist kein flatternder Fahrtwind mehr, keine brüllenden LKW. Die drückende Hitze des Tages ist verschwunden und alles, was geblieben ist, sind Nadim und die Nacht. Heute trägt sie ihr schönstes Kleid und singt ihr ruhigstes Lied, und sie umarmt uns und lullt uns ein, aber nicht, damit wir schlafen, sondern damit wir träumen.

Ich lasse die Gedanken schweifen. Von Nadim und meinen Gefühlen für ihn zu der Frage, ob wir uns in ein paar Jahren noch kennen werden. Und dann bemerke ich, dass die Wolkendecke über uns langsam wieder aufreißt. Die Strömung zieht sacht an mir. Nadim neben mir schaut ebenfalls zum Himmel hinauf.

Die Nacht selbst beginnt, sich wie ein Traum anzufühlen, wie ein Tagtraum, Wunschtraum. Wie das Wandern von Gedanken an Orte, die es so nicht gibt, die nicht existieren, nicht real sind. Diese Nacht fühlt sich an, als würde ich wandeln zwischen Aufwachen und Wegdriften, zwischen Wachsein und Schlafen. Wirklichkeit und Wunsch verschwimmen.

Er dreht sich zu mir, eine einzige, winzig kleine, unbedeutende Bewegung. Ich sehe zu ihm hinüber, nur aus den Augenwinkeln. Das kühle Wasser schwappt über seine Schlüsselbeine.

Meine Fantasie streckt ihre Hände aus und streicht behutsam über seine Schultern, die Kurve seines Halses hinauf und über die Kante seines Kinns. Seine Haut ist Spätjuli oder August, Wärme, Abendleuchten. Ich will mein ganzes Sein mit dem Gefühl füllen, wie es ist, ihn zu berühren.

»Sterne«, flüstert er, den Kopf in den Nacken gelegt.

Ich bin nichts mehr außer Sehnsucht.

Ich bin gewöhnt an Fernweh und Einsamkeit, aber das hier habe ich noch nie gefühlt. Meine Hände brauchen ihn zum Halten, fühlen sich so leer an.

Ich durchkämme die Wellen mit wehmütigen Fingern.

Der Wind weht den Fluss hinab und streicht anstelle meiner Hände durch sein Haar.

»Boah, okay, es ist echt kalt.« Er schüttelt sich, wischt eine nasse Strähne aus seiner Stirn. »Ans Ufer?«

»Ja«, sage ich rau.

Über uns schreit ein Vogel. Nadim macht überrascht einen Schritt zur Seite. Sein Ellenbogen streift meine Rippen.

Ich atme aus.

»Sorry«, raunt er. Er streicht flüchtig über mein Handgelenk.

Ich habe vergessen, dass Haut brennen kann, nur durch eine Berührung. Selbst unter Wasser, ganz ohne Flammen.

Kapitel 31

Er bringt uns in die Stadt zurück und lässt mich vor der Wohnung meiner Eltern raus. Ich habe keine Ahnung, wie ich mein Herz noch länger zusammenhalten soll. Es bricht auseinander und ich kann nichts dagegen tun.

So darf es nicht weitergehen.

Aber ich kann nicht noch einmal den beschissenen Mut zusammenkratzen und ihm von meinen Gefühlen erzählen. Nicht noch einmal auf seine Antwort warten. Nüchtern schon gar nicht. Auf der Party hat er mich darum *gebeten*, ihn zu küssen. Ich glaube nicht, dass es noch einmal so leicht sein wird, und schon da hat es mich so verdammt viel Überwindung gekostet.

Ich schleppe mich die Treppen zur Wohnung meiner Eltern hinauf und begrüße Jens, der mich wedelnd abschnüffelt. Müde schäle ich mich aus meiner Jacke und ziehe mir trockene Boxershorts und eine Jogginghose an. Dann gehe in die Küche, um etwas zu trinken. Die Balkontür steht offen und der warme Sommernachtwind weht herein. Unten im Hof sitzen die Nachbarn zusammen. Sie lachen ausgelassen.

Ich lasse mich am Küchenschrank entlang auf den Boden gleiten. Die Tränen sind einfach zu viele und ich kann sie nicht länger zurückhalten.

»Fuck«, flüstere ich und verberge mein Gesicht in den Händen.

Ich kann nicht glauben, dass es so schwer ist, es ihm zu sagen. Er ist *die* Person für mich. Vor ihm wusste ich nicht einmal, dass es keine Frau sein muss, und dann war er plötzlich da.

Ich wünschte, ich könnte ihn meinen Freund nennen.

Mit ihm kann ich Lorde hören und denken, dass *Perfect Places* für mich all die Orte sind, die wir in seinem Auto erreichen. Wegen ihm gibt es diese Nächte, in denen sich alles richtig anfühlt, diese Nächte, in denen ich verschlungen werde von Sehnsucht. Ich würde immer einen Grund finden, mit ihm Zeit zu verbringen. Und ich brauche nicht mal einen Grund. Wir können einfach sein, existieren, ohne Grund, ohne Fragen.

Ich fühle mich wie in einem Coming-of-Age-Film, nur dass ich schon zwanzig bin und verdammt noch mal den Mut haben sollte, ihm meine Gefühle zu gestehen. Er mag Gedichte und Worte und hat das wundervollste Lächeln. Ich will ihn bei mir haben, wenn ich meine Ruhe vor der Welt und allen anderen Menschen haben will, und das sagt eigentlich alles. Ich werde nie wieder jemandem wie ihm begegnen.

Nie wieder.

Ich muss ihm erzählen, wie viel er mir bedeutet.

Stattdessen fliegen meine Gedanken fort, zurück zum Fluss, formen Verse. Ich bin fast zu müde, sie umzuformen und in meiner Notizapp aufzuschreiben.

> bruises under my eyes like evening skies in june, july
> it's hard to sleep at night when all i'm dreaming of is you, in
> the river, in the fading light
> we're wrapped in shadows, stuck in the in-between
> dusk and longing and cicadas and willow trees
> i want you and your mouth and your hands and your teeth
> my heart feels raw and frayed at the seams

Mit ihm kann ich Zeit verschwenden, Stunden um Stunden, und es fühlt sich nach Leben an.

Aber bloße Freundschaft wird dennoch nie reichen, oder? Es ist nicht genug, obwohl bei ihm zu sein *alles* ist. Es wird niemals genug sein.

Wütend schluchze ich auf. Ich will weggehen. Verschwinden. Ich will nicht dabei zusehen, wie alles zerbricht.

Und dann ist da wieder das Wasser, das den ganzen Raum ausfüllt. Es füllt die gesamte Küche, obwohl die Tür offensteht, und ich habe keine Kiemen. Ich ertrinke.

»Huch«, sagt Mama. »Wolfie.«

Ich sehe zu ihr auf. Sie steht barfuß in der Küchentür, nur in einem Nachthemd.

»Lass mich allein«, sage ich.

Wolfie.

»Was ist denn los?« Mama kniet sich neben mir auf die Fliesen. Ihre Hände streichen besorgt über meine Schultern, mein Haar, als würden sie nach der Stelle suchen, die verletzt ist.

Die Wahrheit ist: Alles tut weh.

Ich atme aus. »Ich … liebe jemanden«, flüstere ich. »Und ich kann es nicht zeigen, weil …«

Das hier ist nicht der Moment, in dem ich mich outen werde. Nicht hier, nicht jetzt. Vielleicht erst in ein paar Jahren. Ich bin noch nicht bereit. Es würde nur den Fokus auf den Fakt legen, dass Nadim ein Junge ist. Dabei geht es hier um etwas ganz anderes.

Ich atme tief ein. »Ich kann meine Gefühle nicht zeigen, weil sie und ich befreundet sind und ich noch nie so eine gute Freundschaft erlebt habe und ich solche Angst habe, sie zu verlieren. Solche Angst. Ich glaube ganz fest daran, dass wir Freunde fürs Leben sind.

Ich kann es nicht riskieren, sie zu verlieren. Liebesbeziehungen zerbrechen irgendwie immer. Es ist so magisch und wunderschön, mit ihr befreundet zu sein, und trotzdem ist es nicht genug. Ich hasse mich dafür. Ich will – ich will mehr. Aber dann auch wieder nicht. Und letztens …«

»Was war letztens?«, fragt Mama leise.

»Wir waren betrunken. Ich hab sie geküsst.«

»Und was hat sie getan?«

»Sie hat mich zurückgeküsst.« Ich schließe kurz die Augen.

»Okay.« Mama klingt zögerlich. »Und warum hast du gerade geweint?«

»Ich hab die ganze Nacht gedacht, ich hab einen Fehler gemacht und – und dann hat sie mir erzählt, dass sie –« Ich schlucke hart. Die Tränen treten erneut in meine Augen. »Dass sie einen Filmriss hat und sich an nichts mehr erinnern kann.«

»O Wolfie«, sagt Mama. »Das ist doch halb so schlimm.«

»Es ist mega schlimm für mich!«

»Du kannst ihr doch vorsichtig erzählen, was passiert ist, und sie fragen, ob sie das noch einmal tun würde.«

»Nein! Ich hab dann gesagt, dass ich auch alles vergessen habe.« Ich schluchze auf. »Und ich kann das nicht noch mal! Es tut so weh, mit i-ihr zusammen zu sein! Bei ihr zu sein! Ich will sie niemals verlieren und das wird sowieso passieren, wenn wir alles verkomplizieren würden und ein Paar wären! Ich will s– ihr bester Freund sein und – immer da sein! Aber wenn sie andere küsst, kann ich es nicht ertragen. Aber ich hatte noch nie so eine Freundsch-schaft! Ich war immer allein!«

Mum rutscht neben mich und lehnt sich an die Unterschränke der Küche. Eine Weile sitzen wir so in der Dunkelheit. Die Nachbarn unten lachen und reden noch immer. Jens läuft hechelnd durch die Küche und legt sich auf den kühlen Balkon. Ich bemühe mich, leiser zu weinen.

»Schau mal«, sagt Mama schließlich. »Du bist doch jetzt total unglücklich. Mit der ganzen Situation. Du musst vielleicht akzeptieren, dass dir eine einfache Freund- schaft mit … diesem Mädchen … wehtut. Ich denke, du solltest es versuchen und ihr deine Gefühle zeigen. Noch einmal. Nüchtern. Wenn dein Herz dir die ganze Zeit wehtut, kann das doch nicht das Wahre sein. Riskier es. Vielleicht mag sie dich ebenso sehr und ihr werdet eine wundervolle Beziehung haben.« Sie streicht mir über den Kopf. »Eure Freundschaft scheint aus meiner Perspektive nicht ideal zu sein, ehrlich gesagt. Du trauerst da, glaube ich, einer Sache hinterher, die es so nicht mehr gibt. Du liebst sie und du kannst es nicht ändern. Also versuch, mehr aus der Freundschaft zu machen.«

Ich schniefe verzweifelt. »Und dann zerbricht alles und ich verliere sie für immer.«

Sie stupst mich an. »Oder aber … es wird alles gut und du wirst wieder glücklich. Manchmal muss man etwas wagen, um glücklich zu werden.«

»Ich weiß doch nicht mal, ob sie mich auch mag. Und wenn doch, dann … hält die Beziehung doch sowieso nicht lange.«

»Wer sagt das denn?«

Ich zucke mit den Schultern.

»Wenn es dir jetzt so schlecht geht damit«, flüstert sie, »wie willst du diese Freundschaft dann aufrechterhalten? Ich glaube, Veränderung ist hier ein Muss, oder nicht?«

Mama hat recht. Die Freundschaft mit Nadim tut mir nur weh. Vielleicht muss ich mich wirklich überwinden.

Aber wie soll ich das anstellen?

Ich denke die halbe Nacht darüber nach.

Ich habe nur zwei Optionen, oder? Ihm meine Gefühle gestehen – oder ihm den Rücken zukehren und zulassen, dass wir auseinanderdriften, weil ich es nicht mehr ertragen kann, in seiner Nähe zu sein. Er wird irgendwann merken, dass es mir nicht gut geht, wenn ich nichts unternehme.

Und bei diesen zwei Optionen bleibt mir keine wirkliche Wahl.

Ich muss es ihm sagen.

Am nächsten Morgen weiß ich auch, wie.

Kapitel 32

Zwei Tage später will ich meinen Plan in die Tat umsetzen. Die Stadt ist voller Menschen in bunten Sommerkleidern und Shorts und Muskelshirts.

Während ich durch die Einkaufsstraße laufe, versuche ich, das seltsame Gefühl in meinem Magen zu ignorieren, die Stimme in meinem Kopf, die sagt: *Er hat dir seit gestern Morgen nicht mehr geantwortet.*

Was, wenn Nadim wieder eingefallen ist, was zwischen uns passiert ist? Sind die Dinge, die man durch einen Filmriss vergisst, für immer weg? Oder kann man sich doch noch an sie zurückerinnern? Vielleicht antwortet er deshalb nicht mehr.

Normalerweise würde ich mir keine Sorgen machen, aber Nadim hat meine Nachrichten noch nie lange unbeantwortet gelassen. Kein einziges Mal.

Ich durchsuche ein paar Läden, bis ich das passende Notizbuch gefunden habe. Ich sehe es – und ich weiß, dass es das richtige für Nadim ist. Auf das dunkelblaue Cover sind Planeten und Sterne gedruckt, zwischen denen sich eine Straße hindurchschlängelt. Ein einsames Auto fährt darauf.

Ich will es mit all den Gefühlen füllen, die ich für Nadim empfinde.

Er verdient ein ganzes Buch voller Gedichte über ihn. Ich weiß, dass er es lieben wird, egal, ob er mich liebt oder nicht. Es soll das Beste sein, was er jemals bekommen hat. Das Ehrlichste. Etwas, das er nie vergisst, egal, wie viele Liebeserklärungen er noch von anderen Leuten erhalten wird.

Dass er mir nicht geantwortet hat, liegt mir allerdings schwer im Magen – und ich bin sowieso schon ein einziges Nervenbündel. Dabei war unser Chat ganz normal, bis er nichts mehr geschrieben hat.

> **Wolf**
>
> hey, kommst du morgen abend zu mir?

> **Nadim**
>
> hab morgen leider keine zeit :((ist was dazwischen gekommen

> **Wolf**
>
> oh okay, wann hast du denn zeit?

> **Wolf**
>
> bzw lust?

Ich habe ein *ich hab immer lust, was mit dir zu machen* erwartet. Keine Funkstille.

Der Chat liegt jetzt gute dreißig Stunden zurück.

Ich bin gerade auf dem Weg zur U-Bahn und gehe an einem Café vorbei, als ich einen bekannten hellblonden Hinterkopf aus dem Augenwinkel erkenne. Ich registriere es erst ein paar Sekunden später. Ist das Nadim? *Hier?*

Verwirrt drehe ich mich zu dem Jungen um.

Er ist es. Ich würde ihn überall erkennen, auch von hinten. Und ihm gegenüber sitzt – Nils.

Ich atme aus.

Nils flirtet so offensichtlich mit Nadim, dass mir übel wird. Er lacht und hat eine Hand auf Nadims Arm gelegt. Zwischen uns sind zu viele Menschen und Tische, zu viel Entfernung, als dass ich sie hören könnte, aber es ist glasklar, dass Nils etwas von Nadim will.

Deshalb hat Nadim nicht geantwortet. Warum hat er nicht geschrieben, dass Nils kommt?

Sind sie auf einem Date? Nadim weiß, dass ich Nils nicht mag. Und wenn mein Kumpel meinen Crush nicht mögen würde, dann würde ich ihm vielleicht auch nicht erzählen, dass ich mit meinem Crush verabredet bin.

Ich greife meinen Stoffbeutel mit dem Notizbuch darin fester.

Nadim lacht ebenfalls, kopfschüttelnd. Seine Schultern wackeln.

Mein Hals wird eng.

Ich gehe nach Hause. Wenigstens habe ich jetzt ein Notizbuch, in das ich all meine Gefühle schreiben kann.

du gibst mir deine jeansjacke, denn die nacht ist gerade angebrochen. über uns beginnen die sterne aufzuglimmen.
ich wünschte, du würdest mir alle knochen brechen, und all deine versprechen, und mein herz gleich mit.
ich weiß, das hier klingt nicht nach einem liebesgedicht, aber es ist eins.
schlag mir ins gesicht. bitte. ich will nur für einen moment vergessen, dass ich so verdammt verliebt in dich bin, dass ich sterben könnte.
doch du lächelst mich nur an. weich und sanft und still und leise.
in einem anderen universum nimmst du meine hand und küsst sie. in diesem universum habe ich meine hände zu fäusten geballt.
die nacht riecht nach sommer. mein herz klopft, ein seltsames, blutendes ding.
du sagst meinen namen und ich verliere mein gleich-gewicht und taumele durch die julidunkelheit.
falle. ich schlage nie auf dem boden auf, sondern stürze immer weiter und weiter. endlos.
die angst vor dem aufschlag verlässt mich niemals mehr.

Nadim antwortet mir erst am Abend des nächsten Tages.

> **Nadim**
> wann du auch willst

Aha.

Ich bin so wütend auf ihn, auf mich, auf meine Gefühle und das ganze Universum, dass ich ebenfalls ein paar Tage nicht schreibe. Dann sage ich ihm, dass ich doch keine Zeit habe, mich mit ihm zu treffen, weil ich lernen muss. Was nicht einmal gelogen ist.

Ich vermisse ihn. Er fehlt mir, so sehr. Ich vermisse es, mit ihm zu reden und zu lachen und Auto zu fahren. Mit ihm Musik zu hören. Ich vermisse es, nicht allein zu sein.

Aber ihm jetzt zu sagen, dass ich ihn liebe, traue ich mich nicht mehr. Ich stelle mir vor, wie er Nils küsst. Wie Nils bei ihm im Auto sitzt. Wahrscheinlich haben sie genau das früher auch immer zusammen gemacht. Ihre Beinahe-Beziehung ist doch sowieso nur zerbrochen, weil es Nadim nicht gut ging. Und nicht, weil sie sich gestritten haben oder nicht mehr ineinander verliebt waren.

Ich kann mich nicht noch einmal mit Nadim treffen, ohne ihm zu sagen, was ich fühle. Also fülle ich das Notizbuch mit all den Dingen, die ich ihm nie sagen werde, und lerne und lerne und lerne.

Kapitel 33

»Was ist los mit dir?« Nadim setzt sich im Hörsaal neben mich. Seitdem ich ihm gesagt habe, dass ich lernen muss, ist etwas mehr als eine Woche vergangen.

Ich packe mit klopfendem Herzen meine ausgedruckten Vorlesungsfolien auf die kleine Tischplatte vor mir.

»Warum bist du plötzlich so distanziert? Wolf!«

Ich reiße mich zusammen und wage es, ihn anzusehen. Er sieht verletzt und vorwurfsvoll zurück, die Augenbrauen zusammen-gezogen, die Lippen aufeinandergepresst.

Ich würde ihn am liebsten hier und jetzt küssen. Und danach wegrennen, so schnell ich kann.

»Bin im Stress«, lüge ich. Stimmt ja auch. Emotionaler Stress. »Ist vor jeder Klausurenphase so. Sorry.«

»Die fangen doch erst in zwei Wochen oder so an.«

»Ja und? Ich hab das ganze Semester nichts wiederholt.« Ich drehe mich nach vorn. Ich bin als einer der Letzten in den Hörsaal gegangen, um nicht neben Nadim sitzen zu müssen. Anscheinend hatte er nach den letzten zwei Vorlesungen genug davon und hat dieses Mal gewartet, bis ich mich zuerst setze.

»Okay.« Nadim klingt leider verdammt verständnisvoll. »Ich hab auch ziemlich viel von deiner Freizeit in Anspruch genommen. Tut mir leid.«

»Was? Nein, hör auf.« Ich sehe doch wieder zu ihm. »Mit dir ist es so schön. Ehrlich. Ich brauch nur Zeit für mich zum Lernen. Okay?«

»Ja.« Er stupst mich an. »Ich sollte wahrscheinlich auch mal anfangen.«

Oder mir von Nils erzählen, denke ich. *Aber anscheinend lügen wir uns gegenseitig an.*

Wenn man mit der Gewohnheit gebrochen hat, ständig mit jemandem zu schreiben oder etwas mit jemandem zu unternehmen, wird es immer leichter, sich mit anderen Dingen abzulenken. Ich muss allerdings auch Flanna aus dem Weg gehen, um keine Fragen zu Nadim gestellt zu bekommen. Das ist leichter als gedacht, weil sie ständig Dinge mit Yuji unternimmt. Ihre Instastorys sind voll von Eiscreme und Restaurants und Kino und Spaziergängen und Minigolf und Partys. Immer mit Yujis Usernamen, und immer mit einem Filter namens *Love*.

Es sind einsame Wochen, aber oft ist es sowieso viel zu heiß für Unternehmungen. Doch dann liegt die Klausurenphase hinter mir und ich muss *nur* noch zwei Hausarbeiten schreiben – und Flanna beschließt, eine WG-Party zu schmeißen.

Und sie lädt nicht nur mich ein, sondern auch Mathilda, die sie auf dem Campus getroffen hat. Damit Mathilda neue Leute kennenlernen kann, falls sie mag, und damit ich mit ihr rede.

Und Nadim lädt Flanna ebenfalls ein.

*

Der Gedanke, meine Exfreundin und den Typen, in den ich verliebt bin, wiederzusehen, macht mich verdammt nervös. So nervös, dass ich zehn verschiedene Outfits anprobiere, nur um mich für mein übliches Partyshirt zu entscheiden, ein langweiliges, dunkelblaues Oberteil.

Auf der Party angekommen, begrüße ich Flanna und helfe ihr ein bisschen, Ordnung in die Küche zu bringen, in der sie eben noch Pizzaschnecken gebacken hat. Dann muss Flanna die neu angekommenen Gäste begrüßen, ein paar Leute aus ihrer ehemaligen

Therapiegruppe, und ich schlendere ins Wohnzimmer, um zu schauen, wer sonst so hier ist.

Mathilda ist zu meiner Überraschung schon da.

Sie sitzt allein auf dem Sofa. Ihre hellbraunen Haare sind kürzer, reichen ihr nur noch bis zum Kinn, und ihre Haut ist sonnengebräunt. Sie sieht genauso schön aus wie immer.

Und ein bisschen verloren. Die Diskokugel, die Flanna aufgehängt hat, wirft tausend kleine Lichtpunkte auf sie.

»Hey«, sage ich zu ihr und bleibe vor dem Sofa stehen. Mein Herz klopft schnell und nervös.

Sie lächelt zu mir hoch. »Oh, hey! Ich habe mich schon gefragt, wann du kommst!«

Sie freut sich?

Erleichtert setze ich mich neben sie. Ich bin so froh, jemanden zum Reden gefunden zu haben, und noch viel froher, dass sie nicht wütend auf mich ist.

»Ja, hab nichts zum Anziehen gefunden.« Ich lache verlegen. »Wie geht's dir?«

»Ziemlich gut.« Ihre großen Ohrringe wackeln.

»Das freut mich«, sage ich ehrlich.

»Ich weiß.« Sie stupst mich an. »Und wie geht's dir?«

Mein Gesicht wird warm. »Auch gut.« Etwas unglücklich verliebt, aber das sag ich lieber nicht.

»Hast du schon alle Klausuren geschrieben?«, fragt sie. »Ich war dieses Semester echt früh durch und bin erstmal in den Urlaub gefahren.«

Ich ziehe die Augenbrauen hoch.

»Oh, wohin?« *Mit wem?* »Und ja, mit den Klausuren bin ich durch.«

»Ich war in Wien! Allein, weil ich nun mal verreisen wollte und nicht wertvolle Zeit damit verschwenden wollte, auf jemanden zu warten. Und es war anfangs richtig scary, allein unterwegs zu sein, aber dann war es total schön. Ich war in Cafés frühstücken und in Museen und shoppen und hab ganz viele Polaroids gemacht. Oder machen lassen.« Sie zeigt mir stolz das Bild, das sie hinter ihre durchsichtige Handyhülle geklemmt hat. Es zeigt sie in einem rosa Sommerkleid vor zwei Kutschpferden. »Und jetzt bin ich allein zu dieser Party gekommen. Flanna hat mich gefragt, ob ich kommen will, als wir uns in der Mensa getroffen haben. Das hätte ich früher nicht gemacht. Und ich hab nächste Woche ein Studydate mit einem Mädchen, mit dem ich mich ein bisschen angefreundet habe.«

Ich grinse sie an. Scheint, als hätte sie ziemlichen Redebedarf.

»Klingt mega. You main character.«

Sie lacht und bekommt rote Wangen. »Ja.«

Flanna dreht die Musik lauter und ein paar der anderen Gäste bekunden fröhlich ihre Zustimmung. Das Wohnzimmer füllt sich langsam.

»Ich war letztens in Den Haag«, erzähle ich, während mir wieder einfällt, dass Nadim jederzeit kommen könnte. Gott, ich brauche Alkohol. »Ähm – sollen wir uns was zu trinken holen?«

»Oh, gerne.«

Wider Erwarten ist es zwischen uns kein bisschen unangenehm. Sie erzählt mir von ihren Plänen, in eine neue WG zu ziehen, weil ihre Mitbewohnerin noch immer so schrecklich ist. Es tut gut, wieder mit ihr zu reden.

Ich überlege, was ich ihr erzählen könnte, werde allerdings abgelenkt, als der Song wechselt und die ersten Töne von Taylor Swifts *You Are In Love* erklingen. Was soll das? Lacht das Leben uns aus?

Ich will mir gerade mein Glas an Flannas Wohnzimmertisch-Bar auffüllen, als ich beinahe zusammenzucke.

Er ist hier.

Und er schaut mich längst an.

Kapitel 34

Nadims enges schwarzes Langarmshirt lässt meine Knie weich werden. Dazu trägt er Cargos, wie immer. Er war beim Friseur oder hat sich selbst die Haare dunkelbraun gefärbt – keine Spur mehr von hellblond. Außerdem ist sein Haar an den Seiten kürzer als bei unserem letzten Zusammentreffen.

»Freut mich jedenfalls wirklich, dich zu sehen«, sagt Mathilda zu meiner Linken, aber ich höre kaum hin.

Er trägt ein fucking Piercing. Ein Septum.

»J–« Ich schlucke, als er auf mich zukommt, weiß nicht, was ich tun soll. Panik flackert in mir auf. *Red mit Mathilda.* »Ja. Mich auch. Dich zu sehen.«

»Alles okay?« Mathilda folgt meinem Blick. »Oh.«

Dreh dich zu ihr.

Aber ich kann nicht.

Ich kann meinen Blick nicht von ihm nehmen. Schwitzend starre ich ihn an, sehe zu, wie er den Raum durchquert. Mein Herz stolpert in meiner Brust herum. Ich will wegrennen.

»Hey«, sagt Nadim, nachdem er direkt vor mir stehengeblieben ist, und lächelt mich an. Kurz huscht sein Blick zu Mathilda und er schenkt auch ihr ein breites Lächeln, aber dann schaut er wieder mir in die Augen. Sein Eyeliner glitzert im blauen und roten Licht, das von der Discokugel reflektiert wird.

Und ich –

Funktioniere nicht.

»Hey«, erwidere ich viel zu spät.

Mathilda sieht zwischen uns hin und her, bevor sie die Mundwinkel hochzieht und sich umsieht. »Ich schätze, ich lasse euch mal allein.«

Nadim legt den Kopf schief und mustert mich. Ich liebe sein verdammtes Gesicht.

»Wir haben eine lange Zeit nicht miteinander geredet«, sagt er, sobald Mathilda uns verlassen hat.

»Ja.«

»Warum? Jetzt mal ehrlich. Und sag nicht wieder, dass du Klausurenstress hast, denn die sind mittlerweile vorbei.«

»Keine Ahnung.« Ich kann nicht mehr denken, keine Ausrede finden.

Er schnaubt. »Dein Ernst?«

Mein Magen kribbelt so sehr, dass ich mich übergeben könnte. Es ist kein gutes Kribbeln. Es ist ekelhaft. Es ist hoffnungslos. »Ich … wollte das nicht.«

»Aber?«, hakt er nach und verdreht die Augen. »Du hast mich halb geghostet. Warum? Was ist los?«

Mir bricht der Schweiß aus. Ich bekomme ein bisschen Panik. »Ich hab dich mit Nils gesehen. Du hast nichts erzählt.«

»Was?« Er starrt mich ungläubig an. »Deshalb hast du aufgehört, mir zu antworten? Weil ich dir nicht erzählt habe, dass Nils mich besucht hat?«

Verzweifelt sehe ich zur Seite. Ich kann dieses Verschweigen nicht länger ertragen. »Nein, nicht genau deswegen.«

Er erwidert nichts mehr.

Als ich mich endlich traue, wieder zu ihm zu schauen, sieht er mich gequält an. »Okay«, sagt er. »Wolf … es … tut mir leid, okay?«

»Das mit Nils?« Verwundert ziehe ich die Augenbrauen hoch. So schnell lenkt er ein? Oder reden wir gerade aneinander vorbei?

Langsam öffnet er den Mund. Klappt ihn wieder zu. »Ja.« Er senkt den Blick.

Ich möchte ihm tausend Dinge sagen. Ich will ihm sagen, wie hübsch er ist, wie verdammt schön er heute aussieht, dass wir zusammen nach Hause gehen sollen, später, dass ich ihn vermisst habe, so sehr. Ich will ihm sagen, was er mir bedeutet, dass ohne ihn Autofahren und Abendhimmel nicht mehr dasselbe sind. Dass ich ihn zurückwill. Egal, wie. Ich will ihn einfach nur zurück.

Aber all die Worte passen nicht durch meinen Hals, also frage ich: »Läuft da was zwischen euch?«

»Nein.«

Ich lache. »Hast du eigentlich mal mitbekommen, wie er dich ansieht?«

Anscheinend war seine letzte Antwort eine Lüge, denn er schiebt den Unterkiefer vor. »Können wir vielleicht das Thema wechseln?«, fragt er. »Das mit Nils ist eine ganz andere Sache und geht dich nichts an.«

Ich gehe einen Schritt zurück. Hebe meine Hände. »Klar. Gerne. Was auch immer du willst.« Es klingt schärfer als beabsichtigt.

»Was auch immer ich will?« Er gestikuliert lachend auf den Abstand zwischen uns. »Du gehst doch gerade schon wieder weiter auf Distanz! Aber vielleicht findest du dieses Mal ja ehrliche Worte für deine Begründung!«

»Was?«

Er geht an mir vorbei. »Tu doch nicht so.«

Ich fange verzweifelt Flannas Blick auf. Sie steht am anderen Ende des Raumes neben ihrer Freundin Johanna und sieht zwischen Nadim und mir hin und her.

Schnaubend gehe ich zu ihr, während sie sich von Johanna lossagt und auf mich zukommt.

»Was ist los?«, begrüßt sie mich und legt mir eine Hand auf den Unterarm. »Habt ihr euch gestritten?«

»Keine Ahnung. Ja?« Ich schaue mich nach Nadim um, doch der ist verschwunden. »Ich … hab ein ungutes Gefühl.«

»Hier.« Sie drückt mir ihr Glas in die Hand. »Kopf hoch. Das wird schon wieder. Redet einfach drüber.«

»Einfach?«, lache ich, bevor ich den Inhalt des Glases herunterkippe. Es ist mal wieder Wodka mit Sprite, Flannas Lieblingsmische.

Ich muss mit Nadim reden, das stimmt. Aber einfach wird das nicht werden. »Gib mir mehr Alkohol. Ich brauche Mut.«

»Können wir reden?«, sage ich eine Stunde später zu einem Nadim mit ziemlich roten Wangen.

Er sitzt zwischen Linda und zwei anderen Mädels auf der Couch. Sie haben Karten gespielt und ich habe extra gewartet, bis sie fertig sind, um mit Nadim zu sprechen.

»Jetzt willst du reden? Braucht es immer Alkohol, bis du mal ehrliche Dinge tust?« Er sieht zu mir hoch.

»Ich weiß nicht, was ich falsch gemacht habe«, antworte ich verzweifelt. So eine Lüge. Mein ganzes Gesicht glüht. Warum muss er so verdammt gut aussehen mit dieser Haarfarbe und dem Piercing? »Bitte. Erklär es mir. Komm mit nach draußen.«

Er kommt augenverdrehend auf die Beine und folgt mir aus dem Wohnzimmer. Wahllos ziehe ich eine der Türen im Flur auf und schiebe ihn in den dahinterliegenden Raum. Es ist ein Schlafzimmer. Flannas Pulli hängt über dem Schreibtischstuhl. Alles ist fliederfarben und blau.

Wie Nadim hat auch Flanna eine Wand, die über und über mit Fotos von ihr und ihren Freundinnen und Freunden beklebt ist. Allerdings kleben ihre Fotos alle ordentlich und gerade nebeneinander.

»Was soll ich dir denn bitte erklären?«, fragt Nadim genervt, während ich den Schlüssel herumdrehe, damit uns keine Paare in Sexlaune oder Leute auf der Suche nach Bierpong-Mitspielern stören können.

Ich zucke mit den Schultern. »Was du hast? Wieso du so sauer bist? Du hast mir doch das mit Nils verschwiegen!«

»Wieso ich sauer bin?« Er atmet aufgebracht aus. »Weil du es zulässt, dass unsere Freundschaft zerbricht! Ich dachte, ich wäre dir wichtig, aber anscheinend nicht!«

»Das denkst du?«, rufe ich. »Das war nie meine Absicht. Du bist mir wichtig. Natürlich bist du das!«

»Spielt keine Rolle! Du bist mir aus dem Weg gegangen, seitdem wir uns geküsst haben! Ich hab wenigstens versucht, es irgendwie rückgängig zu machen und unsere Freundschaft zu retten! Und du rennst einfach weg!«

Ich halte inne. Mache ein überraschtes Geräusch. »*Was?* Du weißt doch von dem Kuss?!«

Er hat von Anfang an nicht die Wahrheit gesagt?

»Also hast du auch gelogen!«, erwidert er. »Du weißt es auch noch!«

Ich starre ihn an, bekomme keine Luft, weiß nicht, was ich sagen und denken und fühlen soll. Ich schlucke, fahre mir mit einer zitternden Hand durch die Haare, und er starrt zurück, starrt mich an, wartet auf meine Antwort. Aber ich habe keine.

Sein Gesichtsausdruck verändert sich langsam. Wird besorgt. »Wolf? Alles okay?«

Ich atme zittrig aus. »Warum?«

»Was, warum?«

»Warum hast du nichts gesagt? Warum hast du als Erster gelogen?« Ich mache wieder einen Schritt auf ihn zu. »Du hast – in dem Moment, in dem du so getan hast, als hättest du einen verfickten Filmriss – du hast mir so verdammt wehgetan! Warum?!«

Er weicht zurück. Streckt die Hände abwehrend von sich. »Wolf –«

»Ich hatte Angst!«, rufe ich. »Ich hatte wochenlang so Angst, was du sagen wirst! Ob unsere Freundschaft noch dieselbe sein wird! Ob du mich überhaupt willst! Ob du mich wirklich magst oder zu jedem so beschissen süß bist!« Ich verziehe verzweifelt das Gesicht. »Mann, Nadim! Und dann sagst du mir, du weißt nichts mehr von dieser Nacht?! Ich hab mich wochenlang gequält! Ich war so erleichtert, dich endlich geküsst zu haben, dir endlich gezeigt zu haben, was ich für dich fühle! Ich hatte die ganze Zeit solche Angst davor! Und ich hatte so Angst, dass du mir einen Korb gibst, sobald du nüchtern bist! Und dann kommst du und sagst mir, du hast alles vergessen? *Warum?* Hast du Angst gehabt, mir zu sagen, dass du mich nicht willst?!«

Ich will nicht heulen, aber die Tränen laufen trotzdem meine Wangen hinunter. Ich wische sie aufgebracht weg. Bin so wütend. Auf ihn, auf mich, auf mein bescheuertes Herz.

»Woher sollte ich wissen, dass du mich wirklich magst? Dass du nur Angst hattest?! Ich hab wochenlang versucht, dir zu zeigen, wie sehr ich dich mag, und du hast mir wochenlang das Gefühl gegeben, dass du mich nicht willst! Dass du mich nur als guten Freund willst! Da sag ich dir doch nicht einfach so, dass ich dich will!« Er rauft sich die Haare. »Wolf! Und dann haben wir uns geküsst und wir waren so betrunken und, Mann, woher sollte ich am nächsten Morgen noch wissen, ob du es wirklich so meintest? Ob es nicht nur ein betrunkener Fehler war? Du bist vorher nie auf mein Flirten eingegangen! Die Zweifel haben mich *aufgefressen*!«

Meine Wangen müssen feuerrot sein. »Ich wollte dich.«

»Woher sollte ich das wissen? Ich hab dich nur angelogen, um unsere Freundschaft zu retten.«

»Was, wenn ich dir erzählt hätte, dass wir uns geküsst haben, als du gesagt hast, dass du dich an nichts erinnern kannst?« Ich ziehe die Augenbrauen hoch. »Was hättest du dann getan?«

Er sieht verlegen zur Seite und atmet tief aus. »Okay. Ich dachte, du hättest drei Optionen. A: Du sagst mir, wir haben einen Fehler gemacht. Wir haben uns betrunken geküsst. Dann hätte ich geantwortet, dass wir so tun können, als wäre es nie passiert. Ich hätte es ja sowieso vergessen. B: Du sagst mir, dass wir uns geküsst haben und du es wieder tun willst. Dann hätte ich dich wieder geküsst.« Er schluckt. »Die dritte Option C in meiner Überlegung war, dass du sagst, dass du es ebenfalls vergessen hast, und wir weiter normal befreundet sind und beide so tun, als wäre nichts passiert. Mit mehr oder weniger Herzschmerz meinerseits.«

»Und ich hab diese Option gewählt«, sage ich.

»Nein!« Er lacht. »Du bist mir nach dem Schwimmen im Fluss komplett aus dem Weg gegangen! Wir waren praktisch keine Freunde mehr!«

Ich schließe kurz die Augen. Mein Herz schlägt so schnell und mein Verstand kommt bei all dem, was Nadim gesagt hat, gar nicht mit dem Verarbeiten hinterher. Wir klären jetzt unsere Probleme. Und dann wird alles wieder gut sein, oder? »Ich wollte dir von meinen Gefühlen erzählen. Aber dann hab ich dich mit Nils in der Stadt gesehen.«

Er fährt sich erneut durch die Haare. »Was auch immer du gedacht hast, als du uns gesehen hast, ich habe absolut nichts für ihn übrig. Das ist Jahre her. Du hättest mir alles erzählen können.«

Ich presse die Lippen aufeinander. Die Worte finden trotzdem einen Weg nach draußen, lassen sich nicht aufhalten. Mein Herz springt mir beinahe aus der Brust. »Okay, dann ... Ich will dich. So sehr. Es bringt mich um.«

Er lässt die Hände sinken.

Ich hatte so Angst, ihn zu verlieren. Und in den letzten Wochen habe ich ihn wirklich beinahe verloren. So schnell, wie er in meinem Leben war, ist er mir auch wieder entglitten.

Ich kann nicht länger unehrlich sein. Ich kann ihm nicht länger meine Gefühle verschweigen.

Nadim sieht mich an. Mit seinem Eyeliner und dem verdammt engen Shirt und seinem Piercing und den braunen Augen und so perfekten Lippen.

Ich stelle mich gegen all meine Ängste, als ich den Abstand zwischen uns mit zwei schnellen Schritten überbrücke und seinen Kopf zu mir ziehe, meinen Mund gegen seinen Mund presse, meinen Körper gegen seinen Körper.

Er stöhnt auf und vergräbt seine Hände in meinen Haaren, küsst mich so hart zurück, dass all meine Zweifel für einen Moment verstummen.

»Ich will dich«, keuche ich. »Schon so lange.«

»Und ich dachte die ganze Zeit, dass du mich nicht so magst.« Seine Hände wandern unter mein Shirt. Er beißt mir in die Unterlippe. »Oder dass du nicht weißt, was du willst. Aber ich hatte immer noch ein bisschen Hoffnung. Bis du aufgehört hast, mit mir zu reden.«

Ich hebe die Arme über den Kopf, als er mein Shirt hochzieht. Er küsst mein Kinn, meinen Hals, drängt mich zum Bett.

Ich lasse mich auf die Matratze fallen und ziehe ihn mit mir mit, ziehe ihm sein Shirt aus, ziehe ihn ganz nah zu mir heran. Ich will ihn so nah bei mir haben, wie es nur geht. Will jegliche Distanz der letzten Wochen überwinden.

Er küsst mich wieder und wieder. »Ich fand dich von Anfang an süß. Aber du hattest eine Freundin.«

»Hatte.«

»Ja, und dann hast du mir erzählt, dass du nicht mehr verliebt in sie bist. Und ich war schon da komplett verloren, Mann.« Er stützt sich auf den Ellenbogen über mir ab, die Beine rechts und links von mir.

Ich halte inne, sehe zu ihm hoch. »Im Ernst?«

»Ja«, sagt er lachend.

»Warum hast du mich nicht einfach eher geküsst?«, flüstere ich.

»Was? Ich hab so oft mit dir geflirtet! Ich hab – du hast nie darauf reagiert! Ich hab ein so fucking romantisches Picknick mit dir gemacht, ich hab ständig Lovesongs abgespielt, ich – ich hab dir Gedichte geschrieben, alles!«

»Okay, du hast mich auch einfach mit diesem Typen im Club tanzen lassen! Du hast mir erzählt, du willst einen Freund, und dann war da noch Nils, und in Den Haag warst du so genervt, als wir zum Café gefahren sind, und –«

»Stopp! O mein Gott, Wolf.« Er lacht. »Ich wollte nur noch raus aus Nils' WG. Ich hatte so schlechte Laune, weil … weil er versucht hat, mich zu küssen, als du kurz weg warst und die Sachen zum Auto gebracht hast! Ich war total wütend. Ich dachte, er und ich könnten Freunde sein, aber er wollte die ganze Zeit nur das Eine, anscheinend.«

»Oh.« Ich starre ihn an.

»Das hat mich richtig abgefuckt.« Er beißt sich auf die Unterlippe.

»Scheiße«, flüstere ich. »Warum hast du nichts gesagt?«

»Keine Ahnung. Ich hab mich geschämt? Weil ich so naiv war? Mir ist erst aufgefallen, dass ich all seine Nachrichten und alles, was er gesagt hat, falsch interpretiert habe, als er seinen Mund auf meinen gedrückt hat.«

»Du hättest dich nicht schämen müssen.« Ich berühre seine Wange. Der Gedanke, dass Nils ihn gegen seinen Willen geküsst hat, macht mich wütend. Aber … »Aber warum war Nils dann noch mal bei dir letztens?«

»Er ist unangekündigt gekommen. So als Überraschung. Anscheinend hat er die Info nicht bekommen, dass ich nicht ihn will, sondern dich. Dann durfte ich ihn zwei Tage lang beschäftigen, weil er so lange ein Hotelzimmer gebucht hatte und ich ihn nicht abwimmeln konnte.«

»Hat er noch mal was versucht?«, frage ich.

»Nein. Er hat mir nur gesagt, dass er mich vermisst. Gott.«

»Okay.« Ich ziehe ihn langsam zu mir herunter.

Er sieht mir in die Augen. »Ich hab nur dich vermisst.«

Mein Magen flattert. Und das hier – das hier ist das gute Flattern.

Er küsst mich mit halb geöffnetem Mund, fährt mit seinen Händen über meine Seiten. »Wenn wir jetzt bei mir wären, allein wären …«

»Was würdest du dann tun wollen?«

»Mit dir schlafen.«

Ich atme aufgeregt ein.

»Falls du das auch wollen würdest.«

»Ja«, sage ich.

»Ich kann nicht glauben, dass ich eben noch dachte, dass zwischen uns alles ruiniert ist.« Er lacht erneut leise, küsst meinen Hals. Die Härchen auf meinen Armen richten sich auf. »Weißt du eigentlich, wie sehr ich dich küssen wollte? Von Anfang an? Ich hab mich so schlecht gefühlt, weil ich immer daran denken musste. Als wir das erste Mal im Club waren und am Anfang miteinander getanzt haben … aber dann war da *Felix* –«

Ich winde mich unter ihm, als er meinen Hals hinauf leckt.
»Fuck. Nadim.«

Obwohl ich für meine Verhältnisse nicht wenig getrunken habe, ist meine Jeans unbequem eng geworden. Noch mehr als meine Hose will ich allerdings seine öffnen. Ich drücke ihn neben mich auf die Matratze, ziehe an seinem Gürtel. »Darf ich?«

»Ja.«

Er legt einen Arm über sein Gesicht, versteckt sich hinter seiner Armbeuge, als ich seine Hose aufmache und meine Hand in seine Boxershorts schiebe. Ich starre auf seine Lippen, streichele seinen Schwanz. Es fühlt sich ungewohnt an, weil er beschnitten ist, aber in diesem Moment geht es nicht darum, wie gut ich meine Hand bewege. Nicht wirklich. Es geht nur darum, dass ich ihn berühre.

Er keucht leise und alles in mir kribbelt. Ich bete, dass in nächster Zeit niemand in dieses Zimmer will, und schiebe seine Hose und seine Boxershorts hinunter. Gerade, als ich mir in die Hand spucken will, fällt mir das Nachttischschränkchen neben dem Bett ins Auge. Ich strecke mich, ziehe die Schublade auf.

Es liegt tatsächlich eine Packung Kondome darin.

Verdammt.

Es wird Flanna wohl nicht stören, wenn ich eins nehme. Wird ihr wahrscheinlich besser gefallen, wenn Nadim kommt, während er ein Gummi trägt.

Hoffentlich wird es ihr niemals auffallen.

Mit zittrigen Händen fische ich ein Kondom aus der Schachtel und halte es Nadim vor die Nase. »Blowjob?«

Er hebt den Arm und sieht erst die kleine quadratische Verpackung an, dann mich. »Fuck. Ja.« Seine Stimme ist rau. Keine Ahnung, wie ich jemals davon ausgehen konnte, hetero zu sein.

Ich reiße die Hülle auf und betrachte das Kondom, um herauszu-finden, auf welcher Seite ich es rollen muss. Zur Sicherheit puste ich sachte hinein. Nadim zuckt zusammen, als ich ihn damit berühre, und ich lache beschämt. »Sorry.«

»Ah – Gott.« Er biegt den Rücken durch, als ich es ungelenk über ihn rolle. Ich habe das nie gemacht, als Mathilda und ich noch miteinander geschlafen haben. Sie wollte immer sichergehen und es selbst machen.

»Sorry, dass ich nicht richtig rasiert bin«, sagt Nadim.

Ich schüttele den Kopf. »Ist mir egal.«

Er ist ganz rot im Gesicht. »Okay.«

»Sag, falls irgendetwas unangenehm ist, okay?«

»Ja.«

Meine Wangen brennen. »Hast du schon mal einen Blowjob bekommen?«

»Nein«, flüstert er verlegen. »Nichts in der Art.«

Es gefällt mir, der Erste zu sein, der ihn so berührt.

In den letzten Wochen habe ich ihn beinahe verloren. Ich will ihn zurück. Und ich nehme, so viel ich von ihm kriegen kann.

Er stöhnt leise, als ich ihn in den Mund nehme. Das Kondom schmeckt nach Gummi, aber das stört mich nicht. Ich lecke über seine Spitze, nehme nur sie in den Mund, dann mehr, so viel es geht. Ich schließe die Augen, muss erst einmal ausprobieren, wohin ich mit meinen Händen soll. Wie ich am besten meinen Kopf bewege. Anscheinend bin ich nicht ganz miserabel, denn er keucht, legt seinen Kopf in den Nacken. Und das lässt meinen eigenen Schwanz zucken. Es ist so verdammt heiß, ihn nackt vor mir liegen zu haben.

Ich will niemals vergessen, wie er in diesem Moment aussieht. Ein bisschen wie Kunst, doch nur ich darf ihn so betrachten. Seine Haut ist weich und warm, seine Lippen sind rot vom Küssen, und ich will das hier die ganze Nacht machen. Ich will mit ihm schlafen, seinen Körper auf meinem spüren. Ich will ihn küssen, überall, jeden Zentimeter seiner Haut. Ihm noch näher sein. Aber das hier ist auch schon fucking perfekt. Er windet sich stöhnend, als ich mit meiner Zunge seine Spitze umkreise und ihn dann wieder so tief es geht in den Mund nehme.

»Fuck, Wolf –«

»Ist das so okay?«, frage ich, richte mich auf.

»Es ist verdammt gut, egal, was du machst.« Er sieht mich an. »Ich weiß nur nicht, ob ich so kommen kann.«

»Wieso nicht?« Ich lasse ihn los.

»Ich weiß nicht, ob ich mich so fallen lassen kann«, flüstert er. »Vor jemandem. Ich … fühle mich ein bisschen … beobachtet.«

Ich lächele schief. »Oh. Vielleicht geht's besser, wenn ich dich küsse und mit der Hand weitermache?«

»Vielleicht.« Er sieht verlegen aus.

»Ausprobieren.« Ich kuschele mich an ihn, küsse ihn auf den Mund. Er lacht, küsst mich zurück, beißt mir in die Unterlippe. Ich nehme ihn wieder in die Hand, streichele ihn. Es dauert nicht lange, bis er stöhnt. Seine Geräusche bringen mich um. Alles dreht sich ein bisschen. Ich bin so hart und er ist so verdammt heiß und nichts in der Welt könnte dieses Gefühl beschreiben. In meinem Bauch zieht sich alles zusammen.

Ich küsse sein Kinn, seinen Kiefer, seinen Hals. Seine Haut schmeckt salzig und er neigt den Kopf zur Seite, keucht erregt. »Ja, das ist so fucking gut –«

Ich lächele gegen seine Haut, beiße ihn sanft.

Er bewegt seine Beine, klammert sich an mir fest, spannt sich an. »Oh, fuck. Ich glaube, ich –«

Seine Beine zucken, als er in meiner Hand kommt. Ich schließe kurz die Augen. Es ist ewig her, dass ich solche Lust gespürt habe. Plötzlich kommt mir eine einfache Freundschaft mit ihm noch viel unzulänglicher vor. Ich will das hier wieder und wieder mit ihm tun. Das hier und noch so viel mehr.

»Fuck.« Er atmet aus. »O fuck. Gibt's hier irgendwo Taschentücher?«

»Nachttisch.« Ich lache, küsse ihn erneut. Am liebsten würde ihm sagen, wie verdammt sexy er aussieht, aber … ich traue mich nicht.

Als er Hose und Shirt wieder angezogen und den Müll in die leere Taschentuchpackung gestopft hat, sieht er mich skeptisch an. »Was ist mit dir?«

Ich stehe auf und schüttele belustigt den Kopf. »Nicht jetzt. Wir sind schon viel zu lange weg.«

»Ist doch egal.« Er zieht die Augenbrauen hoch.

Ich sehe zur Tür. »Na ja, Flanna muss nicht unbedingt wissen, dass wir auf ihrem Bett Orgasmen haben, oder? Und das Kondom würde ich im Badezimmermüll entsorgen oder so.«

Das bringt ihn zum Lachen. »Okay, wie du willst, wir können auch —«

Jemand drückt die Türklinke herunter und rüttelt an der Tür.

»Fuck!«, flüstert Nadim, bevor er hektisch die Bettdecke zurechtzieht.

»Wolf?«, höre ich Flannas Stimme.

Ich kann nicht anders, ich lache los. »Wolf ist nicht hier!«, rufe ich, während ich mein Shirt wieder anziehe.

»Alter! Wenn ihr auf meinem Bett rumfickt, ich schwöre, ich töte dich! Mach auf!«

Ich öffne lachend die Tür. Flanna sieht mich böse an, bevor sie an mir vorbei zu Nadim sieht. Sie verengt ihre Augen zu schmalen Schlitzen. »Ihr seht aus, als hättet ihr wirklich Sex gehabt.«

»Würden wir niemals in deinem Bett tun.« Ich bemühe mich, unschuldig zu schauen. »Schönes Zimmer, übrigens. Sehr IKEA-Katalog-inspiriert.«

Nadim zieht mit roten Wangen sein Shirt zurecht. Seine Haare stehen wild in alle Himmelsrichtungen ab. »Sorry, wir waren eigentlich nur hier, um zu streiten.«

Flanna seufzt tief. »Ich hasse euch. Wenn ich irgendetwas in meinem Bett finde ... ich räche mich. Bei der nächsten Party, die bei einem von euch stattfindet. Aber schön, dass ihr euch wieder ... vertragen habt.«

»Viel Erfolg dabei, Yuji zu erklären, warum du unbedingt Sex in meinem Bett haben willst.« Ich ziehe Nadim lachend in den Flur.

»Wenigstens ist mein Plan aufgegangen!«, ruft Flanna.

»Was für ein Plan?« Ich bleibe stehen.

Sie grinst Nadim an. »Wie du so zu *You Are In Love* in den Raum gekommen bist am Anfang. Wolf war direkt hin und weg.«

Ich werde innerhalb weniger Sekunden knallrot. Ein Blick in den kleinen Spiegel, der an der Flurwand hängt, bestätigt mir das.

Nadim lacht. »Was?«

»Ich hab den Song so perfekt abgepasst.« Flanna sieht verdammt selbstzufrieden aus.

»Hast du nicht gemacht«, sage ich.

»Tja. Eigentlich wollte ich nur ein bisschen romantische Stimmung erzeugen, aber es war der perfekte Soundtrack zu deinem O-Gott-er-ist-so-sexy-Moment.«

Nadim wendet sich mir grinsend zu. »Du fandest mich sexy?«

Ich atme tief aus. *Ja.* »Das wird mich jetzt ewig verfolgen, oder?«

Flanna lacht. »Tja, so ist das, wenn man mit mir befreundet ist.«

Kapitel 35

Als ich zusammen mit Nadim um halb vier die U-Bahn nach Hause nehme, kann ich kaum glauben, dass ich mich gerade in der Realität befinde. Dass ich mir das hier nicht nur ausdenke.

Wir sitzen schweigend auf den roten Sitzen der U41. Die Bahn ist recht leer, aber dafür sind die drei Typen, die einige Meter entfernt von uns sitzen, umso lauter. Mich stört das nicht. Meine Schulter berührt Nadims. Als ich zu ihm sehe, lächelt er mich schief an. Bevor wir die Party verlassen haben, hat er sich im Badezimmer den Eyeliner abgewischt.

Er sieht müde aus, aber glücklich. Ich denke, es liegt an mir. Mein Magen kribbelt.

»… Umsteigemöglichkeiten zu den Stadtbahnlinien U41, U45, U47 und U49«, verkündet die Lautsprecherstimme der Bahn. Stadthaus, Markgrafenstraße, Märkische Straße, Karl-Liebknecht-Straße. Wir stehen auf. Ich frage mich, ob Nadim mit zu mir kommt oder ob wir getrennte Wege gehen, sobald wir oben auf der Straße sind.

»Wir sehen uns morgen, okay?« Er berührt meine Hand mit seiner, als wir die Treppen unserer Bahnstation hinaufsteigen.

Oh. Ich bleibe enttäuscht stehen.

»Salih weiß, dass ich auf eine Party gegangen bin. Wenn ich nicht nach Hause komme, stellt er Fragen, und er glaubt mir niemals, wenn ich sage, dass wir nach der Party noch zusammen zocken wollten. Esma kann ich nicht als Ausrede nehmen. Sie hatte heute in ihrer Story, dass sie was mit ihren Freundinnen unternimmt.«

»Oh, okay. Klar.« Ich nicke und nehme die nächste Stufe. »Dann sehen wir uns morgen?«

»Ja.« Er steckt die Hände in die Taschen seiner verwaschenen schwarzen Oversize-Jeansjacke.

Als wir auf dem Bürgersteig stehen, lächelt er mich an. »Nacht, Wolfie.«

Mir wird warm. Plötzlich klopft mein Herz viel zu schnell. Was soll ich tun? Ihn umarmen? Ihn küssen? Einfach gehen? »Ja, Nacht.«

Seine Mundwinkel zucken. Ich lache verlegen, bevor ich ein paar Schritte rückwärts mache, Richtung Zuhause. »Okay. Schreib mir.«

»Klar.« Er betrachtet mich kopfschüttelnd, dann dreht er sich um und biegt in die Straße links ab. Ich sehe ihm nach, bis er um die Ecke verschwunden ist.

Dann atme ich tief durch.

Fuck. Ich hätte ihn noch einmal küssen sollen.

Es dauert Ewigkeiten, bis ich einschlafe, obwohl ich verdammt müde bin. In meinem Kopf rasen die Gedanken. Ich weiß nicht, was ich alles fühle. Zweifel und Vorfreude und Erleichterung und Angst. Ich kann den nächsten Tag kaum erwarten. Ich hoffe, Mama hat recht und es wird alles gut. Ich hoffe, ich werde Nadim nicht in ein paar Monaten wieder verlieren. Ich hoffe, wir sind noch immer beste Freunde, auch wenn wir uns küssen oder miteinander schlafen. Ich hoffe, wir schlafen miteinander. Ich hoffe, meine Ängste werden nicht Wirklichkeit.

Das Letzte, an das ich denke, bevor ich endlich einschlafe, sind die Worte, die er zu mir auf der Party gesagt hat.

*Ich hab wochenlang versucht, dir zu zeigen, wie sehr ich dich mag,
und du hast mir wochenlang das Gefühl gegeben, dass du mich nicht
willst.*

Ich habe mir solche Sorgen gemacht, was für schlimme Dinge
passieren könnten – aber dass er genauso unter meiner Angst gelitten
hat wie ich, ist mir gar nicht in den Sinn gekommen.

»Ich mach's wieder gut«, flüstere ich in die Dunkelheit meines
Zimmers.

Ich werde es zumindest versuchen.

*

Mein Herz schlägt mir bis zum Hals, als ich am nächsten Tag zu
Nadim ins Auto steige. »Hi«, sage ich atemlos. Meine Stimme ist viel
zu hoch. Ich bin so, so, *so* nervös. In letzter Zeit scheine ich das echt
oft zu sein.

»Hey.« Er lächelt mich an, schief und verlegen, mit roten Wangen.
»Alles gut?«

Ich lache. Verfluche mich dafür, dass ich so panisch klinge. »Klar.«
Ich bekomme gleich einen Herzinfarkt, aber alles cool.

»Okay.« Er fährt los. Das kleine Plüscheinhorn an seinem Spiegel
schaukelt hin und her. »Ich will raus aus der Stadt.«

»Okay.«

Sein Blick huscht zu mir. Ich sehe zur Seite, beschäftige mich
damit, mich anzuschnallen.

Wir fahren am Phoenix-See vorbei Richtung Autobahn. Es dauert
nicht lange, bis wir auf der 44 sind, und wir nehmen eine der ersten
Ausfahrten. Als ich endlich all meinen Mut zusammengekratzt habe,
um zu Nadim zu schauen, sieht er starr auf die Straße. Ich atme tief
aus. »Ähm.«

»Wir müssen über gestern reden«, sagt er. »Und die letzten
Wochen. Warum du mich halb geghostet hast, hast du mir gar nicht
wirklich erzählt.«

»Ja.«

»Hattest du Angst, mir deine Gefühle zu gestehen, oder was war los?«

Ich sehe ihn an, verziehe verzweifelt mein Gesicht. Was soll ich sagen? Wie soll ich ihm erklären, was ich fühle? Er wird mich für irrational halten. Für völlig bescheuert.

Aber ich bin auch nicht sein erster bester Freund.

Ich war so lang allein. Wollte nichts mehr als das hier. Habe mich jahrelang nach einer Freundschaft gesehnt.

Ich hoffe, ich muss sie niemals aufgeben.

Als ich nichts sage, schnaubt er. »Was? Bereust du gerade wieder deine alkoholisierten Aktionen?«

»Nein.« Es ist die Wahrheit. Ich bereue es nicht. Absolut nicht. Es war mit das Beste, was ich je gefühlt habe. Aber ich habe noch immer Angst.

»Was ist es dann? Gestern hast du mir noch gesagt, dass du mich willst. Warum kannst du es jetzt nicht sagen? Hast du dich umentschieden? Ich verstehe dich nicht. Warum zeigst du mir nicht, dass du in mich verliebt bist? Du tust nichts, als stumm dazusitzen und vielleicht mal rot zu werden.«

Prompt beginnen meine Wangen, noch mehr zu brennen. Seine Worte brennen ebenfalls, in mir drin. Ich versuche, mich nicht angegriffen zu fühlen. »Das hier ist nicht so einfach.«

»Dann erklär es mir. Bitte.«

»Ich … schätze, wir haben uns beide ein paar Dinge über die Jahre verschwiegen, in denen wir uns noch nicht gekannt haben.« Ich schlucke, sehe ihn an. »Du hast ein paar Mal angedeutet, dass es dir schlecht ging. Ich hab nie wirklich nachgehakt. Und ich hab nie wirklich erzählt, dass ich die ganze Schulzeit lang … allein war. Eigentlich seit ich denken kann. Und dass sich das in der Uni nicht wirklich geändert hat.«

Er schweigt eine ganze Weile. »Ja«, sagt er dann rau. »Es gibt wahrscheinlich mehrere Dinge, die du nicht über mich weißt. Und die ich nicht von dir weiß. Ich meine … ich weiß, dass Flanna deine einzige andere Freundin ist. Aber sonst …«

Ich schlucke.

»Aber was hat das jetzt mit unserem Thema zu tun?«

Meine Handflächen sind schweißnass. »Können wir … anhalten?«

»Klar.«

Wir befinden uns mittlerweile auf einem dunklen Feldweg. Die Sonne ist untergegangen und hier, etwas von der Stadt entfernt, funkeln ein paar Sterne am Himmel. Nadim parkt das Auto am Straßenrand. Zu meiner Seite wächst dichter Wald, links von uns erstrecken sich die Kornfelder.

Ich hole tief Luft. »Um eins klarzustellen. Ich bin verliebt in dich. Ich will dich. Kein Zweifel.«

»Okay«, sagt er. Ich kann gerade noch so ausmachen, dass er lächelt.

Mein Herz tut weh und mein Hals wird eng. Abrupt wende ich mich von ihm ab, starre aus dem Fenster. Ich bin froh, dass hier keine einzige Lampe existiert.

Er weiß wahrscheinlich nicht, was er sagen soll.

»Hey«, flüstert er schließlich in die Dunkelheit. Ich halte den Atem an. Drehe mich langsam wieder zu ihm.

Ich kann ihn nur schemenhaft erkennen. Es ist so dunkel, dass ich das Gefühl habe, in der Schwärze der Nacht zu versinken. Mein Herz schlägt schnell und aufgeregt wie Mottenflügel, Nachtfalter.

Er ist die Flamme, das Licht.

»Hey«, antworte ich rau, und dann versagt meine Stimme.

Ich kann ihn atmen hören. Er lehnt sich zu mir, löst seinen Gurt. »Wolf. Kommst du her?«

Meine Handflächen sind schweißnass. Ich will aus diesem Auto raus.

Und ich will in seinen Armen sein.

»Ich –«

Wir sind keine bloßen Freunde mehr. Gerade sind wir mehr als nur Freunde. Aber irgendwann werden all diese Gefühle dafür sorgen, dass wir viel weniger als das sind.

»Willst du nicht oder kannst du nicht?«, wispert er.

Ich antworte nicht. Schlucke.

»Okay. Eine Frage.« Er kommt mir ganz nah, so nah, dass ich seinen Atem auf meiner Wange spüren kann. »Wolf. Ja oder nein?«

Mein Herz rast.

Er berührt mich. Seine Nase drückt sanft gegen meine Wange. »Du hast gesagt, du willst das hier«, flüstert er in mein Ohr. »Aber wenn du mich willst, warum zögerst du?«

Ich kann nicht sprechen, doch ich wende mich ihm zu.

»Sag was. Ich küsse dich nicht, bevor du etwas sagst.«

Was soll ich sagen? Ich finde die Worte nicht, nicht für dieses Gefühl.

Doch. Ein Wort gibt es.

Mottenherz.

»Nadim«, quetsche ich raus.

»Wolf.« Er ist mir so nah, dass mir schwindelig wird.

»Ich will dich.« Ich schlucke hart. »Aber … es macht mir so verdammt Angst.«

Er hält inne. »Was? Wieso?«

Meine Stimme zittert. »Weil du mein bester Freund bist? Weil du das Beste bist, was mir je passiert ist?« Ich atme aus. »Ich hab so Angst, dich zu verlieren, wenn wir –«

»Wolf.«

»Jedes Scheißmal, wenn ich dich anschaue, bricht es mir das Herz. Ich will so sehr mit dir zusammen sein. Aber ich hab so, so Angst, dich irgendwann irgendwie zu verlieren.« Ich stöhne genervt, versuche, die Tränen in meinen Augen zurückzuhalten. »Ich will das nicht ständig fühlen! Ich will einfach die schönen Momente genießen können. Es ist so anstrengend. Aber was, wenn ich es hinterher bereue, dich geküsst zu haben und mit dir zusammen gewesen zu sein, weil alles zerbrochen ist? Was, wenn das alles hier ein riesengroßer Fehler ist? Wenn ich dich später verliere, weil wir jetzt nicht bloß Freunde geblieben sind, werde ich mir das nie verzeihen!«

»Oh, hey.« Er löst meinen Gurt ebenfalls und schlingt die Arme um mich. »Wolfie.«

Ich schlucke erneut. »Ich will dich. Ich will dein fester Freund sein. Aber ich kann doch nicht zulassen, dass wir uns irgendwann trennen und dann nie wieder miteinander reden. Ich hab dich mein Leben lang vermisst! Ich war so froh, als ich dich endlich hatte!«

»Hey.« Eine seiner Hände liegt auf meinem Hinterkopf. Er drückt mich an sich. »Denk doch mal nach. In seinem Leben verliert man viel mehr Freunde als feste Freunde. Ich zumindest. Es ist nicht garantiert, dass wir für immer Freunde bleiben, wenn wir kein Paar sind. Und es ist nicht garantiert, dass wir uns irgendwann trennen, sollten wir jetzt beschließen, zusammen zu sein. Und es ist nicht garantiert, dass wir nicht wieder Freunde sein können, sollten unsere … romantischen Gefühle irgendwann nachlassen. Oder? Selbst wenn ich in fünf Jahren noch so krass verknallt in dich bin wie jetzt, du aber sagst, dass du dich in jemand anderes verliebt hast. Ich würde trotzdem noch Freunde sein wollen. Und wenn es fünf weitere Jahre dauert, bis alles wieder so ist, wie es jetzt ist.«

Ich schniefe in seine Schulter.

»Aber eigentlich will ich gar nicht an irgendwelche Enden denken. Ich will darauf vertrauen, dass wir zusammenbleiben. Egal wie.«

»Okay«, sage ich erstickt.

»Wir können es auch ganz langsam angehen. Wir können einfach so bleiben, wie wir jetzt sind. Du kannst das entscheiden.« Er streichelt mir über den Rücken. »Ich warte. Du sollst nur wissen, dass ich mich komplett in dich verliebt habe und noch nie für irgendjemanden solche Gefühle hatte. Okay?«

»Ja.«

»Und ich liebe dich auch. Offensichtlich.« Er schluckt und lacht. »Wolfie. Ich habe auch noch nie einen Freund wie dich gehabt. Aber wir können auch beste Freunde sein und uns trotzdem küssen und ein Paar sein, oder nicht? Wir fahren weiter Auto und hören zusammen Musik und lesen und schreiben Gedichte. Aber wir küssen uns auch ab und zu. Und gehen auf cute Dates. Wenn du willst.«

»Okay. Will ich. Eigentlich.«

»Hab ein bisschen Vertrauen in uns, okay?«

Ich nicke, während er mir über das Haar streicht. »Ich versuch's«, flüstere ich. Es fühlt sich gut an, ihm von meiner Angst erzählt zu haben.

»Okay. Was möchtest du jetzt machen? Vielleicht ein bisschen spazieren gehen? Frische Luft schnappen?«

»Eigentlich möchte ich nur nach Hause.« Ich mache mich von ihm los. »Ich möchte einfach nur reden. Und … kuscheln, vielleicht.« Mir wird warm. Ich sehe ihn verlegen an. Mittlerweile haben sich meine Augen mehr an die Dunkelheit gewöhnt.

Er grinst. »Okay. Klingt gut.«

Kapitel 36

Meine Eltern sind zum Glück schon schlafen gegangen, als wir nach Hause kommen.

»Und jetzt knuddel mich.« Nadim lässt sich lachend auf mein Bett fallen und streckt Arme und Beine von sich.

Ich lege mich zu ihm. Mein Herz schlägt mir bis zum Hals. Vorsichtig kuschele ich mich an ihn und lege einen Arm über seinen Oberkörper, ein Bein über seine Beine und meinen Kopf auf seine Schulter. Das Allerbeste ist, dass ich ihm jetzt so nah sein kann, wie ich will, ohne verstecken zu müssen, wie verdammt gut es sich anfühlt. Es ist nicht schlimm, wenn er spürt, wie schnell mein Herz klopft. Es ist vollkommen okay.

»Okay«, murmelt er. »Eben im Auto klangst du wirklich traurig. Du hast gesagt, es gibt Dinge, die ich nicht über dich weiß. Willst du mir davon erzählen?«

»Es sind nur kleine traurige Sachen«, flüstere ich. »Ich war ein bisschen einsam.«

»Ich will alles wissen, was du mir erzählen willst.« Er streichelt meine Schulter.

Meine Sicht verschwimmt. Ich habe Angst, dass ich nicht mehr aufhören kann, ihm von all dem zu erzählen, was wehtut, wenn ich einmal damit anfange. »In der Grundschule haben die anderen Kinder aus irgendeinem Grund beschlossen, dass ich uncool bin. Ich weiß nicht, was ich verbrochen habe. Ich glaube, es lag daran, dass diese eine Lehrerin mich immer gelobt hat. Jedenfalls wollte dann niemand mehr mit mir spielen. Und dann habe ich mich nie wieder getraut, die anderen Kinder zu fragen, ob ich mitspielen darf. Und in der weiterführenden Schule hatte ich immer noch Angst, auf andere Kinder zuzugehen. Ich hab in der Pause von Anfang an bei den anderen Losern gesessen, was ein Fehler war, weil ich dann als einer von ihnen abgestempelt wurde. Dabei fand ich die selber alle weird. Zwischendurch hatte ich mal eine oberflächliche Freundin, aber sie ist dann weggezogen. Das war in der siebten Klasse oder so.«

»O nein«, flüstert Nadim. »Und was war mit Mathilda?«

»Mathilda ging nicht auf meine Schule. Ich hab mal in einem Supermarkt gejobbt und sie hat in der dazugehörigen Bäckerei gearbeitet.« Ich atme tief aus. »Keine Ahnung, wie ich die Oberstufe allein überlebt habe. Ich hab auch nie die Schule gewechselt, weil ich Angst hatte, dass es in der neuen Schule noch schlimmer wird. Auf meiner Schule waren alle daran gewöhnt, dass ich nie was gesagt oder mitgemacht habe, und niemand hat mich irgendwie gemobbt oder so. Ich war einfach unsichtbar.«

»Klingt schlimm genug.« Er zieht mich noch enger an sich heran.

»Und ich hatte ewig kein persönliches … normales Instagram«, erzähle ich weiter. »Wo ich Bekannten gefolgt bin. Weil ich es gehasst habe, die ganzen Bilder und Storys zu sehen, die alle von ihren Freunden posten. Und ich hatte richtig Angst, zur Uni zu gehen, weil ich nicht wieder jahrelang allein sein wollte. Aber dann war da ja Flanna. Wir haben im ersten Semester an bestimmten Tagen zusammen in der Mensa gegessen, nur zu zweit, und das war gut. Es war eher eine Zweckfreundschaft, weil Flanna safe was mit ihren anderen Freunden gemacht hätte, wenn die Zeit gehabt hätten. Aber besser als nichts. Flanna ist dann zu Maschinenbau gewechselt, aber das war egal, weil sie sich dann freiwillig lieber zu mir gesetzt hat. Das hat sie mir allerdings erst letztens erzählt.« Ich lache. »Ich war nie auf irgendwelchen Geburtstagspartys oder Ausflügen oder Konzerten oder so. Es tut immer noch weh, Filme zu schauen, in denen es um Freunde geht. Ich hab immer geheult, wenn ich Bücher über beste Freunde gelesen habe, weil ich mich so sehr danach gesehnt habe, auch so was zu haben. Und dann warst du da. Kannst du dir vorstellen, wie glücklich ich war?« Ich atme tief ein. »Wie glücklich ich bin?«

»Wolfie.« Er zieht mich noch enger an sich.

»Ich hab so Angst, alles komplizierter zu machen oder unsere Freundschaft zu riskieren. Deshalb hab ich dir nie gezeigt, dass ich dich noch so viel mehr mag. Weil so eine Freundschaft mein größter Wunsch war. Seit immer schon.«

Er küsst mein Haar. »Das tut mir so leid. Ich wünschte, ich hätte dich früher getroffen.«

Mein Herz platzt beinahe von diesem Wirrwarr aus Glück und Sorge und Dankbarkeit und Erleichterung und Zweifeln. »Ich bin einfach nur froh, dass ich dich jetzt habe.«

»*Ich* bin so froh, dass ich dich habe. Glaub nicht für eine Sekunde, dass du mir auch nur einen Deut unwichtiger bist.«

Ich drücke lachend mein Gesicht in sein Shirt. »Okay.«

»Vor dir habe ich mich auch ziemlich einsam gefühlt. Ich hatte immer irgendwelche Freunde, aber ich war nicht out bei ihnen und ich war vielleicht … depressiv, glaube ich. Zumindest auf dem besten Weg dahin, es zu werden.«

»Warst du nie bei einem Therapeuten?« Ich richte mich wieder auf, um ihn anzusehen.

Er weicht meinem Blick aus. »Nein, also keine Ahnung, was genau mit mir war.«

»Und jetzt geht's dir wieder gut?«

»Im Moment ist es okay. Aber ich glaube nicht, dass ich es los bin. Es kommt bestimmt bald wieder. Wenn es Herbst wird wahrscheinlich. Der Sommer hat mich hochgezogen. Und du mich dieses Jahr auch. Ultra.«

»Hey.« Ich streiche über seine Wange. »Sieh mich an. Wie lange ist das schon so?«

Er lächelt mich an, aber das Lächeln ist angestrengt. »Keine Ahnung. Zwei, drei Jahre.«

»Versprich mir, dass du mir sagst, wenn es dir nicht gut geht, okay?«

»Ja. Klar.« Er schluckt. Seine Augen schimmern.

»Wir passen auf einander auf.«

»Okay.«

»Und falls du dich dazu entscheidest, mal zu einem Therapeuten zu gehen, helf ich dir dabei, welche rauszusuchen. Falls du magst.«

»Ja«, flüstert er.

»Und ich bin immer für dich da.«

Er lacht. »Danke. Ich weiß. Gerade ist ja alles okay. Können wir jetzt ...«

»Können wir jetzt ... was?«, frage ich, als er nicht weiterredet.

Für einen Moment sehen wir uns stumm in die Augen.

Mein Herz klopft aufgeregt, als sich die Stimmung zwischen uns verändert. Ich komme ihm unwillkürlich näher. Sein Blick fällt auf meine Lippen.

Ich küsse ihn zögerlich. Noch immer schreit eine kleine, hartnäckige Stimme in mir, dass ich alles ruiniere, dass ich meinen besten Freund so nur verlieren werde. Aber dann küsst er mich zurück. Und die Zweifel werden leiser.

Es sind träge, langsame Küsse. Das Einzige, was schnell ist, ist das Klopfen meines Herzens. Er öffnet zaghaft seinen Mund, saugt an meiner Unterlippe, beißt sanft darauf. Ich versuche, nicht zu stöhnen. Alles in mir kribbelt, als hätte ich Brause im Bauch. Seine Hand schiebt sich unter mein Shirt, streichelt meinen Rücken.

Das hier ist alles. Ich fühle mich geborgen bei ihm, angekommen.

Er keucht, als sich unsere Zungen treffen. Ich vergrabe meine Hände in seinem Haar.

»Ah, warte —« Er lacht. »Können wir ...?«

»Was?« Ich lache ebenfalls. »Sprich dich mal aus.«

»Es wird ein bisschen unbequem«, flüstert er. »Können wir uns ausziehen?«

Mir wird warm. »Oh. Ja. Klar.«

Verlegen richtet er sich auf. Ich weiche etwas zurück. »Ich möchte keinen Sex. Nur ... diese Jeans loswerden.«

Ich sehe zu seiner Skinny-Jeans hinunter. »Stimmt. Wo sind deine Cargohosen?«

»Waren alle in der Wäsche. Hab mein Müsli auf die letzte Saubere fallen lassen, weil ich nervös war.« Er bekommt rote Wangen.

Ich drücke meine Lippen auf seine, muss ihn einfach noch mal küssen. Dann ziehe ich ihm das Shirt über den Kopf. »Du bist ziemlich süß.«

»Ziemlich?«

»Sehr.«

Er öffnet meinen Gürtel und meine Hose, bevor er nach dem Saum meines Oberteils greift. Es ist eine Wohltat, die Hose auszuziehen. Als wir beide nur noch Boxershorts tragen, drückt er mich auf die Matratze und beugt sich über mich, küsst mich erneut, diesmal hungriger. »Ist das okay?«

Ich sehe atemlos zu ihm hoch. »Ja.«

»Die Tür hast du abgeschlossen, oder?«

»Ja.«

»Gott, ich will das hier seit Ewigkeiten tun.« Er küsst mein Kinn, meinen Kiefer.

Als er sich auf mich legt und mir sanft in den Hals beißt, zerplatzen all meine Gedanken wie Seifenblasen. Ich lache und stöhne gleichzeitig, als es kitzelt, presse mir eine Hand auf den Mund. Er leckt über meine Haut. Sein Atem ist kühl.

»Wenn ... falls ... wir irgendwann Sex haben ...« Er sieht mir in die Augen. »Darf ich dich dann ...?«

Ich winkle meine Beine an, schlinge sie um seine Beine. Er schließt kurz die Augen, beißt sich auf die Unterlippe.

»Ja«, flüstere ich. »Wir können alles ausprobieren.«

»Okay.« Er lacht verlegen. »Du hast nur viel mehr Erfahrung als ich. Ich hatte noch nie Sex.«

»Wir hatten beide noch nie Sex mit einem Typen. Ist doch gut.« Ich lächele ihn an. »Außerdem ist Sex doch mit jeder Person anders. Ich hatte nur Sex mit Mathilda, sonst niemandem. Also hab ich gar nicht so viel mehr Erfahrung als du.«

Er ist noch röter geworden. Ich hoffe, dass ich dieses Bild, er mit roten Wangen, über mir, niemals vergessen werde. Vielleicht sollte ich es in einem Gedicht einfangen, nur zur Sicherheit.

»Okay«, sagt er.

»Jetzt küss mich wieder.«

Er nimmt mein Gesicht in seine Hände und presst unsere Lippen aufeinander, küsst mich mit so einer Wucht, dass ich mich überrascht an ihn klammere.

»Mh –« Ich küsse ihn zurück, hart und hungrig und atemlos.

»Baby«, keucht er gegen meinen Mund.

Ich fühle mich wie ein Autounfall, wie ein Meteoroid, der verglüht. Alles in mir steht in Flammen.

Ich will dich in mir, denke ich.

Ich habe keine Ahnung von Astronomie, aber ich habe mal gelesen, dass das Universum kein bestimmbares Zentrum besitzt. Mir gefällt die Vorstellung, dass der Mittelpunkt des Universums für jeden woanders liegt, weil das Universum unendlich ist.

Wenn Nadim bei mir ist, bin ich nicht mehr am Rand des Kosmos, sondern mittendrin.

Er rutscht von mir herunter, sodass wir nebeneinander liegen. Seine Hände schieben sich meinen Rücken hinunter und unter den Bund meiner Boxershorts. »Darf ich?«

»Wenn du dich auch ausziehst.« Ich lache gegen seine Lippen. Es dauert nicht lange, bis wir beide komplett nackt sind, und es ist das beste Gefühl der Welt, zu wissen, dass er mich will. Ich kann es in seinen Küssen spüren, an seinen schnellen Atemzügen und seinem Herzrasen erkennen, und an seinen Händen, die mich überall berühren wollen.

Er küsst mein Kinn, meinen Hals, meine Brust, wandert immer tiefer mit seinem Mund. Ich atme aufgeregt ein, keuche, vergrabe eine Hand in seinen Haaren. »Du brauchst ein Kondom, wenn du –«

»Ich weiß.« Er nimmt meinen Schwanz in seine Hand. Ich beiße mir auf die Lippe. »Hast du welche?«, fragt er.

»Ja.« Ich strecke mich und ziehe meine Nachttischschublade auf. Irgendwo hier muss noch eine Packung sein. Während ich durch den Krimskrams wühle, streichelt er mich. Und entgegen meiner Erwartungen ist es nicht unangenehm, nackt vor ihm zu sein. Jede seiner Berührungen fühlt sich zu gut an, ist zu schön, als dass ich mich schämen könnte.

Außerdem liebe ich es, derjenige zu sein, der ihn ebenfalls nackt sehen darf. Ich kann es noch immer nicht fassen, dass wir jetzt keine einfachen Freunde mehr sind. Ja, ich habe noch immer Angst, ihn zu verlieren, das löst sich nicht von jetzt auf gleich in Luft auf. Aber ich *will* das hier. Ob wir uns nur küssen oder auch miteinander schlafen – es ist sowieso klar, dass wir die Grenze überschritten haben.

Er streift mir das Kondom über und nimmt mich in den Mund. Ich lache atemlos. »Ha, fuck –«

»Ist das gut so?«

»*Ja.*«

Der Sex mit Mathilda ist immer gut gewesen, aber ich habe seit langer Zeit keine Gefühle mehr für sie empfunden. Jetzt von Nadim so berührt zu werden, ist ein himmelweiter Unterschied. Ich muss keine Schuldgefühle mehr haben, sondern kann mich fallen lassen. Kann in dieser Lust und der Hitze und seinen Berührungen versinken.

Es ist beinahe *zu* gut. Seine Lippen, seine Zunge, seine Hände –

»Ah, Nadim. Warte, stopp!«

»Was ist?« Er richtet sich erschrocken auf.

»O Gott. Ich komme gleich.« Ich atme tief aus. Mein Gesicht glüht. »Fuck.«

»Damn. Das geht zu schnell.« Er beugt sich über mich, küsst mich lächelnd. Dann legt er sich auf mich, streicht mir durch das Haar. Das Gefühl, von ihm geküsst zu werden, während sein Körper meinen von Kopf bis Fuß berührt, ist noch immer überwältigend – aber da wir jetzt vollkommen unbekleidet sind, bringt es mich beinahe um den Verstand. Seine Hände finden meine und ziehen sie bis über meinen Kopf, pinnen sie dort fest. Ich stöhne leise.

»Magst du das?«, flüstert er mir ins Ohr.

»Ja —«

Er leckt über meinen Hals, küsst mich unter dem rechten Ohr, beißt mir ins Ohrläppchen. Ich winde mich unter ihm. Lust breitet sich wie eine Schlingpflanze in meinem Bauch aus, wie Lianen, wie Ranken, windet und wickelt sich um meine Organe und zieht alles zusammen.

Mit der linken Hand hält er meine beiden Hände fest, während er mit der rechten langsam meine Seite hinunterstreicht. Er rutscht von mir herunter, sodass er neben mir liegt. Als er mich in die Hand nimmt, keuche ich.

Seine Küsse sind fordernd, voller Verlangen. Ich küsse ihn fieberhaft zurück. Er beißt mir auf die Unterlippe, bevor er sich wieder meine Brust und meinen Bauch hinunter küsst. Und dann noch ein bisschen tiefer.

Sein Mund ist warm, fucking perfekt. Seine Zunge raubt mir alle Worte.

Die Lianen in meinem Bauch gehen in Blüten auf.

Er stöhnt, als ich in seinem Mund komme. Ich kneife die Augen zusammen, presse mir eine Hand auf den Mund, um nicht zu laut zu sein. Gehe beinahe unter in dieser Welle aus Gefühlen, die mich mit sich fortreißt.

Als ich ihn ansehe, lächelt er schief. »Alles okay?«

»Fuck, ja.« Ich lache, bevor ich mir vorsichtig das Kondom abziehe. Dann suche ich nach der Packung Taschentücher in meiner Nachttischschublade. »Mehr als das.«

»Gut.« Er umarmt mich glucksend und drückt sein Gesicht gegen meinen Hals. Ich küsse sein Haar, denn das ist das Einzige, was ich gerade erreichen kann.

Eine Weile liegen wir beide still da. Ich komme langsam wieder zu Atem.

»Weißt du, wann ich mich in dich verliebt habe?«, flüstere ich irgendwann. »Glaube ich?«

Er schüttelt den Kopf. »Wann?«

»Du hast mal gesagt, dass du mich für immer kennen willst. Das war das Beste, was jemals jemand zu mir gesagt hat.«

»Wann war das?«, fragt er leise.

»Als wir auf der Picknickdecke auf dem Hügel lagen.«

»Oh, ich war echt mutig.«

»Und sehr kitschig.« Ich grinse.

»Hey!« Beleidigt drückt er mich von sich. »Du hast es geliebt!«

Lachend versuche ich, ihn wieder zu mir zu ziehen. »Ja, du hast recht.«

Er drückt mir einen Kuss auf die Lippen. »Gut.«

»Ich glaube«, sage ich dann, »dein Schwanz und ich haben noch ein bisschen unfinished business.«

Das bringt ihn zum Lachen. »Oh, definitiv.«

Kapitel 37

Wir fahren Auto, fahren in die Kleinstadt, in der ich aufgewachsen bin, laufen durch die hügeligen Felder und füttern Kühe, die über die Zäune schauen. Lachen und genießen die Sonne. Wir gehen feiern mit Flanna und Yuji und Linda, aber diesmal ist es Nadim, den ich auf der Tanzfläche küsse.

Es ist Sommer und ich habe endlich einen besten Freund. Und einen Jungen, der mein Herz höherschlagen lässt und mich küsst. Dass es dieselbe Person ist, macht mir fast keine Angst mehr.

Nadim
date? heute abend?

Nadim
i know a spot

Wolf
yes pleeaase

Wir sitzen still nebeneinander auf einer Brücke. Unter uns rauschen gelegentlich die Autos her, der Himmel verfärbt sich langsam bunt. Der Spätsommerwind weht durch unser Haar.

Manchmal vergesse ich, wie riesig diese Welt ist. Ich denke nicht daran. Aber an Abenden wie diesen, mit diesem Himmel über uns, der so unendlich scheint und in Blau und Pink und Violett leuchtet, werde ich daran erinnert. Ich weiß nicht, ob ich an einen Gott glaube. Das hier fühlt sich wie meine Religion an. Es füllt mein Herz.

Nadim hat die Augen geschlossen. Ich starre in die Ferne, lasse meine Gedanken fliegen.

Das hier ist Frieden. Aber mit Nadim ist so vieles Frieden.

»Lass mal später Pizzaschnecken oder so machen«, sagt er irgendwann. »Late-Night-Shopping im Supermarkt.«

»Ja!« Ich grinse. »Und ich brauch Brownies oder so, bitte. Und dann schauen wir einen Film und essen zu viel von dem Zeugs.«

»*Yes*.« Er dreht sich zu mir und betrachtet mich mit einem breiten Lächeln. »Ohne Witz, ich bin so froh, dich als Freund zu haben.«

Belustigt sehe ich zur Seite. »Warum? Weil ich auf ungesundes Essen stehe?«

»Auch.« Er lacht. »Aber am meisten, weil ich das Gefühl habe, einfach nur richtig zu sein, wenn ich bei dir bin.«

Meine Wangen werden warm. »Oh.« Seine Worte bedeuten mir die Welt.

»Hey«, sagt er grinsend. »Schau mich an.«

Ich schaue ihn an. Gestern und heute hat er sich nicht rasiert, und er sieht heiß aus, besonders mit dem Piercing und den dunklen Haaren, die ihm in die Stirn fallen.

Er küsst mich so stürmisch, dass ich beinahe das Gleichgewicht verliere. Lachend klammere ich mich am Kragen seines Hoodies fest. »Vorsicht!«

»O mein Gott«, flüstert er gegen meine Lippen. »Ich kann das hier jetzt immer tun.«

»So ungefähr«, sage ich. In meinem Bauch kribbelt es.

»Und kann ich bitte immer dein bester Freund sein?« Er sieht mir in die Augen.

Bitte, denke ich. »Wenn du mich gleich im Einkaufswagen über den Parkplatz schiebst. Das wollte ich schon immer mal machen.«

Er lacht. »Okay. Deal?«

»Deal.«

»Ich hab übrigens was für dich«, sagt er, als wir wieder im Auto sitzen. Er reicht mir eine kleine schwarze Box. Als ich sie öffne, entdecke ich viele Zettelchen darin.

»Ich hab ziemlich viele Gedichte geschrieben. Über dich. Für dich. Ich wusste nur nie, ob du sie jemals lesen wirst. Aber ich dachte mir, dass es vielleicht gut ist, dass du sie hast. Falls du mal eine Versicherung brauchst, dass ich wirklich komplett in dich verliebt bin.« Er lächelt mich an.

»Oh. Danke …« Ich muss blinzeln. Kann nicht ganz fassen, dass er so etwas für mich gemacht hat. »Ich hab … ein Notizbuch für dich. Nicht hier, aber … es liegt in meinem Zimmer. Eigentlich wollte ich es dir schon längst gegeben haben. Aber dann hab ich dich mit Nils gesehen und hab mich nicht mehr getraut. Aber eigentlich wollte ich dir damit sagen, dass ich dich mag.«

»Was?« Er lacht laut. »Wolf! Warum hab ich es dann jetzt nicht bekommen? Gib es mir, bitte!«

»Ist ja gut, keine Sorge! Ich offenbare dir noch meine ganzen Gefühle!« Lachend falte ich einen Zettel auseinander.

Ich verstumme, sobald ich die ersten Worte lese.

> let's go for a drive, the universe looks so pretty tonight
> let's take a spin around saturn's rings,
> drift along the edges of the galaxy and tell
> love stories to some suns
> your laugh's a miracle, a blackbird's song,
> a sunset in june
> my heart's orbiting around you —
> you're my earth and i'm your moon

Der Weg zum Supermarkt ist wunderschön.

Der Fahrtwind lässt mein buntes Hemd flattern und über uns glüht der Himmel in Rot und Lila, versinkt langsam in Dunkelheit. Ich lache, laut und schwerelos und so verdammt glücklich.

»Was ist los?«, fragt Nadim grinsend.

»Ich weiß nicht«, sage ich. »Nichts ist los.«

Und dann weine ich ein bisschen. Weil ich so glücklich bin. Weil ich einen Jungen liebe und er mich zurückliebt und ich glaube, dass ich es meinen Eltern bald erzählen will. Weil die Welt so schön ist, dass es wehtut.

Vielleicht lache und weine ich auch einfach nur so. Gerade kann ich meine Gefühle nicht sortieren. Vielleicht haben meine Tränen gar keinen Grund.

Nadim betrachtet mich, lacht ebenfalls. Seine Haare werden vom Wind wild durcheinandergeweht. »O mein Gott, du bist süß.«

»Hör auf.« Ich wische mir die Tränen weg.

»Never.«

Das bringt mich erneut zum Lachen. »Na gut, sollst du auch nie.«

Kapitel 38

Es ist ein warmer Sommerabend. Die Sonne geht gerade unter und die wenigen Wolken am Himmel leuchten in Gelb und Orange. Um mich herum lachen die Leute und die Stimmung ist fröhlich und entspannt. Über dem Gras tanzen die Mücken.

»Fünf Brezeln, bitte«, sage ich, als ich an der Reihe bin. »Oh, und eine Cola.«

»Gerne.« Der Typ auf der anderen Seite des langen Tisches nimmt mein Geld entgegen, bevor er mir eine Flasche reicht.

»Danke.« Ich nehme mir die Brezeln und schlängele mich zwischen den Leuten hindurch zu meinem Platz in der zweiten Reihe vor der kleinen Freilichtbühne. Als ich sehe, wie Nadim und Yuji miteinander lachen, grinse ich breit.

»Jungs«, sage ich, sobald ich bei ihnen angekommen bin, und reiche jedem eine Brezel. Mein Klappstuhl kippelt ein bisschen auf der unebenen Wiese. Die übrigen Brezeln sind für Flanna, Linda und mich.

»Thanks.« Nadim beißt direkt ein riesiges Stück ab.

»Danke. Wie viele Leute sind noch mal vor Flanna dran?« Yuji sieht sich um. Heute trägt er einen Hut in Neonpink. »Wo ist sie überhaupt? Sie hat bestimmt seit Stunden nichts gegessen.«

»Lass sie«, sage ich lachend. »Vor einem Slam isst sie nie was, sie ist zu nervös. Und keine Ahnung, ich glaube, vier Leute sind vor ihr dran. Oder drei.«

»I could never«, sagt Nadim mit vollem Mund. »Ich meine – mh – pfor scho pfielen Leuten schprechen? Nein, danke.« Er nimmt mir die Cola aus der Hand und trinkt ein paar Schlucke.

»Same.« Ich reiße die Flasche wieder an mich. »Jetzt trink doch nicht gleich alles leer!«

Yuji lacht. »Ich kann mir euch echt gut als altes Ehepaar vorstellen.«

»Aha?« Nadim gluckst. »Wolf wäre definitiv der mit den vielen Falten und dem Bierbauch.«

»Nö, du. Und der mit Glatze wärst du auch.« Ich grinse breit.

Er verzieht das Gesicht. »Wahrscheinlich.«

Die Frau, die den Slam hostet, springt auf die Bühne und begrüßt uns, verteilt die Ratingtafeln. Yuji, Nadim und ich machen uns zur Sicherheit ganz klein, um nicht drangenommen zu werden. Andere hingegen sind richtig wild darauf, in der Jury zu sein.

Dann trägt der erste Slammer seinen Text vor. Wir hören gebannt zu.

Es ist fucking schön. Ich werde wieder mitgerissen von den Worten und merke, wie sehr ich es vermisst habe. Die Mücken tanzen im goldenen Licht. Nadim schließt die Augen.

Ich bin nicht mehr der, der ich ein paar Minuten zuvor war, wenn ich ein Gedicht höre, das zu mir spricht. Manche Texte machen mich zu jemand anderem. Manche bleiben für immer bei mir, ergänzen mich, als wäre ich ein Puzzle und sie ein neues Teil, das zu mir passt. Manche erinnern mich an etwas, das ich sonst vergessen hätte, oder bringen mir etwas Neues bei. Mache Texte reißen auch ein kleines Stück aus mir heraus. Brechen mir das Herz oder nehmen mir Ängste.

Ich bin nie derselbe, nachdem mich ein Gedicht berührt hat.

Flanna ist als Vierte dran. Ihr Text handelt vom Sommer, vom Verlieben, davon, wie sie als Teenager dachte, niemals glücklich zu werden, und wie glücklich sie jetzt ist.

»… und es ist Sommer und die Balkontür steht offen und du gibst mir die Hälfte deines Pfirsichs.
Ich klebe dir den Sticker mitten ins Gesicht.
Es ist ein Liebesbrief, ganz ohne Worte, aber du liest ihn nicht.
Wetterleuchten über dem Horizont,
die Schwalben fliegen tief,
der Regen prasselt auf die Fliesen des Balkons.
Wir sitzen am Tisch und du erzählst mir Geschichten, mein Herz rennt Marathons.
Ich hoffe, ich werd nie vergessen, wie sich dieser Sommer mit dir anfühlt:
Er schmeckt nach süßem Obst und riecht nach Regen,
ist heiß und kühl,
salzige Gänsehaut.
Ich schwanke zwischen Fallen und Schweben,
Fürchten und Sehnen,
werde leise, weiß nicht, was ich sagen soll.
Meine Gedanken rasen, meine Worte stehen im Stau.
Aber das ist gar nicht schlimm, es ist sehr gut sogar,
denn ich kann wieder fühlen, was eine lange Zeit nicht möglich war,
und ich hab dich und den Sommer und all die guten Dinge.
Kaffee und Pfirsiche,
und die Finken und Sperlinge,
die nach dem Regen wieder im Garten singen ...«

»Ich liebe dich«, sage ich grinsend, als sie sich nach ihrem Auftritt neben mich fallen lässt. Für das Finale reicht ihre Bewertung heute nicht, aber ich glaube, dass das Flanna nichts ausmacht. Ich gebe ihr ihre Brezel.

»You're a queen!« Nadim strahlt sie an. Yuji wirft ihr theatralisch ein paar Küsschen zu.

Sie lacht und wirft ein paar Küsschen zurück. Dann sieht sie mich an. »Du Cutie. Ich liebe dich auch.«

Zusammen lauschen wir Lindas Text. Sie grinst breit, während sie ihre Verse vorträgt und immer wieder zu uns sieht. Ihre Worte malen Bilder von Zukunftsträumen und Hoffnung und Licht in meinen Kopf.

Nadim nimmt meine Hand in seine und lehnt seinen Kopf an meine Schulter. Ich kann sehen, dass er sich danach sehnt, mich vor seiner Familie nicht mehr wie ein Geheimnis verstecken zu müssen. Es wäre so schön, wenn wir öfter beieinander übernachten könnten, aber das wäre viel zu auffällig. Zum Glück dauert es nicht mehr allzu lange, bis wir unseren Bachelor haben. Vielleicht können wir auch schon früher die Uni wechseln und in eine andere Stadt ziehen. Oder ein Jahr im Ausland studieren. Zusammen werden wir schon eine Lösung finden.

Ich atme tief aus.

Endlich habe ich Leute gefunden, zu denen ich passe, ohne dass ich mich verändern muss. Und es ist das beste Gefühl der Welt, jetzt mit ihnen hier zu sitzen. Jeder versinkt für sich selbst in den Worten, die gesprochen werden, und trotzdem mache ich etwas mit ihnen zusammen. Bin alles andere als allein.

Flanna stupst mich an, als sie sieht, wie Yuji und Nadim während der Pause über etwas auf Yujis Handy lachen. Linda ist mit einem anderen Mädchen verschwunden. »Sie sind cute, oder?«

»Ja«, sage ich grinsend.

»Wir haben uns viel zu viele Sorgen gemacht, dass sie uns nicht mögen.«

Ich verdrehe belustigt die Augen. Sie hat recht. Viel zu viele Sorgen. »Echt so.«

»Ich hätte ihn von Anfang an selbst entscheiden lassen sollen, ob er mich mag oder nicht.« Sie lacht leise.

»Du hattest halt Angst«, erwidere ich und ziehe meinen rechten Fuß hoch auf die Sitzfläche des Stuhls. So langsam wird es unbequem hier.

»Gott sei Dank hab ich mich dann doch getraut, mit ihm zu reden.«

»Ich bin immer noch der Meinung, dass du das mir zu verdanken hast.«

»Jetzt bild dir mal nicht zu viel ein!« Sie knufft mir gegen die Schulter.

»Wolf! Zeig es Wolf!«, ruft Yuji in diesem Moment, bevor er in Gelächter ausbricht. »Und Flanna auch!«

Nadim hält mir das Handy hin. »Ich würde mal sagen, das ist Wolf gerade.«

Es ist ein Meme darüber, dass queere Personen nicht vernünftig auf Stühlen sitzen können. Flanna prustet los, während ich verlegen an mir heruntersehe. »Ups.«

Und es tut so gut, mit ihnen zu lachen. Ich kann nicht fassen, wie viel Glück ich habe. Nadim ist mein bester Freund und mein fester Freund, meine Freundschaft zu Flanna ist viel enger geworden und Yuji und Linda machen unsere kleine Gruppe perfekt. Vielleicht werden wir sogar bald zusammen ans Meer fahren oder Flanna während ihres Auslandssemesters besuchen. Und ich weiß, dass ich Nadim einfach sagen kann, wenn ich Zeit mit ihm allein verbringen will, und er das genauso gerne hat. Das hier ist alles, von dem ich nie gedacht hätte, dass ich es einmal haben werde.

Der zweite Part des Slams beginnt und das Publikum wird wieder leiser.

Nadim lehnt sich zu mir. »Hey, Wolfie.«

Ich lächele ihn an. »Hey.«

Er grinst breit zurück. Seine Augen funkeln. »Fahren wir später noch Auto?«

Ende.

Danksagung

Zuallererst möchte ich mich bei allen bedanken, die dieses Buch gekauft haben. Jede einzelne Person, die meine Bücher liest, bedeutet mir so, so viel.

Ein riesengroßes Dankeschön auch an alle, die mir beim Schreiben dieses Buches geholfen haben: Meine Wattpad-Leser*innen und Instagram-Supporter*innen, meine lieben Testleser*innen und meine Freund*innen. Ihr motiviert mich und baut mich auf. Wegen und für euch schreibe ich. <3

Clara: Ich werde dir auf EWIG so, so, so, so dankbar sein für diese wunderschönen Illustrationen – und die Zeit, die du in sie gesteckt hast. Wenn du nicht fast 600 Kilometer weit weg wohnen würdest, wären wir schon auf so vielen night drives gewesen!!! (Wir hätten einfach die beste Playlist.) Danke, dass ich immer bei dir ranten und dich um Hilfe fragen kann. Ich hab noch nie jemanden getroffen, der mir ähnlicher ist als du. Du hast mich vor einem Jahr gefunden, als ich ganz dringend jemanden brauchte. Ich kann es nicht abwarten, dich wiederzusehen. I love you.

Lisa: Ich könnte mir keine bessere Selfpublishing-Kollegin und Schreibfreundin als dich vorstellen. Ohne dich hätte ich Mottenherz kaum selbst veröffentlichen können. Du hast mich ermutigt, Selfpublishing auszuprobieren und mich bei allem unterstützt – vom Selbstvertrauensaufbau bis zum Buchsatz. Danke für alles. Ganz besonders für deine Zeit. Ich freu mich schon so sehr darauf, tiefer in unsere gemeinsame, kleine fiktive Welt am Meer einzutauchen.

Samy: Wahrscheinlich wirst du das hier nie lesen (ich werde dir nicht sagen, dass dein Name in der Danksagung steht, du sollst es schon selbst entdecken), aber ich schätze deinen Versuch, das Manuskript durchzulesen, sehr. Du bist immerhin bis Seite 25 gekommen. Wenn ich in Zweifeln und Gedankenstrudeln versinke, ziehst du mich immer wieder an die Oberfläche. Wenn ich ein Logik-Problem im Plot habe, hilfst du mir weiter. Leider kann ich dir gar nicht böse sein, dass du jedes Mal über die Namen meiner Charaktere lachst.

Danke, dass du immer an mich glaubst.

Ich hab das Universum um jemanden gebeten und zehn Sekunden später warst du dann da. Ich finde das immer noch ziemlich verrückt.

Wendy: Danke für dieses geile Lektorat, deine Mühe, deine Genauigkeit und deine Ehrlichkeit. Ich hätte mir keine bessere Lektorin wünschen können. Deine Unterstützung hat mir so Mut gemacht und meine Zweifel krass reduziert, als ich Mottenherz nach den Lektoratsrunden noch mal durchgelesen habe. Und das heißt echt was. Respekt für dein Können und danke, danke für alles!

Fabi: Du hast mir in dieser Phase zwischen dem ersten Entwurf und dem Lektorat geholfen. Ich hab an Wolfs Zweifeln gezweifelt und du hast die Szenen durchgelesen und mich beruhigt und alles besser gemacht. Danke dafür. Ich werde das nie vergessen.

Ihr seid mein Support-Netz, das mich auffängt, bevor ich überhaupt richtig fallen kann. <3

Und zu guter Letzt:

Danke an Jane für dieses wunderwunderwunderschöne Cover. Die Farben und der Vibe, einfach wow.

Ich bin überglücklich! Du hast mir da echt einen Traum erfüllt.

Autorenbiografie

Finja Lundqvist wurde 2001 geboren und studiert zurzeit in Dortmund. Ihre Heimat wird allerdings für immer das kleine Dorf bleiben, in dem sie aufgewachsen ist, umgeben von tiefen Wäldern und weiten Feldern.

Inspiration für Geschichten findet Finja besonders bei Autofahrten durch nächtliche Städte oder Fahrradtouren durch die Wälder ihrer Heimat, am Meer und an warmen Sommerabenden.

Weitere Veröffentlichungen der Autorin:
SOMMERSOMMER (ISBN-13 978-3967331745)